WILDER PERKINS
Das verschollene Schiff

Buch

England, 1805: Bartholomew Hoare, Seemann aus Leidenschaft, kann aufgrund einer Verletzung, die seine Stimme in ein heiseres Flüstern verwandelte, der königlichen Marine nur noch an Land dienen. Als eines Tages ein Schiff namens *Scipio* verschwindet und ein Fass mit seltsamer Ladung angeschwemmt wird, beauftragt der Admiral von Portsmouth ihn mit der Aufklärung des Falles.

Während Hoare seinen Ermittlungen nachgeht, lernt er nicht nur die bezaubernde Eleanor Graves kennen, sondern auch einen jungen Mann, der ihn bittet, die falschen Vorwürfe gegen seinen Bruder zu entkräften, der wegen Mordes an seinem Kapitän hinter Gittern sitzt. Der flüsternde Hoare hilft beherzt und findet tatsächlich den wahren Mörder. Und auf einmal scheint dieser Fall mit seinen Ermittlungen in einem mysteriösen Zusammenhang zu stehen. Mit scharfem Verstand und Ermittlungsmethoden, die des Öfteren den Unmut seines Admirals hervorrufen, kommt Hoare einem gefährlichen Komplott auf die Spur ...

Autor

Wilder Perkins schrieb bereits drei erfolgreiche Seekrimis um den Helden Bartholomew Hoare. »Das verschollene Schiff« ist der erste Roman in der Serie. Mit seiner schwarzen Katze lebte Wilder Perkins in Easton, Maryland. Ein weiterer Seekrimi des Autors ist bei Goldmann bereits in Vorbereitung.

Wilder Perkins

Das verschollene Schiff

Roman

Deutsch von
Matthias Jendis

GOLDMANN

Die amerikanische Originalausgabe erschien 1998
unter dem Titel »Hoare and the Portsmouth Atrocities«
bei Thomas Dunne Books, an imprint of St. Martin's Press,
New York

Umwelthinweis:
Alle bedruckten Materialien dieses Taschenbuches
sind chlorfrei und umweltschonend.

Deutsche Erstausgabe Oktober 2002
Copyright © der Originalausgabe 1998
by The Estate of Wilder Perkins
Copyright © der deutschsprachigen Ausgabe 2002
by Wilhelm Goldmann Verlag, München,
in der Verlagsgruppe Random House GmbH
Umschlaggestaltung: Design Team München
Umschlagfoto: Artothek/Christie's
Satz: deutsch-türkischer fotosatz, Berlin
Druck: Elsnerdruck, Berlin
Verlagsnummer: 45233
AL · Herstellung: Sebastian Strohmaier
Redaktion: Cornelia Ott-Carlsberg
Made in Germany
ISBN 3-442-45233-3
www.goldmann-verlag.de

1 3 5 7 9 10 8 6 4 2

Kapitel I

Bartholomew Hoare und Eleanor Graves trafen sich zum ersten Mal auf dem östlichen Vorland von Portland Bill, über zwei hingestreckte Körper gebeugt, spät an einem grauen Nachmittag mitten im Juni 1805, dem Jahr von Trafalgar.

In der Woche zuvor hatte ein Leichter, der die Schiffe der Blockadeflotte vor Brest mit Wasser versorgte, bei seiner Rückkehr die Barkasse der *Scipio* im Schlepp gehabt. Die *Scipio*, ein Linienschiff mit 74 Kanonen, war nicht mehr gesichtet worden, seit sie vor fünf Wochen den Hafen von Plymouth mit Ziel auf eben jene Blockadeflotte verlassen hatte. Die Barkasse war leer, schwer zerschlagen und teilweise verkohlt zwischen Wind und Wasser dahingetrieben. Die *Scipio*, gut ausgerüstet und voll bemannt, hatte auf ihrem vermutlichen Kurs kein schlechtes Wetter zu gewärtigen gehabt.

Alles am Zustand der einsam dahintreibenden Barkasse hatte Hoare an eine Explosion an Bord denken lassen. Zudem hatte er im Mai kurz Bekanntschaft mit dem Inhalt eines auffällig kunstvoll geküferten Fasses gemacht. Es war eines jener kleinen Zehn-Gallonen-Fässer, die unter Weinhändlern als »Anker« bekannt sind. Ein Mann von der Küstenwache hatte es auf der Landstraße bei Corfe vom Wegesrand aufgelesen. Das Fässchen könnte nicht ordentlich verzurrt gewesen und von einem Pony gefallen sein; das Pony könnte aus einer mitternächtlichen Karawane ausgebrochen sein; die Karawane könnte zu einer der Schmugglerbanden gehört haben, die in dieser Gegend gute Geschäfte machten. Wo dieser Anker auch herkommen mochte, sein Inhalt – seltsam anmutende Teile eines Uhrwerks – war für die Regierung Seiner Majestät, und damit für Hoare, von weit größerem Interesse, als wenn es bloß Branntwein gewesen wäre.

In den schmalen Furchen zwischen den geteerten Dauben hatte er Körner eines feinen, gräulichen Sandes entdeckt und eine Probe davon zurückbehalten. Das Fässchen war aus Hoares Obhut in den Besitz der Krone übergegangen und fortgeschafft worden, nach London, wie er vermutete.

Hoare zählte die beiden Informationen zusammen – den Inhalt des Fässchens und den Zustand des Barkassenwracks – und weihte Sir George Hardcastle, den Hafenadmiral von Portsmouth, in seinen Verdacht ein. Nur eine Stunde später war er in seiner eigenen kleinen Pinasse *Inconceivable* zu einem anstrengenden Vierzehnstundentörn ausgelaufen und hatte den ganzen Tag Schlag für Schlag westwärts den Kanal hinabgekreuzt. Den Sand hatte er mitgenommen.

Am Abend zuvor war er in Lyme Regis eingelaufen. Tagsüber beriet er sich dort dann viele Stunden lang mit dem alten Richard Dee darüber, wo das Fass an Land gespült worden sein könnte. Der alte Dee hatte, wie Hoare vor gut einem Jahr zu Ohren gekommen war, sein Fischerboot samt Fanggerät verkauft, als seine müden, schmerzenden Knochen nicht mehr wollten, und sich von dem Erlös in eine umgedrehte Schaluppe am westlichen Stadtrand von Lyme zurückgezogen. Dort hatte er *Sand* zu seinem Steckenpferd gemacht. Er behauptete, er könne von jeder Hand voll Sand sagen, woher sie komme, solange der Sand von einem Strand zwischen Land's End und Dover stammte.

Hoare war es nicht leicht gefallen, Dee zu verstehen. In seinen Ohren bestand der Dialekt von Dorset ausschließlich aus weichem *Sss* und langem *Uuu*: Der Mann hörte sich an wie eine riesige Biene aus grauer Vorzeit. Außerdem hatte am Glorreichen Ersten Juni eine Musketenkugel Hoares Kehlkopf zerschmettert, während der alte Dee stocktaub war, sodass die Flüsterstimme, die Hoare verblieben war, ihm bei dem Alten nichts nützte.

Um mit dem Mann überhaupt reden zu können, war Hoare folglich genötigt gewesen, einen Dolmetscher aufzutreiben. Die junge Mary, Dees Enkelin, hatte eine Zeit lang die Schule besucht; sie konnte Hoares Flüstern verstehen, seine Worte ihrem Großväterchen übermitteln und sein Antwortgesumm in verständliche Worte übersetzen. Hoare war ihr dankbar, auch wenn er manchmal selbst ihren schwächeren Akzent kaum verstehen konnte.

Zuerst hatte er Dees angebliches Talent auf die Probe gestellt, indem er ihm Sand zeigte, von dem er wusste, woher er stammte, abgefüllt in winzige Apothekerphiolen, die er mitgebracht hatte. Aber es war Hoare nicht gelungen, den Alten auf dem falschen Fuß zu erwischen. Dabei hatte er Dee sogar eine Falle gestellt, hatte knochenweißen Sand aus Pevensey, wo damals Wilhelm der Eroberer gelandet war, mit blutrotem Grieß gemischt, den er am Strand unter den Klippen von Goonhilly Downs gesammelt hatte, als er jüngst von Cornwall nach Portsmouth zurückgesegelt war. Dee hatte einen scharfen Blick auf das rosarote Gemisch geworfen, den Sand zwischen Daumen und Zeigefinger verrieben, daran gerochen und laut losgelacht.

»Sir, Großväterchen sagt: ›So leicht lässt sich Dickon Dee nich an der Nase rumführ'n‹«, übersetzte die junge Mary. Als dann der Sandkenner im Weiteren haargenau sagen konnte, wo sein Gegenüber den Sand für die beiden Hälften der Mischung gefunden hatte, musste Hoare seine dümmliche List eingestehen. Bußfertig hatte er dem alten Fischer ein zweites Pint Bier ausgegeben, bevor er ihm die Sandprobe vorlegte, die er eigentlich bestimmt haben wollte.

»*Bsss. Uuuu. Dsss.*«

»Sir, er sagt: ›Nu werden Se mir erzählen wolln, den Sand da hätten Se nich nahe bei Weymouth zusammengekratzt, wie Se da vorbeigekomm sind‹«, sagte das Mädchen. »›Doch das stimmt schon wieder nich: Das da is Sand von Portland Bills Ostseite, jawohl! Auf halber Höhe von 'ner Landzunge, dort wo die Flut zur Küste zieht‹, sagt er.«

Diesmal hatte Hoare den Alten beim Wort genommen. Er hatte der kleinen Mary ihr Trinkgeld gegeben, Dee sein drittes Pint spendiert, seine eigene lange, spindeldürre Gestalt an Bord der *Inconceivable* verholt und von Lymes steinerner Pier abgelegt.

An diesem Tag war der Westwind feuchter und beißender als sonst zu dieser Jahreszeit. Fetzen aus Regenwasser und Gischt trieben quer über Portland Bill und peitschten Hoares Gesicht. Bevor er sein Boot den Ärmelkanal hinauf zu ihrem Liegeplatz an der Mole von Portsmouths Inner Camber segelte, wollte er eine weitere Sandprobe von der Stelle nehmen, die der alte Dee genannt hatte, und mit eigenen Augen sehen, ob sie mit seiner Probe übereinstimmte. Wenn er schon einmal dort war, wollte er sich zudem ein bisschen umsehen, ob nicht außer dem kunstvoll geküferten Fässchen weiteres Treibgut an den Strand gespült worden war.

Nun da er seinem Ziel so nahe war, wie sein Gissen und Koppeln erlaubten, glitt er in den Bug seiner *Inconceivable* und ließ ihren Warpanker so tief hinab, dass er wie ein behelfsmäßiges Senkblei unter ihrem Kiel hing. Die Flut mochte schon auflaufen, doch hatte er wenig Lust, den empfindlichen Boden seines Bootes auf einen der wulstigen Felsstumpen zu setzen, deren runde Poller an dieser Küste wie schwarze, scharfe Zähne aus dem Sand ragten.

In diesem Augenblick sah Hoare Eleanor Graves zum ersten Mal: eine kleine Frau in Braun; gischtige Windstöße wehten ihr braunes Haar in Strähnen über ihr Gesicht. Sie erhob sich hinter einer umgedrehten Schaluppe und trat zwei Männern entgegen, die wie Zigeuner aussahen. Beide hielten lange Knüppel in den Händen und trotteten in entschlossenem Laufschritt über den Strand auf sie zu. Da sie nur fünfzig Fuß von ihr wie von ihm entfernt waren, konnte Hoare ihr Gejohle hören.

Hoare steckte zwei Finger in den Mund und stieß einen gellenden Pfiff aus. Die Angreifer blieben stehen, doch als sie sahen, dass sie es nur mit einem Mann zu tun hatten, drehte sich der eine zu Hoare um, der gerade landete, während der andere weiter entschlossen auf die Frau zulief.

Die Frau holte aus. In ihrer Linken hielt sie eine Schleuder – *eine Schleuder*! Sie wirbelte die vorzeitliche Waffe auf Schulterhöhe herum, als stehe sie in den Rüsten eines Kriegsschiffes, um das Senkblei zu werfen, und schleuderte einen Stein auf den ersten ihrer Angreifer. Das Geschoss traf ihn mitten auf der Stirn; der Mann sackte zusammen; seine Beine zuckten wie ein paar Lachse am Haken.

Der andere Angreifer blieb wie angewurzelt stehen. Das war ein Fehler: Die Frau ging einen großen Schritt auf ihn zu und schleuderte einen zweiten Stein. Diesmal warf sie ihn, und zwar mit der rechten Hand statt mit der linken. Sie musste ihr Ziel auf Nase oder Mund getroffen haben, denn Hoare sah, wie der Mann beide Hände vor das Gesicht schlug, und hörte einen erstickten Schmerzensschrei.

Die *Inconceivable* lief sanft knirschend zu Füßen der beiden Männer auf Grund. Hoare zog die Ruderpinne, die ihm als Dreschflegel dienen sollte, aus ihren Stropps und warf sich über den Bug auf die Angreifer. Doch das war nicht mehr nötig; die beiden waren schon kampfunfähig.

»David gegen Goliath: zwei zu null«, flüsterte Hoare bei sich und ging auf die Frau in Braun zu, den Kieselstrand hinauf.

Die hatte bereits eine Länge Schiemannsgarn aus einer Rolle abgewickelt, die sie am Körper verborgen bei sich trug, und beugte sich hinab, den ersten ihrer Angreifer zu fesseln. Kalte Wut stand auf ihrem Gesicht, aber ihre Miene hellte sich auf, als sie Hoares Marinerock sah. Sie schlug einen ordentlichen Knoten in die Fesseln, die des Mannes Arme hinter seinem Rücken zusammenbanden, und sagte: »Freut mich, Ihre Bekanntschaft zu machen, Sir.« Dann schnitt sie noch eine Länge Garn ab. »Ob Sie wohl so freundlich wären …?« Sie gab ihm den zweiten Strang.

Die Frau würde seine geflüsterte Antwort nicht verstehen können – das Rauschen der sanften Brandung würde sie übertönen. Deshalb nickte Hoare nur, drehte sich um und verknotete den anderen Mann.

»Ich stehe in Ihrer Schuld, Sir«, sagte sie in ihrer klaren, tiefen Altstimme, »weil Sie mir zu Hilfe gekommen sind – auch wenn es so aussieht, als hätte ich Hilfe nicht nötig gehabt. Wem schulde ich diesen Dank, wenn ich fragen darf?«

Selbst voll aufgerichtet, musste sie den Kopf in den Nacken legen, wenn sie in Hoares blassgraue Augen schauen wollte, denn sie konnte kaum mehr als fünf Fuß messen: eine Frau von stämmiger, wenn nicht rundlicher Statur. Sie erinnerte Hoare an ein keckes Rebhuhn. Braune Augen, ein durchdringender Blick und ein paar graue Strähnen in ihrem widerspenstigen, windzerzausten Haar.

Hoare langte in die Innentasche seines Rocks und zog einige Zettel hervor. Er suchte einen heraus und reichte ihn der braunhaarigen Frau mit einer Verbeugung nebst einem Blick des Bedauerns. Sie las ihn laut, gerade laut genug, dass ihre Stimme den verhaltenen Donner der pulsierenden Brandung übertönte.

»Gestatten, dass ich mich vorstelle: Bartholomew Hoare, Leutnant zur See, Königliche Marine. Mit den ehrerbietigsten Grüßen. Wenn ich nicht mit Ihnen spreche, so nicht deshalb, weil ich unhöflich sein will, sondern weil ich nicht lauter als im Flüsterton sprechen kann.«

Anders als viele, die ihn nicht kannten, nahm die Frau nicht an, dass Hoare auch taub sein müsse, wenn er fast stumm war: Weder schrie sie bei ihren nächsten Worten, noch sprach sie dabei so übertrieben sorgfältig, wie es gedankenlose Menschen tun, wenn sie kleine Kinder oder andere Personen vor sich haben, die ihnen nicht antworten können.

»Sir, ich bin Eleanor Graves, die Frau von Dr. Simon Graves aus Weymouth. Ich bin sicher, auch er wird Ihnen dafür danken, dass Sie mich gegen diesen feigen Angriff verteidigt haben.«

Einer der gefesselten Männer – der, dessen Nase getroffen war – hatte sich bereits mühsam in eine sitzende Haltung hochgerappelt. Er hockte zusammengekrümmt da, soweit seine Fesseln das zuließen; zwischen seinen ledernen Kniehosen tropfte es stetig scharlachrot auf die Steine.

So wie Mrs. Graves sich vorgestellt hatte, mochte man meinen, sie und Hoare stünden sich bei einem Kotillon in Bath gegenüber, statt auf einem Strand an einem kalten, nassen Tag im Juni, über die Körper ihrer beiden Opfer gebeugt.

»Nun denn, Sir, was fangen wir mit diesen Halunken an?«, fragte sie.

Als Antwort zog Hoare einen Stapel Wachstäfelchen hervor, von der Art, wie die alten Römer sie benutzt hatten, und schrieb auf eines von ihnen: »*Mein Boot – nach Weymouth?*«

»Bestens«, sagte sie. Und so zogen sie zu zweit ihre sicher vertäuten Gefangenen über den Kieselstrand zur *Inconceivable*, belegten sie an einem kleinen Borddavit, hievten sie an Bord und setzten sie just achtern vom Kajütsniedergang ab, wo sie nicht im Weg, aber noch zu sehen waren.

Hoare durchsuchte schnell die beiden Schurken, fand aber außer einem Sammelsurium armseliger Habseligkeiten, Matrosenmessern, zwei Maurerhämmern und drei Guineen pro Mann nur die beiden Knüppel sowie eine Länge dünner, starker Leine. Die Knüppel warf er über Bord, die Hämmer sowie die Messer samt Scheiden beschlagnahmte er, und die Leine schlug er der kleinen Last seiner *Inconceivable* zu. Die Goldmünzen gab er Mrs. Graves.

Die Frau half Hoare, die Pinasse ins Wasser zu schieben, ohne sich darum zu kümmern, dass ihre Röcke nass wurden. Dann nahm sie die Hand, die ihr vom Boot herabgereicht wurde, schwang sich an Bord und setzte sich so, dass sie Hoare nicht im Weg war. Er brasste die flappenden Segel an, schob die Pinne wieder in ihre Stropps und legte einen Kurs längs der Küste nach Weymouth an. Es war nicht weit.

Sein Passagier saß ihm schweigend auf dem winzigen Ruderdeck gegenüber. Hoare begriff, dass ihr die Sinnlosigkeit des Unterfangens bewusst war, eine Unterhaltung mit einem Fremden zu führen, dessen Antworten sie nicht verstehen konnte. Doch schien sie sich, im Gegensatz zu den wenigen anderen Frauen, die er kannte, auch schweigend nicht unwohl zu fühlen. Als aber die *Inconceivable* in das Dock hinter Weymouths Wellenbrecher glitt, ergriff sie das Wort.

»Kennen Sie diesen Hafen, Mr. Hoare?«

Im Windschutz des Städtchens und der Hänge hinter dem Hafen glaubte Hoare, sich verständlich machen zu können. Er legte den Kopf schief und zuckte mit den Achseln. »Ja, aber nicht so gut«, flüsterte er. »Ortskenntnis wäre mir höchst willkommen.«

»Wenn Sie Ihre Reise nicht heute Abend noch fortsetzen wollen – und ich hoffe, das wollen Sie nicht –, dann könnten Sie im *Dish of Sprats* übernachten. Dort drüben, links von der Stelle, die Sie jetzt ansteuern, diesseits von St. Ninian's – ihren Kirchturm sehen Sie vor sich.«

Mrs. Graves mochte die Seemannssprache nicht beherrschen – sie hatte »links« gesagt, wie eine Landratte, nicht »Backbords«, wie ein Seebär –, doch ihre Anweisungen waren trotzdem klar und deutlich. Hoare fiel entsprechend einen Strich ab.

»Ob Sie wohl für einen Augenblick die Pinne halten könnten, während ich die Segel berge?«, flüsterte er.

Sie vernahm seine Worte, zögerte kurz und fasste dann die Pinne ein Stück vor seiner Hand, zuerst nur locker, dann immer sicherer und fester.

»Recht so«, sagte Hoare. Er ging um die Körper der mürrischen Gefangenen herum zum Bug, schlug den Klüver der *Inconceivable* auf seinen Baum ab und laschte ihn mit dem Klüverschot fest; dann löste er das Großfall von seiner Klampe und kehrte mit dem Tau in der Hand nach achtern zum Ruder zurück.

»Ich übernehme sie wieder, Ma'am«, sagte er. »Bald lasse ich das Großsegel fallen, also rücken Sie besser ein Stück zur Reling hinüber.«

Hoare drückte die Pinne sanft nach Steuerbord. Die *Inconceivable* luvte an; er wartete, bis sie gerade noch genug Fahrt hatte, um das abschüssige Ufer des Hafens zu erreichen, und ließ dann das hoch aufragende Großsegel mit einem Ruck fallen, sodass es mitsamt seinem Baum auf die Gefangenen niedersank. Einer der beiden brabbelte halb betäubt vor sich hin, doch Hoare überließ sie vorerst sich selber. Wieder knirschte der Kiel des kleinen Bootes auf den Kieseln, dann lag sie mit leichter Schlagseite nach Steuerbord fest. Hoare rollte das Großsegel mit dem Großsegelgeitau lose zusammen und stopfte es zwischen zwei Takelblöcke.

Er verschloss das Kajütsluk, sprang an Land und reichte Mrs. Graves die Hand, um ihr herunterzuhelfen. Sie ergriff seine Hand – mehr aus Höflichkeit als aus Notwendigkeit, wie Hoare dachte – und hüpfte behende hinab. In ihren durchnässten Röcken stand sie hinter ihm und blickte zurück auf die *Inconceivable*.

»Wir könnten unsere Gefangenen der Hafenwache übergeben«, bemerkte sie halb fragend.

»Oder dem Hauptwachtmeister«, schlug Hoare vor. »Je nachdem, wer wohl weniger mit ihnen zechen würde.« Zwar kannte er Weymouths Gesetzeshüter nicht persönlich, aber er wusste nur zu gut, dass überall an Britanniens vom Feind bedrängter Südküste Gesetzeshüter und Gesetzlose oft so eng zusammenhielten wie die Schenkel einer Jungfrau.

Mrs. Graves lachte, ein seltsames, kehliges Gurgeln. »Aber natürlich. Dann also Sir Frobisher. Es dürfte jetzt wohl drei Uhr sein?«

Hoare nickte.

»Dann ist er im Klub, genau wie Dr. Graves, wenn ich mich nicht irre. Kommen Sie.«

Mrs. Graves nahm Hoares Arm und steuerte ihn auf ein

Gebäude zu, das auf die neue Promenade unterhalb von St. Ninian's blickte: ein großes Haus, das in Hoares Augen einem der führenden Kaufleute des Ortes gehören könnte.

»Das Klubhaus hat einst einem bedeutenden Kaufmann unseres Städtchens gehört«, sagte sie, als könnte sie seine Gedanken lesen. »Aber dann gingen seine Geschäfte nicht mehr gut, und eine Hand voll anderer führender Bürger haben sich zusammengetan, das Haus gekauft und es zu ihrem Treffpunkt gemacht. Damit sie ihren besseren Hälften entfliehen konnten, verstehen Sie?«

Hoare musste lachen. Wie die scharfzüngige Frau eines Offizierskollegen einst bemerkt hatte, erinnerte das leise, atemlose Geräusch an das Flattern eines wütenden Schmetterlings.

Der blasse, zäh wirkende Steward des Klubs musste Mrs. Graves kommen gesehen haben, denn er öffnete eigenhändig die schwere Tür.

»Aber Mrs. Graves!«, rief er. »Sie werden doch wohl nicht im Meer gewatet sein – noch dazu bei diesem nassen Wetter! Kommen Sie herein, im Gästeraum brennt ein Feuer, machen Sie sich's gemütlich, derweil hole ich Dr. Graves!« Geschäftig wieselte er vor der brünetten Frau und Hoare in das Zimmer, schürte das Steinkohlenfeuer im Kamin, damit die beiden sich aufwärmen konnten, und wollte gerade gehen, als Mrs. Graves ihm hinterherrief, ob Sir Thomas im Hause sei. Der Steward bejahte.

»Fragen Sie ihn, Smith, ob er vielleicht so freundlich wäre ... Und wenn möglich schicken Sie doch einen Boten zum Haus meines Mannes, mein Hausmädchen holen. Sie soll mein olivgrünes Köperkleid und einen Umhang hierher in den Klub bringen.«

Das Feuer verbreitete mehr und mehr wohlige, willkommene Wärme.

Mrs. Graves sah zu Hoare auf. »Wenn Sie nicht wären, Sir, würde ich schnurstracks diese unansehnlichen Unterröcke lüpfen und meinen Leib wärmen.«

»Wenn Sie wünschen, Ma'am, bin ich gern bereit, mich zurückzuziehen und Sie allein zu lassen.«

»Ich wünsche nichts dergleichen«, erwiderte sie. »Das wäre wahrlich nicht recht, nach dem, was Sie für mich getan haben.«

»Ma'am, verzeihen Sie die Frage, aber was hat Sie unter die Klippen von Portland Bill geführt?«, flüsterte Hoare.

»Steine, Mr. Hoare.«

»Steine, Ma'am? Für Ihre Schleuder?«

»Das nur nebenbei, je nach Bedarf. Seit ich ein Kind war, habe ich eine Schwäche für die erstaunlichen Formen und Farben der Steine, wie die See sie glatt wäscht. Ich bewahre sie in flachen Schüsseln voll Wasser auf, damit sie ihre leuchtenden Farben behalten. Regelmäßig suche ich den Strand von Portland Bill nach Steinen ab, denn die frechen Bengel von hier, die sonst überall Steine sammeln – und sie mir manchmal geradewegs unter der Nase wegschnappen –, hängen dem alten Aberglauben der Angelsachsen an, Portland Bill sei einst die Toteninsel der Druiden gewesen, und meiden den Ort. Dr. Graves hat mich ab und zu gescholten, weil meine Sammlung einen ganzen Raum unseres Hauses füllt. Doch dann hab ich ihn daran erinnert, dass es nur ein kleines Zimmer in einem großen Haus ist und er mir den Platz ruhig gönnen kann. Schließlich«, fügte sie nachdenklich hinzu, »haben wir keine eigenen Kinder, und meine Stiefkinder sind längst verheiratet und dem Nest entfleucht … oder schon tot. Wie auch immer, wir hatten eine Woche lang schlechtes Wetter gehabt, was mich ans Haus fesselte, also hab ich einen Spaziergang gemacht. Das ist die ganze Geschichte.«

»Demnach sind Sie Dr. Graves' zweite Frau?«

»Seine dritte, Sir. Die erste Frau hat ihm zwei Söhne geschenkt, bevor sie an Schwindsucht gestorben ist, seine zweite hat tot geborene Zwillinge zur Welt gebracht und ist im Wochenbett ihrem Blutverlust erlegen. Er hat dann mehr als zwanzig Jahre lang allein gelebt, bis wir dann ehelich verbunden wurden. Übrigens nimmt Sir Thomas für sich in Anspruch, mir wie ein Onkel zu sein, war er doch mein Brautvater, als ich vor zwei Jahren meinen Mann geheiratet habe.«

Mrs. Graves' Redefluss wurde unterbrochen, als ein Mann den Raum betrat, der niemand anders sein konnte als Sir Thomas Frobisher höchstselbst. Er war untersetzt, krummbeinig und aufgedunsen, mit einem Mund von einem Ohr zum andern und fahlbraunen Froschaugen. Er linste misstrauisch zu Hoare hinüber und wandte sich dann an Mrs. Graves:

»Eleanor, meine Liebe! Was haben Sie denn nun wieder angestellt?«, rief er. »Und was haben Sie uns diesmal mitgebracht?« Dabei richtete sich sein argwöhnischer Blick wiederum auf Bartholomew Hoare, der einfach nur dastand, schlicht wie er war in seinem ausgebeulten Marinerock, den weiten, bequemen Seemannshosen und seinen nassen, klobigen Schnallenschuhen.

»Sir Thomas, darf ich vorstellen: Leutnant zur See Bartholomew Hoare von der Königlichen Marine, der mich gerade vor einem höchst ungewissen Schicksal bewahrt hat«, sagte Mrs. Graves.

»›Hoare‹, wie? Oder etwa ›Whore‹? Tja, mein Herr, nur dass Sie's wissen – ich bin ein Baronet und ein Ritter obendrein. Wem von uns beiden gebührt wohl der Vorrang, hmm? Der … äh … Königin der Nacht oder dem Ritter mit erblichem Titel? Na?«

Hoare kannte diese müden Witze über seinen Nachnamen seit alters her. Er hatte seit langem gelernt, sie zu erwarten, und er hatte ebenfalls gelernt, wie er einen Großteil der Feindseligkeiten vermeiden konnte, die sonst folgen mochten. »Selbstverständlich Sie, Sir. Ich bin nur Bartholomew Hoare – zu Ihren Diensten, wann immer es Ihnen beliebt.« Seine geflüsterte Antwort begleitete ein kalter, starrer Blick aus grauen Augen. Außerdem machte er einen Diener vor dem Mann, der gesellschaftlich über ihm stand.

»Frobisher ist ein illustrer Name in unserer Geschichte, Sir Thomas«, fuhr Hoare fort. »Habe ich die Ehre, mit einem Nachfahren Sir Martin Frobishers zu sprechen – dem Entdecker der berühmten Bucht gleichen Namens?«

Sir Thomas' unentschlossene Miene verriet, dass er nicht mehr so recht wusste, was er von Bartholomew Hoare halten sollte. Einerseits schmeichelte ihm das Kompliment seinen Vorfahren betreffend; andererseits irritierte es ihn, in diesem seltsam vertraulichen Flüsterton angesprochen zu werden, und er wurde den Verdacht nicht los, dass sich hier jemand – ganz gewiss nicht Mrs. Graves – über ihn lustig machte. Lief er, das Haupt der Frobishers, vielleicht Gefahr, seinen Rang und Namen zu kompromittieren, indem er einem flüsternden Mann mit einem obszönen Namen vorgestellt wurde? Selbst als Mrs. Graves mit einigen wenigen Worten Hoares Behinderung erklärt hatte, hellte sich die Miene des Baronets nur unwesentlich auf.

»Jawohl, Mr. ... äh ... *Hoare*«, sagte er. »Der Name Frobisher lässt sich zwar bis zu Wilhelm dem Eroberer und sogar noch weiter zurück verfolgen, aber mein Ahnherr, Sir Martin Frobisher, war es, der ihm seinen großen Klang verschaffte. Ein Jahrhundert später hat dann, wie Sie wissen, Charles II. den ersten Sir Charles zum Baronet erhoben, den

Großvater oder Urgroßvater meines Urgroßvaters. Seither hat die Familie, der vorzustehen ich die Ehre habe, in der Gesellschaft von Dorset eine herausragende Rolle gespielt. Selbstverständlich werden die Frobishers bei Hofe empfangen, und es versteht sich gleichfalls von selbst, dass jeder älteste Sohn eines Frobishers zum Ritter geschlagen wird, sobald er volljährig ist. Sie sehen also, wir sind Adel von blauestem Blute.«

Hoare setzte schon zu einem seiner lautlosen Lacher an, als ihm klar wurde, dass Sir Thomas es ernst meinte, todernst; so atmete er stattdessen hörbar aus, was, wie er hoffte, seine gebührende Bewunderung ausdrückte.

»Übrigens«, fuhr der Ritter und Baronet näselnd und herablassend fort, »rechne ich fest damit, dabei zu sein, wenn mein einziger Sohn – der junge Martin, wissen Sie – von Seiner Majestät zum Ritter geschlagen wird, sobald er Seine Majestät das nächste Mal bei einem Besuch unseres Städtchens begleitet. Martin ist Hauptmann bei der Königlichen Gardeinfanterie, was sonst.«

Durchaus möglich, sagte sich Hoare, dass der junge Frobisher bei der Königlichen Garde war, doch der Ritterschlag würde wohl noch einige Zeit auf sich warten lassen, wenn er erst bei der Rückkehr des Königs nach Weymouth erfolgen konnte. Dieser Tage blieb der arme Monarch zumeist in der selbst gewählten Einsamkeit von Kew und kam sogar nach London nur selten; sein einstmals bevorzugtes Seebad würde er so bald wohl kaum wieder besuchen.

»Sagen Sie ... äh ... _Hoare_«, fuhr Sir Thomas fort, »woher stammt _Ihre_ Familie?«

»Ursprünglich von den Orkneys, Sir, und wir verstehen uns immer noch als Orkneymen, auch wenn mein Vater ein kleines Anwesen bei Melton Mowbray sein Eigen nennt.«

»Wie war das? Sprich lauter, Mann!«

»Von den Orkneys, Sir.« Um so laut zu flüstern, musste Hoare seinen zerschundenen Kehlkopf bis zum Äußersten anstrengen. Er merkte, wie er in Lee fiel. Der Mann musste wissen, dass er solch eine böswillige Anspielung auf seine Behinderung nicht so leicht parieren konnte wie eine Anspielung auf seinen Namen. Sir Thomas hatte ihn ohne Not gekränkt.

»Und ... äh ... Hoare, jagen Sie?«

»Nur ab und an, Sir Thomas.«

»So so.« Sir Thomas ließ den Blick schweifen, auf der Suche nach etwas, das seiner Aufmerksamkeit würdiger war als ein zerlumpter Marineoffizier niederen Ranges mit einem obszönen Namen, der weder sprechen konnte noch jagen ging.

An diesem Punkt erlag Hoare der Versuchung und antwortete mit einem Ausfall, der ihm später noch reichlich Kummer bereiten sollte.

»Selbstverständlich ist mein Vater OFM unserer örtlichen Fliegenden Abteilung.«

»Ihrer Fliegenden Abteilung, mein Herr? Was soll das sein? Und ›OFM‹ – was, bitte, ist ein OFM? Schließlich: Was hat eine Fliegende Abteilung mit der Jagd zu tun?«

»Sie kennen doch sicher die Falknerei, Sir Thomas?«

»Selbstverständlich. Heutzutage nicht mehr im Schwange, aber ein durchaus ehrbares Steckenpferd für den hohen und niederen Adel.«

»Nun, Sir, wir Hoares und unsere gleich gesinnten Nachbarn auf den Inseln im Norden haben Fledermäuse so abgerichtet, dass sie Wild jagen und apportieren können.«

Er hielt inne, holte keuchend Luft und fuhr fort.

»Wir haben festgestellt, dass Fledermäuse als Säugetiere weitaus verständiger und leichter abzurichten sind als Falken aller Art. Tatsächlich sind sie genauso gewitzt und gelehrig wie die Skye-Terrier, die unsere Nachbarn auf den Inseln im Süden so eifrig züchten, oder die Herden von Kleinpferden, mit denen die Shetlander, unsere Nachbarn im Norden, dafür sorgen, dass die Alke nicht überhand nehmen.«

Pause. Keuchendes Luftholen.

»Natürlich lassen wir unsere kleinen, quicklebendigen Kerlchen erst bei Einbruch der Dämmerung fliegen. Wir haben viel Freude an ihnen. Mein Vater hatte sich mit ihnen kundig gemacht, deshalb wurde er zum Obersten Fledermausmeister unserer kleinen örtlichen Jagdgesellschaft ernannt. Daher das ›OFM‹. Sollten Sie mal nach Leicestershire kommen, Sir, dann wird er Ihnen, so denke ich, einen äußerst vergnüglichen Abend draußen auf den Feldern bieten können.«

Hoare vernahm einen erstickten Laut, der sich Mrs. Graves' Kehle entrang. Außerdem bemerkte er, dass er vielleicht nicht den Respekt, aber doch wenigstens die Aufmerksamkeit des Ritters und Baronets gewonnen hatte.

»Und was jagen Sie mit ihnen?«, krächzte Sir Thomas widerwillig.

»Fliegen, Sir. Wir verfüttern sie an unsere Frösche.«

Ein gnädiges Schicksal bewahrte ihn vor Sir Thomas' Antwort: Dr. Simon Graves rollte sich in das Gästezimmer des Klubs.

Dr. Graves sah aus wie Ende sechzig; später erfuhr Hoare, dass er vierundsiebzig Lenze zählte. Irgendwann einmal musste er ein Mann von Hoares Größe und Körperbau gewesen sein, doch nun war er an einen besonders leichten Rollstuhl aus Flechtwerk, Bambus und Eschenholz gefesselt. Rund um die beiden Hauptträger lief außen ein zusätzliches Ringrad, und mit Hilfe dieses fortlaufenden Griffes sowie seiner immer noch kräftigen Arme konnte sich der Doktor selber umherrollen. Hoare hatte schon ungeschlachte, schwerfällige Versionen ähnlicher Invaliden-Rollstühle gesehen, aber dieser hier, leicht und doch offenbar sehr stabil, war ein Meisterwerk.

Die Frau des Doktors stellte die beiden Männer einander vor und schilderte dann ihrem Gatten und dem Baronet, was sich am Nachmittag auf dem Strand zugetragen hatte. Sie untertrieb ihre eigene Rolle dabei, übertrieb – wenn auch nicht überschwänglich – Hoares Beitrag und schloss mit den Worten: »So habe ich also Leutnant zur See Hoare kennen gelernt, und deshalb ist er hier. Ich bin ihm äußerst dankbar, mein Liebster.«

»Genau wie ich«, setzte der Doktor in seinem überraschend kräftigen Bariton hinzu. Hoare musste daran denken, wie seine eigene Stimme vor dem Glorreichen Ersten Juni geklungen hatte: nicht viel anders, wenn er sich recht erinnerte.

Mehr konnte Dr. Graves nicht sagen, denn Sir Thomas schnitt ihm das Wort ab: »Aber Sie wollten sagen, ... äh ... Hoare, dass zwei Schurken jetzt gefesselt auf ihrem Boot liegen, nicht? Tja«, fuhr er nach kurzer Pause fort, »ich muss sie sofort in Gewahrsam nehmen. Ich schicke Leute an Bord, die sie abholen, dann sind Sie die Verantwortung los. Wo liegt sie?«

Hoare sagte es ihm und gab Sir Thomas die Erlaubnis, seine Männer an Bord seines Bootes zu schicken, um die fest umwickelte Ladung zu löschen.

»Und wie heißt sie, Sir?«

»*Inconceivable*, Sir.« *Unbegreifliche*

»*Was*? Wollen Sie mich auf den Arm nehmen, mein Herr?«, rief Sir Thomas, die Augen weit aufgerissen.

Hoare schüttelte nachdrücklich den Kopf. Er kannte diese Frage und wusste, was er zu antworten hatte.

»Ganz gewiss nicht, Sir Thomas. Ich nenne sie auch *Insupportable* oder *Molly J*, außerdem *Dryad*, *Serene* oder *Unspeakable* – der Name wechselt, je nach meiner Lust und Laune. Unter Deck halte ich diverse Namensbretter vorrätig; die ich gerade nicht brauche, lege ich als Kajütsboden über die Bilge.«

Er hielt inne und holte Luft.

»*Ihr* sind die verschiedenen Namen einerlei, denn sie spricht auf keinen von ihnen an, nur auf die Pinne, das allerdings bestens.«

Sir Thomas beschloss, letzten Endes doch nicht beleidigt zu sein, aber anders als bei Dr. und Mrs. Graves klang sein Lachen einigermaßen gezwungen. »Sehr gut, Sir, ausgezeichnet! Auf diese Weise können Sie Bonaparte durcheinander bringen. Doch sagen Sie, was verschlägt Sie in diesen schwierigen Zeiten so weit nach Westen?« Die Glubschaugen blickten auf einmal verschlagen.

Langsam sprechend, um seine Flüsterstimme zu schonen, verriet Hoare nur so viel, dass er den alten Dee hatte zu Rate ziehen müssen.

»Natürlich – der Psammeophile«, bemerkte Dr. Graves. »Wir kennen ihn gut.«

»Der ›Psammeophile‹, Sir?« Sir Thomas verstand nicht.

»Ein griechischer Neologismus meiner Wenigkeit, Sir Thomas«, erwiderte der Doktor. »Ein Liebhaber des Sandes.«

Sir Thomas wandte sich Hoare zu: »Darf ich fragen, welcher Art Ihre derzeitigen Obliegenheiten sind, ... äh ... Hoare?«

»Meine Pflichten sind verschiedenster Art, Sir. Ich stehe Sir George Hardcastle, dem Hafenadmiral von Portsmouth, auf

Abruf bereit. Meine Reise nach Lyme stand in Verbindung mit diesen Obliegenheiten.« Ohne das ausdrücklich zu erwähnen, deutete Hoare damit an, dass er über seinen Auftrag nicht mehr sagen wollte. Offenbar erfolgreich, denn Sir Thomas wandte sich Mrs. Graves zu:

»Eleanor, was hat Sie bloß dazu bewogen, bei diesem Wetter vor die Tür zu gehen? Und was könnte die Angreifer nur auf Ihre Spur gebracht haben?«

Mrs. Graves ignorierte den ersten Teil von Sir Thomas' Frage und wies darauf hin, dass der zweite Teil wohl am besten von den Schuldigen selbst beantwortet werden solle. Dann stand Smith, der Steward, in der Tür und verkündete, Agnes, ihr Dienstmädchen, sei mit der Kalesche eingetroffen und warte mit einem Koffer voll trockener Kleider in der Küche auf sie, worauf sie sich entschuldigte und den Raum verließ.

Sir Thomas entschuldigte sich ebenfalls bei Dr. Graves, nicht aber bei Hoare, und ging, um einen Trupp fähiger Männer auf den Weg zu schicken, die *Inconceivables* Passagiere von Bord holen sollten. Er überließ die beiden Gentlemen ihrem Plausch am Kamin.

»Wie ich feststelle, haben Sie eine Verletzung Ihrer Larynx erlitten, Mr. Hoare«, sagte der Doktor. »Dazu gibt es gewiss eine Geschichte. Wären Sie so gut, mich ins Bild zu setzen?«

So kurz und bescheiden, wie er nur konnte, ohne geheimniskrämerisch zu wirken, schilderte Hoare, wie eine Musketenkugel seinen Kehlkopf zerschmettert hatte, sodass er seither nicht mehr sprechen, sondern nur noch heiser flüstern konnte.

Auf Dr. Graves Ersuchen zeigte Hoare ihm dann die Hilfsmittel, auf die er verfallen war, um sich verständigen zu können, wenn sein Flüstern nicht zu hören war. Der Doktor nahm sein römisches Täfelchen kommentarlos zur Kenntnis, doch dann zog Hoare eine silberne Bootsmannsmaatenpfeife, die wie ein Monokel an einem schwarzen Seidenband hing, aus der Tasche und trillerte für den Arzt einige der schrillen Pfiffe, mit denen er jenen, die er darin unterwiesen hatte – Dienern und anderen Untergebenen – seine Wünsche kundzutun pflegte. Er setzte seine Demonstration mit einer verführerisch getrillerten Version des Liedes *Komm in den Garten, Maude* fort, was keiner Erklärung bedurfte, und schloss mit dem ohrenbetäubenden Pfiff auf den Fingern, den er als Notruf gelernt hatte. Als kurz darauf Mr. Smith alarmiert in der Tür stand, schüttelte der Doktor nur den Kopf und lachte leise.

»Wie sinnig«, kommentierte er. »Dr. Franklin hätte Ihre Lösungen bewundert.«

»Sie kannten Dr. Franklin, Sir?«

»Ja, allerdings. Wir haben uns sogar von Zeit zu Zeit geschrieben. Sein Verlust war nicht der geringste, den die Sturheit Seiner Majestät unserem Königreich eingebracht hat, als die Amerikaner ihre Unabhängigkeit erlangten. Ich frage mich oft, ob der König nicht schon '76 wirr im Kopfe war.«

Hoare konnte dem nur beipflichten. »In jenem erbärmlichen Bruderkrieg«, sagte er, »habe ich manchen Rebellen getroffen und nicht wenige Männer, hüben wie drüben, schätzen gelernt.«

Er verschwieg, dass seine liebliche frankokanadische Braut aus Montreal bei der Geburt ihres Kindes gestorben war, während er auf See war – im Jahre '82, vor mehr als zwanzig Jahren. Eine kleine Tochter war in Halifax zur Welt gekommen, die er nie gesehen hatte. Antoinettes Familie hatte die Ehe ihrer Tochter mit einem *anglais* nie verwunden und den Säugling stromaufwärts entführt, zurück nach Montreal am

Saint Lawrence, wo die Kleine für den Vater außer Reichweite war.

»So Sie nichts dagegen haben, Sir, einen weiteren Amerikaner kennen zu lernen«, sagte der Doktor, »haben Mrs. Graves und ich Mr. Edward Morrow eingeladen, heute Abend zum Dinner zu kommen. Wir würden uns freuen, auch Sie an unserer Tafel zu bewirten, es sei denn, Sie wollen noch heute Abend versuchen, nach Portsmouth zurückzukehren.«

Hoare wollte gerade einwenden, er sei für eine Abendgesellschaft nicht passend gekleidet, als Sir Thomas stirnrunzelnd in das Gästezimmer des Klubs zurückkehrte. Seine Männer hatten einen von Mrs. Graves' Angreifern in den Karzer im Keller des Rathauses geworfen, zusammen mit zwei Saufbolden und einem Wilderer. Der andere – offenbar der Anführer – war noch nicht wieder zu sich gekommen. Sir Thomas' Männer hatten seine Fesseln gelöst und ihn in eine eigene Zelle gesperrt, wo er liegen konnte, bis er zu sich kam oder starb.

Sir Thomas lehnte des Doktors Angebot ab, nach dem Manne zu sehen. »Die engen Treppen zum Karzer hinab würden Ihnen einige Mühe bereiten«, sagte er. »Außerdem ist Mr. Olney, der Wundarzt, zugleich für medizinische Untersuchungen in unserer Stadt zuständig. Sollte er übergangen werden, würde er uns das übel nehmen. Sie werden das sicher verstehen, Sir.«

Der Doktor nahm diesen kleinen Affront wortlos hin und wandte sich dem Problem zu, einen Abendanzug für Hoare zu finden. »Sie und ich sind ungefähr gleich groß«, bemerkte er. »Ich bin sicher, Mrs. Graves wird nichts dagegen haben, wenn Sie an ihrer Tafel in meinen Kniehosen erscheinen. Ich schicke sie Ihnen ins *Dish of Sprats*, sobald ich wieder zu Hause bin.«

Auf Vorschlag des Doktors wies Hoare dann einen Klubdiener an, ihm ein Zimmer in dem Gasthaus zu besorgen.

Mittlerweile war Mrs. Graves in trockene Kleider geschlüpft und hatte sich wieder zu ihnen gesellt. Im Namen ihres Mannes lehnte sie Hoares Angebot ab, den Doktor in die abfahrbereite Kalesche zu heben. Offenbar ging es hier um die Familienehre: Ein Graves brauchte keine fremde Hilfe. Also sah Hoare zu, wie das Dienstmädchen Agnes und sie ihre gekreuzten Hände wie einen Sitz unter den Doktor schoben und ihn ein Stück weit emporhoben. Er fasste mit seinen kräftigen alten Armen zwei Griffe an der Kalesche, schwang sich in den Sitz, langte dann hinab und zog seine Frau neben sich.

Agnes befestigte mit Hilfe eines sinnreichen Metallschnappers den Rollstuhl hinten an der Kalesche und streckte die Hand zu ihrem Herren hinauf. Der Doktor zog auch sie in die Kalesche, dann schnalzte er dem kräftigen Pferdchen zwischen den Stangen des Zuggeschirrs zu, und die Kalesche samt Stuhl rumpelte durch den Nieselregen von dannen. Hoare stellte verwundert fest, dass es ihn dauerte, das Paar fahren zu sehen, und dass er sich freute, weil er die beiden bald wieder sehen würde.

Kapitel II

Ein langer Fußmarsch über das Kopfsteinpflaster der High Street lag hinter Hoare, als ihn ein argwöhnischer Diener am selben Abend in den Salon der Graves führte. Zwei weitere Gäste waren schon vor ihm eingetroffen. Mrs. Graves stellte ihn der Dame vor, einer gewissen Miss Austen, einer Freundin von ihr, die aus Bath zu Besuch war. Wie jede Frau aus besserem Hause, die eine gute Kinderstube genossen hatte, saß auch Miss Austen auf ihrem Stuhl, als sei er ein Folterinstrument, ihren langen Rücken einige Zoll von der Lehne entfernt, die schlechter Erzogenen als Stütze diente. Von zwei dunklen Augen und einem fragenden, durchdringenden Blick abgesehen, wirkte sie äußerlich sogar noch unauffälliger als Mrs. Graves. Hoare machte seinen Diener und vergaß sie wieder.

Der Gentleman war von anderem Kaliber, ein Mann von seiner Größe, nur schwerer gebaut und von vierschrötiger Gestalt. Ein früh gealterter Dreißiger oder ein gut erhaltener Fünfziger, genauer konnte Hoare ihn nicht schätzen. Lippen so schmal wie ein Strich, ein rosiger Teint und eine niedrige Stirn, darüber ein Wust langer, struppiger, schwarzer Haare, die er altmodisch zu einem Knoten hochgebunden trug. Über seinen breiten Wangenknochen spannte die Haut sich so straff wie über den Knöcheln einer geballten Faust. Wären da nicht die Augen gewesen, so grau wie die seinen, Hoare hätte ihn für eine der Rothäute gehalten, die ihm in den Straßen von Halifax über den Weg gelaufen waren.

»Leutnant zur See Bartholomew Hoare – Mr. Edward Morrow«, sagte Dr. Graves, erst dem einen, dann dem anderen zunickend. »Ich weiß nicht recht, wem von Ihnen der Vorrang gebührt, und hoffe also darauf, dass der Gekränkte mir den Affront verzeiht.«

»Unser Gastgeber hat mir erzählt, Sie hätten die Neue Welt besucht, Sir«, bemerkte Morrow.

»Ja, das habe ich, mein Herr«, erwiderte Hoare, »und ich kann gar nicht sagen, wie sehr ich die Trennung unserer beiden Länder bedauere.«

»Nun, Mr. Hoare, unsere beiden Länder sind noch ungeteilt – jedenfalls waren sie das noch, als ich das letzte Mal Nachricht aus Montreal hatte.« Er sprach den Namen der Stadt nach englischer Manier aus.

»Pardon, mein Herr, ich hatte gedacht, Sie seien Amerikaner«, sagte Hoare.

»Haben die treuen Untertanen des Königs nördlich vom Saint Lawrence etwa kein Recht, Sir, sich Amerikaner zu nennen? Schließlich sind doch manche von uns weit vor den Yankees nach Amerika gekommen, und die Ahnen meiner Mutter standen an heimischen Gestaden, als sie die ersten europäischen Eindringlinge willkommen hießen. Ein Willkommensgruß, den übrigens viele Menschen beider Völker noch bereuen sollten.«

Hoare spürte die Schamesröte heiß in sich aufsteigen. Er hatte den Mann nicht kränken wollen. Konnte es sein, dass dieser Respekt einflößende Mann Streit mit ihm suchte?

»Frieden, Mr. Morrow, Frieden«, sagte Mrs. Graves. Ihr bräunlich graues Seidenkleid schmeichelte weder ihrer Haut noch ihrer Figur. Wie sie da kerzengerade auf einem runden, dicken Sitzkissen hockte, sah sie einem Rebhuhn noch ähnlicher als am Nachmittag zuvor: Ein Rebhuhn zu Hause, das unter seinem Birnbaum auf den Eiern sitzt, dachte Hoare.

»Von allen Anwesenden gebührt Ihnen gewiss am ehesten die Ehre, ein Amerikaner zu sein.« Bei diesen Worten an Mr. Morrow erhob sie sich von ihrem Nest. Eier waren keine zu sehen.

»Mr. Hoare«, hob Dr. Graves an. »Ich habe eine Bitte an Sie. Würden Sie mir wohl gestatten, Ihre Kehle zu auskultieren?«

»Aus…?« Das Wort hatte Hoare noch nie gehört.

»Verzeihung, Sir. Eigentlich ist es mir zutiefst zuwider, mit der Geheimsprache meines Berufsstandes zu protzen, wie das leider so viele meiner Kollegen gerne tun. Einfach gesagt, wie ich es von Anfang an hätte sagen sollen: Ich würde gerne hören, welche Laute Ihre Kehle hervorbringt, wenn Sie versuchen zu sprechen. Gestatten Sie mir das?«

Hoare konnte die neugierigen Nachfragen nicht ausstehen, mit denen ihm manche zusetzten, wenn sie von seiner Behinderung erfuhren, aber Dr. Graves war sein Gastgeber und offenkundig nicht nur reich an Jahren, sondern auch an Gaben – er fühlte sich verpflichtet, der Bitte zu entsprechen. Also sagte er ja.

»Gut«, erwiderte Dr. Graves. Er rollte flink hinüber zu einem Mahagoni-Tischchen am anderen Ende des Zimmers, nahm zwei Instrumente zur Hand und rollte wieder zurück.

»Wohlan, Sir. Wären Sie so freundlich, Ihr Halstuch zu lockern und sich zu mir herabzubeugen? Andererseits, wenn ich's mir recht bedenke, könnten Sie auch Mrs. Graves' Platz auf dem Kissen einnehmen, da sie ihn praktischerweise aufgegeben hat.«

Gehorsam nahm Hoare sein Halstuch ab und setzte sich

auf Mrs. Graves' Kissen. Es war noch warm von ihrem Aller-
wertesten.

»Ausgezeichnet«, sagte Dr. Graves. Eines seiner beiden Instrumente war ein achtzehn Zoll langer, konischer Zylinder
aus glatt poliertem Leder mit einer Ausbuchtung am schma-
leren Ende. Er war einigermaßen biegsam, wie das dunkel ge-
gerbte Gemächt eines Bullen, und hätte beinah einer jener
Sprachtrichter sein können, wie sie Offiziere im Seedienst benutzten, die besser bei Stimme waren als Hoare.

Unter den aufmerksamen Blicken seiner Frau und Mr.
Morrows hielt der Doktor das eine Ende des Zylinders an die
Narbe über Hoares deformiertem Kehlkopf und sagte: »Bit-
te atmen!«

Hoare atmete ein und aus.

»Sagen Sie: ›Gott schütze den König‹.«

»Gott schütze den König«, flüsterte Hoare.

»Jetzt singen Sie es.«

»Aber ich kann nicht singen!«, protestierte Hoare.

»Tun Sie so, Sir, als könnten Sie singen.«

Hoare versuchte es. Er brachte ein Krächzen hervor, das
sich anhörte wie der Ruf einer Wiesenknarre, schüttelte den
Kopf und wurde rot.

»Sehr gut«, sagte Dr. Graves. Er lehnte sich in seinem Rollstuhl zurück. »Und jetzt würde ich mit Ihrer gütigen Erlaubnis gern ein weiteres Experiment wagen«, fügte er hinzu. Er
setzte den Trichter ab und schnallte sich das andere Instrument mit einem weichen Lederriemen, den Mrs. Graves um
seinen Kopf festzog, vor die Stirn. Es war ein Spiegel. Für
Hoare ähnelte er der inneren, spiegelnden Oberfläche einer
Hohlkugelscheibe: ein konkaver Spiegel mit einem kreisrun-
den Loch in der Mitte.

»Bitte den Mund öffnen und sich vorbeugen. Sehr gut.«

Dr. Graves zog den Spiegel ein Stück weit herab, bis er richtig saß, sodass Hoare nun ein Auge sah, das durch das Loch auf ihn gerichtet war.

»Und jetzt singen Sie. Die Worte sind unwichtig; versuchen Sie einfach, mit offenem Mund ›Aaaah‹ zu singen.«

Hoare stieß ein weiteres makabres Krächzen aus. Der Doktor lehnte sich im Stuhl zurück.

»Schon gut … ist ja schon gut«, kommentierte er Hoares anschließenden Hustenanfall. »Oder besser, *nicht* gut, wie ich fürchte. Sie dürfen Ihr Halstuch wieder umbinden, Sir.«

»Würden Sie mir jetzt bitte verraten, was das alles sollte, Sir?«, fragte Hoare, derweil er tat, wie ihm geheißen.

»Nun, zum Teil habe ich meine unverzeihliche Neugier befriedigt, zum Teil hegte ich die Hoffnung, dass ich Ihnen vielleicht helfen könnte, Ihre Sprechstimme mindestens in Ansätzen wiederzuerlangen, Sir. Jedenfalls vielleicht so weit, dass Sie auf See Befehle brüllen können. Sehen Sie, mein besonderes Interesse gilt den abnormen Funktionsstörungen von Sing- und Sprechstimmen.«

Hoare holte tief Luft und schöpfte zugleich Hoffnung, war es doch der Verlust seiner Stimme gewesen, der ihn damals auf den Strand gesetzt hatte – kein Decksoffizier konnte nämlich vernehmbare Befehle im Flüsterton geben. Seine Stimme wiederzuerlangen, könnte bedeuten, wieder zur See zu fahren, womöglich gar im Rang eines Kapitäns zur See oder eines Kapitänleutnants, was ihm durch seine Verletzung verwehrt blieb. Das war sein sehnlichster Wunsch.

»Nun, Sir, und wie lautet Ihr Urteil?«

»Ich fürchte, in Ihrem Fall sind die Stimmbänder so weit verschoben, dass kein Chirurg unserer Tage in der Lage wäre, das Malheur zu beheben. Ich dachte, Monsieur Dupuytren könnte vielleicht … aber nein, selbst er wahrscheinlich nicht.

Außerdem ist Dupuytren Franzose. Er würde seinen Kaiser wohl kaum vor den Kopf stoßen wollen, indem er einen fähigen Offizier in den Stand versetzte, Boneys Marine zu bekämpfen. Überdies sind die Stimmbänder stark atrophiert. Es überrascht mich, dass sie keine Schwierigkeiten mit dem Schlucken haben. Tut mir Leid.«

»Trotzdem vielen Dank, Sir«, flüsterte Hoare.

»Es wäre nur eine geringe Gegenleistung dafür gewesen, dass Sie Mrs. Graves heute das Leben gerettet haben, Sir«, erwiderte der Doktor. Er sah zu seiner Frau auf und legte seine Hand über die ihre, die auf seiner Schulter ruhte. Dann gab er ihr Spiegel und Trichter.

»Dieser Trichter, Sir, interessiert mich besonders«, sagte Mr. Morrow. »Sie haben ihn mir nie zuvor gezeigt. Ob Sie ihn mir wohl jetzt einmal vorführen könnten?«

»Aber gewiss. Für gewöhnlich wird er dazu genutzt, die Herztöne abzuhören. Monsieur Laënnec – ein alter Freund von mir, aber auch er ein Franzose, fürchte ich – hat das Instrument entwickelt, um damit Erkrankungen von Herz und Lunge präziser diagnostizieren zu können. Da der Instrumentenbau, wie Sie schon wissen, ein Steckenpferd von mir ist, habe ich seine Erfindung geringfügig verbessert. Probieren Sie das Ding doch einmal aus, erst an mir und dann an Mr. Hoare, wenn wir ihn noch einmal inkommodieren dürften. Anschließend sollten Sie sich Ihrerseits der Tortur unterziehen, sofern Mr. Hoare ebenfalls dazu bereit ist.«

»Mit dem größten Vergnügen«, sagte Hoare.

»Ich werde mich mit dem Zuschauen begnügen«, verkündete Mrs. Graves. Miss Austen nickte und schloss sich ihr an.

»Aber zunächst«, fuhr Mrs. Graves fort, »sehe ich Agnes unschlüssig in der Tür stehen. Ich glaube, sie will mir von Mrs. Betts ausrichten, dass die Schollen kalt werden. Wir dürfen unsere Mrs. Betts nicht verstimmen, deshalb schlage ich vor, dass wir die Vorführung bis nach dem Dinner verschieben. Mr. Hoare, wären Sie wohl so freundlich, mich ins Esszimmer zu geleiten, während der Doktor uns mit Miss Austen und Mr. Morrow folgt?«

Als Hoares Gastgeber in das Esszimmer nebenan rollte, hörte der Leutnant ihn murmeln: »Jack Sprat, der aß kein Fett, sein Weib, sie aß das nur …«

Miss Austen prustete los, Hoare unterdrückte ein Grinsen; von Mr. Morrow kam dagegen keine Reaktion.

»Als Mr. Hoare und Mrs. Graves vor uns gingen, fiel mir ihre äußere Erscheinung auf«, erläuterte Dr. Graves, nun wieder laut sprechend. »Erinnert der Gegensatz zwischen beider Gestalt Sie nicht an das alte Kinderlied?«

»Aber natürlich. Ha, ha«, lachte Mr. Morrow pflichtschuldigst. Irgendetwas stimmte hier nicht, dachte Hoare.

Während sie die Schollen lobten, erklärte Mrs. Graves Leutnant Hoare, gelegentlich unterbrochen vom Betroffenen selber, Mr. Morrow sei der Sohn eines englischen Pelzhändlers, der sich in Montreal niedergelassen hatte, nachdem die Franzosen im Jahre '63 Quebec an die Krone abgetreten hatten, und dort zu Wohlstand gekommen war. Morrow Senior hatte die Tochter eines Häuptlings der Cree-Indianer zur Frau genommen, was erklärte, warum der Sohn so aussah, als würde er sich an einem Lagerfeuer in der nordamerikanischen Wildnis eher zu Hause fühlen als an der Tafel der Graves.

Der Sohn aber, Edward Morrow, hatte das Leben in der Zivilisation dem eines Wilden vorgezogen, als er des Vaters kleines Vermögen erbte, und war in das Land seiner Vorfahren zurückgekehrt. Mittlerweile besaß er einen der kleineren Marmorsteinbrüche auf den Hügeln der Purbeck Downs, im

Hinterland von Weymouth, war zum Friedensrichter ernannt worden und stand mit Sir Thomas Frobisher auf sehr vertrautem Fuße.

Hoare hörte höflich und aufmerksam zu, doch interessierte ihn etwas anderes viel mehr. Er wandte sich seiner Gastgeberin zu.

»Wer, Mrs. Graves«, begann er, kaum dass ihr Gatte den Braten tranchiert hatte, »hat Ihnen beigebracht, einen Stein so tödlich treffsicher zu schleudern oder zu werfen?«

»Meine Brüder, Sir – Brüder, aber keine Mutter«, antwortete sie. »Drei Brüder: der eine groß und weise, obwohl jung an Jahren, der zweite ein Schinder, der dritte ein Schwächling. Gerald hat den kleinen Jude und mich fortwährend gequält, bis Jack mir wenigstens beigebracht hat, wie ich mich meiner Haut wehren und auch den armen Jude gegen ihn verteidigen konnte. Zum Glück bin ich beidhändig, ich kann mit links wie mit rechts gleich gut schreiben, sogar gleichzeitig – wenn Sie wollen, kann ich es Ihnen nach dem Essen zeigen –, und auch Steine werfen oder schleudern. Jack hat mich ohne Unterlass darin gedrillt, bis ich eines harten Winters, als Vater nicht bei uns war und es schlimm um uns stand, die Familie fast nur mit dem Wildbret ernährt habe, das ich nach Hause brachte.«

Hoare sah, dass Mr. Morrow mindestens ebenso sehr von Mrs. Graves' Erzählung gefesselt war wie er selber, aber verständnislos dreinblickte. Offensichtlich kannte Morrow die Einzelheiten ihrer nachmittäglichen Unternehmung noch nicht. Hoare setzte ihn ins Bild.

»Es war wirklich erstaunlich, Sir«, schloss er. »Ich möchte Ihre Gastgeberin nicht zum Feind haben – zumindest dann nicht, wenn sie ein oder zwei Steine griffbereit hat.«

»Ihre Geschichte hätte im Stamm meiner Mutter Eindruck gemacht«, sagte Mr. Morrow zu Mrs. Graves. »Jeder tapfere Krieger hätte viel gegeben im Tausch gegen ein Weib, das sich so zu wehren weiß wie Sie. Ehrlich gesagt, überrascht es mich, dass Sie nicht ohnmächtig geworden sind.«

»Ich fühle mich wirklich geschmeichelt, mein Herr«, erwiderte sie, doch ihre Stimme verriet mindestens Hoare, dass sie alles andere als das war. »Aber was die Ohnmacht betrifft: Wozu wäre das wohl gut gewesen? Wenn Mr. Hoare nicht just zur rechten Zeit gekommen wäre, ich wäre den beiden Dieben oder Frauenschändern oder was immer sie waren auf Gedeih und Verderb ausgeliefert gewesen. Sie kennen mich besser, Mr. Morrow«, schloss sie und lenkte das Gespräch auf Lord Nelson, ein ungefährliches und sehr beliebtes Thema. Jedermann wusste, dass der Held Englands Gestade verlassen hatte und den Atlantik nach Villeneuve und seiner Flotte absuchte. Ob Hoare glaube, dass der Admiral seine Froschfresser schließlich und endlich doch noch fangen werde?

Hoare konnte nur mit den üblichen Banalitäten antworten: dass Nelson, wenn er sein Wild erst einmal gestellt habe, seine Fänge hineinschlagen und nie mehr loslassen werde, so wie sich das für eine britische Bulldogge gehöre.

Was durchaus stimmte, sagte sich Hoare, doch leider setzte der Held seinem Feind für gewöhnlich in falscher Richtung nach, weshalb seine Flotte oft lange brauchte, den Franzmann zu finden. Hatte sie ihn erst einmal, war er natürlich verloren.

Während dieser Unterhaltung mit seiner Gastgeberin konnte Hoare nicht verhindern, dass er ab und zu etwas von der Unterhaltung der anderen Gentlemen mitbekam. Ihr Gespräch hatte einen seltsam scharfen Unterton, der, wie Hoare fand, eher zu einer Auseinandersetzung politischer Gegner oder gar persönlicher Feinde passte.

»Ich habe Ihnen schon einmal gesagt, Morrow«, schloss

Graves ziemlich gereizt, »dass ich Arzt und Naturwissen-schaftler bin und kein Handwerker. Sie müssen Ihr Glück woanders versuchen – vielleicht in Mr. Hunters Geschäft, an der Pall Mall. Es versteht sich von selbst, dass ich Ihnen un-ter den gegebenen Umständen keinen Instrumentenbauer vom Kontinent empfehlen kann.«

Hoare wandte nun, weil man es ihm so beigebracht hatte – und weil er nicht den Anschein erwecken wollte, er höre heimlich zu –, seine Aufmerksamkeit der Dame auf seiner Rechten zu. »Sind Sie und Mrs. Graves schon lange be-kannt?«, fragte er.

»Wir waren beide Mauerblümchen, damals in Bath«, er-widerte Miss Austen mit einer wegwerfenden Handbewe-gung, »doch dann hat sie es nach Weymouth geschafft und mich in Bath einsam und allein meinem Mauerblümchenda-sein überlassen.«

»Einsam und allein, Jane? Ach, Unsinn!«, rief Mrs. Graves dazwischen. »Eine Einsamkeit, die von – lassen Sie mich nachdenken – Mutter, Vater, Schwester und Gott weiß wie vielen Neffen und Nichten unterbrochen wurde. Keine Ap-pelle an unser Mitleid mehr, ich bitte Sie!«

Miss Austen lachte leicht verschämt und sagte bis zum Ende des Dinners kein Wort mehr. Da es kein förmliches Festessen war, zogen sich die Damen anschließend nicht zu-rück, sondern gesellten sich bei Stilton und Walnüssen zu den Gentlemen. Als Nüsse und Käse verspeist waren – »restlos vernichtet, wie eine französische oder spanische Flotte«, kommentierte Dr. Graves –, geleitete seine Frau Miss Austen und die Gentlemen in den Salon zurück, wo Agnes den Tee-tisch gedeckt hatte. Auf der Schwelle wartete Dr. Graves und zog Hoare beiseite, offenbar um ihm etwas zu sagen, das nur für Hoares Ohren bestimmt war.

»Mr. Hoare, ich glaube, ich habe Sie schockiert, als ich vorhin so leichthin über meine Gattin und ihre Figur scherzte. Seien Sie versichert, dass ich die kurzen Zeilen aus dem Kinderlied mit Absicht zitiert habe. Ich muss wissen, wie es in Mr. Morrows Herzen aussieht, nicht so sehr aus medizinischer als vielmehr aus wissenschaftlicher Sicht: Mein kleines Experiment hat bewiesen, dass ihm zumindest jener Sinn für das Lächerliche abgeht, jene Bereitschaft, auch über die eigenen Schwächen zu lachen, die Mrs. Graves und ich teilen, und auch Sie, wie ich erkennen konnte. Und was Mrs. Graves angeht, so ist sie nicht nur ein beeindruckender Mensch – das haben Sie ja schon selber herausgefunden –, sondern auch eine wahrhaft gütige, liebevolle und zart fühlende Seele, auch wenn sie erbittert bestreiten würde, überhaupt eine Seele zu besitzen. Sie ist fürwahr meine bessere Hälfte, und wir lieben einander von ganzem Herzen.«

Darauf gab Dr. Graves Hoare ein Zeichen, ihn in den Salon zu schieben. Als Mrs. Graves, auf ihrem Kissen sitzend, die ersten Tassen Tee ausgeschenkt hatte, legte ihr Mann seinen Rock ab, um Monsieur Laënnecs Instrument besser vorführen zu können, und lud seine Gäste ein, es ihm nachzutun.

Hoare stellte fest, dass die Herztöne der Männer, die er abhörte, von Brust zu Brust verschieden klangen. Der Herzschlag des Kanadiers ähnelte dem Manne selber: kraftvoll, rasch pulsierend, stark und tief. Das Herz des Doktors schlug zwar ebenfalls stetig und stark, doch konnte er im Hintergrund ein leises, fast musikalisches Rauschen vernehmen. Das sagte er Dr. Graves auch.

»Ganz recht, Mr. Hoare«, erwiderte der Doktor. »Eine der wenigen Wohltaten fortschreitenden Alters: Man fängt an, in seinem Innern leise Musik zu machen. Selbstverständlich ertönt diese Musik im Allgemeinen ganz im Geheimen, sodass außer dem Musikanten nur Wenige in den Genuss kommen, ihr lauschen zu dürfen.«

»Deshalb enthalte ich mich auch der Teilnahme an gerade diesem Gesellschaftsspiel«, bemerkte Mrs. Graves. »Ich gestatte niemandem außer Dr. Graves, die Töne *meines* Herzens zu hören. Es gehört nur ihm allein.«

»Wie mir scheint, ist Mr. Hoare im Besitz einer exzellenten Uhr«, verkündete Mr. Morrow, nachdem es an ihm gewesen war, Dr. Graves' Hörgerät zu benutzen. »Sie tickt viermal für jeden Herzschlag ihres Besitzers.«

»Meiner Erfahrung nach dürfte das bei einem hochwertigen Zeitmesser in etwa das richtige Verhältnis sein«, sagte der Doktor.

Als der Kanadier Dr. Graves daraufhin näher befragte, wie das Instrument funktioniere, wenn es nicht um den menschlichen Körper ging, konnte ihm der Doktor keine befriedigende Antwort geben. Also zog Morrow seine eigene Uhr hervor, hielt das Hörgerät dagegen und lauschte, ein verzücktes Lächeln auf den Lippen.

»Ich danke Ihnen, Sir«, sagte er schließlich, als er den Trichter seinem Besitzer zurückgab. »Höchst aufschlussreich. Das haben Sie mir nie zuvor gezeigt.« Mr. Morrow war in der Tat sehr interessiert – so sehr, dachte Hoare, dass er fast Wort für Wort wiederholte, was er schon vor dem Dinner gesagt hatte.

»Ich hatte bis heute noch keine Gelegenheit, es Ihnen vorzuführen, Mr. Morrow«, wies sein Gastgeber ihn sanft zurecht.

Hoare erinnerte die Dame des Hauses an ihr Angebot, ihm zu zeigen, dass sie beidhändig schreiben könne. Ihr Lächeln zauberte Grübchen auf ihr Gesicht, die Hoare nie zuvor gesehen hatte: eines in jeden Mundwinkel, wie zwei Satzklammern. Sie bat ihn, das Teetischchen durch einen Schreibtisch zu ersetzen, zog Papier, Tinte, Löschsand und zwei Gänsefederkiele hervor – einen aus dem linken, einen aus dem rechten Flügel des Vogels – und begann mit der rechten Hand.

»Fangen Sie an zu diktieren, Sir«, befahl sie.

»›Wenn es im Laufe der Menschheitsgeschichte …‹«, begann Hoare und zitierte weiter: »… ›für ein Volk notwendig wird, die Bande zu lösen, die es mit einem anderen Volke verbunden haben …‹«

»Hochverrat, mein Herr, das ist Hochverrat!«, rief Mr. Morrow, während Mrs. Graves begann, Mr. Jeffersons trotzige Botschaft an Seiner Majestät Regierung zu Papier zu bringen. Sie kümmerte sich nicht um Mr. Morrow, wechselte die Schreibhand, fast ohne abzusetzen, und schrieb linkshändig weiter, was ihr diktiert wurde. Hoare sah ihr über die Schulter, konnte aber kaum eine Veränderung in ihrer ordentlichen Handschrift erkennen. Er zitierte die Erklärung nicht bis zum Ende, sondern brach an der Stelle ab, wo die Aufzählung der Beschwerden gegen den König begann.

»Und jetzt aufgepasst, Gentlemen«, sagte ihr Gatte.

Mrs. Graves zog ein zweites Blatt hervor, legte es neben das erste und schrieb weiter. Beide Hände glitten im Gleichtakt über das Papier, ein bisschen langsamer zwar, doch mit den gleichen Strichen und Schleifen.

Zu guter Letzt führte Mrs. Graves ihre rechte Hand zum linken Rand des rechten Blattes, die Linke zum rechten Rand des linken Blattes und warf schnell die folgenden Worte aufs Papier: *Ich könnt Dich, Liebste, nicht so lieben, liebt nicht die Ehre ich noch mehr …*

Die Zeilen unter ihrer Linken waren ein Spiegelbild der Zeilen unter ihrer Rechten.

»Unnütz, aber amüsant«, kommentierte Dr. Graves mit stillem Stolz und lehnte sich in seinem Rollstuhl zurück. »Und ein höchst löblicher Gedanke.«

Offenbar hatte Miss Austen ihr langes Schweigen dazu benutzt, eine »Geistreiche Bemerkung« zu formulieren. Nun meldete sie sich mit einem Räuspern zu Wort und begann: »Dies ist eine höchst faszinierende Form der Konversation.« Ihre hohe Stimme klang gepresst. »Wie bei jeder Zusammenkunft von einander mehr oder weniger fremden Menschen – Sie und mich nehme ich davon aus, meine liebe Eleanor –, besteht unser Gespräch überwiegend daraus, einander gefällige literarische Fliegen als Köder zuzuwerfen. Wenn das Opfer mit einem Hinweis auf dieselbe literarische Quelle antwortet, oder mit einer anderen angemessenen Anspielung, umso besser – dann wissen die beiden zu ihrer Zufriedenheit, dass sie gesellschaftlich zum selben Stamm gehören. Ist die Antwort nicht die richtige, so muss der Fliegenfischer sein Opfer wieder freilassen, und zwar nicht nur unverletzt, sondern auch noch besänftigt, indem er es vielleicht mit Komplimenten versöhnt, die so wenig herablassend wie möglich wirken sollten. Ein gefälliges Spiel, nicht wahr?«

»Ja«, erwiderte Mr. Morrow tonlos.

Hoare fiel es einigermaßen schwer, ihre abendliche Unterhaltung in Miss Austens Schilderung wieder zu finden. Eine schreckliche Stille legte sich über die kleine Runde. Die junge Dame versuchte ein klägliches Lächeln; sie errötete heftig, mit unschönen Flecken; zwei Tränen quollen ihr aus den Augenwinkeln, rannen über die Wangen und tropften gleichzeitig in ihren Schoß.

Zum Glück erschien das Dienstmädchen mit einer Botschaft für Mrs. Graves und beendete das Schweigen.

»Von Sir Thomas, Ma'am«, sagte Agnes.

Mrs. Graves erbrach das Siegel und las. Die letzte Farbe wich aus ihrem schon fast bleichen Antlitz.

»Sir Thomas teilt mir mit, dass einer meiner Angreifer verstorben ist, ohne das Bewusstsein wiederzuerlangen«, sagte sie. Das Schreiben entglitt ihren Fingern. »Also klebt jetzt das Blut eines Menschen an diesen Händen.«

»Es war Notwehr, Ma'am«, sagte Hoare.

Ihr Mann nickte zustimmend. Mr. Morrow hob nur die Augenbrauen, als sei er überrascht, sie so bestürzt zu sehen.

»Ach, meine Liebe!«, rief Miss Austen, die für einen Moment ihren verbalen Fehltritt vergaß und mit ausgebreiteten Armen zu ihrer Gastgeberin eilte.

»Bemitleiden Sie mich nicht, Jane!«, befahl Mrs. Graves. Kerzengerade hockte sie auf ihrem Kissen. »Ich dulde kein Mitleid.«

Hoare fand, es sei an der Zeit zu gehen; Mr. Morrow fragte, ob er sich anschließen könne. Weil es schon spät sei, sagte der Kanadier, wolle auch er für die Nacht ein Zimmer im *Dish of Sprats* nehmen, statt nach Hause zu laufen, vier Meilen in der Dunkelheit, den steilen Hügel hinter dem Ort hinauf. Sie könnten sich gemeinsam eine Laterne leihen, die ihnen den Weg leuchten würde.

Am Fuße der Rampe, die zu Dr. Graves' Haustür führte, drehte sich Hoare noch einmal um und bedankte sich flüsternd ein weiteres Mal bei dem Paar, das sich dunkel gegen den von Lampen erleuchteten Eingang abzeichnete.

»Ein bemerkenswertes Paar, die beiden, finden Sie nicht?«, bemerkte Morrow, als sie durch dünnen Nebel über das Kopfsteinpflaster die Straße hinabgingen.

Hoare stimmte ihm zu. »Sie haben sicher mehr zu erzählen, als wir heute Abend gehört haben. Was ist zum Beispiel mit dem Altersunterschied zwischen den beiden? Und was

mit dem tyrannischen Bruder? Oder mit den Zwillingsstief-
söhnen, die sie mir gegenüber heute Nachmittag erwähnte? –
Vorsicht, der Rinnstein!«, setzte er hinzu, so laut er konnte,
und hielt Morrow gerade noch am Arm fest.

»Ich danke Ihnen, Sir. Fast wäre ich daneben getreten«,
sagte Morrow. »Zufällig kann ich Sie ins Bild setzen, kenne
ich doch die Graves', seit ich mich ganz in der Nähe niedergelassen habe. Dr. Graves war so freundlich, mich ab und zu
die Früchte seiner Gabe kosten zu lassen, neue Instrumente
zu erfinden. Was den Altersunterschied angeht, so werden Sie
wohl schon wissen, dass unsere Mrs. Graves des guten Doktors dritte Gattin ist. Die Stiefsöhne sind keine Zwillinge,
aber beide schon erwachsen und aus dem Haus – der eine ist
Hauptmann in Wellingtons Generalstab und gegenwärtig in
Aldershot kaserniert, der andere in London, am Bethlehem
Hospital – als zukünftiger Irrenarzt, verstehen Sie, nicht als
Patient. Die Zwillinge, die Sie meinten, sind Kinder von Dr.
Graves' zweiter Frau; sie wurden tot geboren, und ihre Mutter, hat man mir erzählt, ist ihnen binnen Stunden ins Grab
gefolgt.«

Unterdessen waren die beiden am *Dish of Sprats* angelangt.

»Bitte fahren Sie fort, Mr. Morrow«, flüsterte Hoare, »und
zwar bei einem Schlummertrunk auf meine Kosten.«

»Nun zu dem Altersunterschied zwischen den beiden«,
fuhr Morrow fort, als sie im Gasthaus über einer Karaffe trüben Portweins saßen. »Nachdem er seine zweite Frau zu Gra-
be getragen hatte, ging Dr. Graves wohl davon aus, als Jung-
geselle das Zeitliche segnen zu müssen. Als ich hierher zog,
hatte er es zu einigem Wohlstand gebracht und sich als Arzt
einen Namen gemacht; ja, es ging das Gerücht, er werde womöglich bald zum Ritter geschlagen, in Anerkennung seiner
Verdienste um einen der garstigen Söhne des Königs, den er

von seinem schlimmen Stottern befreit hatte. Wie dem auch sei, Sir: Nur ein oder zwei Monate nach unserer ersten Begegnung kehrte er in einer Nacht wie dieser vom Krankenbett eines Patienten zurück, als sein Einspänner bei voller Fahrt umkippte und ihn unter sich begrub. Am Morgen war er von der Hüfte abwärts gelähmt.

Da seine Genesung lange dauerte und außerdem unvollständig blieb, übernahmen es mehrere Damen aus der Nachbarschaft, ihn abwechselnd zu pflegen. Eine von ihnen war Miss Eleanor Swan – so hieß sie damals. Ihre vielseitigen Fähigkeiten müssen den alten Herrn wohl so stark angezogen haben, dass er um ihre Hand anhielt. Im August vorletzten Jahres wurden sie in St. Ninian's getraut. Und das, Sir, ist nun ›der glückliche Ausgang aus all unserer Not und Pein‹, für den wir alle jeden Sonntag beten sollten«, schloss er.

»Können Sie sich vorstellen, was Mrs. Graves Angreifer gewollt haben mögen?«, fragte Hoare.

Mr. Morrow zuckte betont mit den Schultern, beinah wie ein Franzose. »Ich würde denken, Sir, die beiden sind zufällig auf sie getroffen und haben eine gute Gelegenheit gesehen, eine einsame Frau auszurauben und womöglich zu schänden. Was sonst? Wie Sie heute Abend gesehen haben, verfügt Mrs. Graves über einige Fähigkeiten, doch neigt sie vielleicht zu einem ganz unweiblichen, unbedachten Handeln. Dr. Graves hätte ihr verbieten sollen, den Strand zu betreten, wenn sie nicht einmal einen Diener dabei hat, der sie beschützen kann.«

Hoare bezweifelte insgeheim, dass Mrs. Graves sich so gefügig gezeigt hätte, ihre Bewegungsfreiheit durch irgendwen – und sei es ihr Ehemann – einschränken zu lassen. Aber er behielt seine Zweifel für sich.

»Sie sind im eigenen Boot nach Weymouth gekommen,

ja?«, fuhr Morrow fort. »Also sind Sie nicht nur ein See-mann, sondern auch ein Segler mit eigener Jacht?«

»Ein Segler vielleicht, Mr. Morrow, jedoch ein sehr be-scheidener: Meine ›Jacht‹ ist nur eine umgebaute Pinasse ohne jede Ambitionen – bis auf die neuen Namen, die ich ihr von Zeit zu Zeit verpasse.«

Mr. Morrow lachte. »Ach ja, wie ich höre, ist sie in dieser Hinsicht nicht weniger Chamäleon als Pinasse. Heißt sie nicht *Inevitable*?«

»Heute nicht, Sir. Heute heißt sie *Inconceivable*.«

Wieder lachte Morrow. »Wussten Sie, dass ich zufällig auch ein bisschen segele?«, fragte er.

Hoares Miene verriet seine stumme Überraschung.

»Ja, wirklich. Ich habe in meinem Mutterland damit be-gonnen, als es mir praktisch schien, mein eigenes Transport-mittel zur Verfügung zu haben, wenn ich beim Pelzhandel zwischen Montreal und Quebec hin und her pendeln oder die Nebenflüsse des Saint Lawrence hinauf- und hinunterfah-ren musste. Jetzt habe ich hier vor Ort in Weymouth einen Schoner liegen, die *Marie Claire*, und gelegentlich, wenn mir danach ist, steche ich auf ihr in See. Ihre Mannschaft besteht ausschließlich aus Seeleuten von Jersey. Dank der Schutzbrie-fe, die Sir Thomas für sie beschafft hat, können sie nicht zur Flotte gepresst werden. Vielleicht könnten wir ja unsere Boo-te eines nicht zu fernen Tages einmal gegeneinander laufen lassen? Ein Rennen um ein paar Guineen?«

»Eines Tages, mein Herr. Mit Vergnügen«, erwiderte Hoa-re.

Damit trennten sich die beiden für die Nacht.

Im Nebel des Morgengrauens brach Hoare auf, um sich nach Portsmouth einzuschiffen. Die Kniehosen, die er sich von Dr.

Graves geliehen hatte, ließ er in der Obhut des Wirts vom *Dish of Sprats* zurück. Er ging die High Street hinunter. In der kleinen Stadt herrschte ein großes Durcheinander: Vergessene Backsteine und Portlander Sandstein türmten sich zu unordentlichen Haufen, Bauhölzer lagen überall in den engen Gassen herum. Die unangekündigte Entscheidung des Königs vor einigen Jahren, Weymouth zu seinem bevorzugten Seebad zu erküren, mochte die Bewohner zwar anfänglich auf dem falschen Fuß erwischt haben, doch hatten sie beschlossen, ihr Glück beim Schopfe zu packen, und waren in Erwartung seines Kommens in eine regelrechte Bauwut verfallen. Dann aber hatte Seine geistig zunehmend verwirrte Majestät Weymouth offenbar wieder vergessen, und ein Großteil der viel versprechenden städtischen Verschönerungsprojekte wurde niemals vollendet.

Hoare, ein krankhaft neugieriger Schnüffler, fragte sich, was mit Mrs. Graves' Opfer geschehen sein mochte. Merkwürdiger Zufall, dachte er, dass der Tote der Anführer der beiden sein sollte. Wer hatte gewusst, welcher der Männer das war? Er kam nicht darauf.

Plötzlich blieb er stehen, machte auf der Stelle kehrt und stieg die Stufen zum Rathaus hinauf. Der gesunde Menschenverstand sagte ihm, dass sich der städtische Karzer im Keller des Rathauses befinden musste – das war der richtige Ort für ein Verlies, ob in Büchern oder im wirklichen Leben. Dort fand er es auch, bewacht von einem schnurrbärtigen Schließer, der gerade verschlafen eine Gittertür hinter sich zuzog.

»Ich bin ein Freund von Mrs. Graves«, sagte Hoare zu ihm. »Ich möchte den Mann sehen, der den Überfall auf sie mit dem Leben bezahlt hat.«

»Flüstern tut nich Not, Sir.« Der Wächter wies mit dem Daumen über die Schulter. »Is mausetot, der Kerl, wie König Charles. Da drinnen liegt er und gibt keinen Mucks mehr.«

Hoare drückte die Tür auf. Unter dem groben, blutdurchtränkten Kopfverband war das Gesicht der Leiche aschgrau. Niemand hatte die starr blickenden Augen geschlossen. Spuren von Blut um die Nasenlöcher; angetrockneter, verkrusteter Schaum auf den Lippen.

Hoare hatte genug Menschen auf die verschiedenste Weise ums Leben kommen sehen, um zu wissen, dass es nicht der Stein aus Mrs. Graves' Schleuder gewesen war, der diesen Mann getötet hatte. Er war erstickt worden.

Nachdenklich trat Hoare aus der Zelle des Toten.

»Wo ist der Mann, der mit ihm gefangen wurde?«, fragte er.

Der Schließer zuckte mit den Achseln. »Weiß nich, Sir. Ein paar Leute von der Stadtwache haben ihn mitgenommen, is nur 'n paar Minuten her.«

Hoare verließ das Rathaus und setzte seinen Weg zum Hafen fort. Er ging an Bord seiner *Inconceivable*, setzte Segel und stach mit Kurs auf Portsmouth in See. Der Wind hatte auf Ost zurückgedreht, sodass er wieder Schlag auf Schlag aufkreuzen musste. Er gestaltete den Törn unterhaltsamer, indem er aus der Brettersammlung in der Bilge einen neuen Namen für sein Boot heraussuchte: Als *Inconceivable* war sie aus Portsmouth ausgelaufen, einlaufen aber würde sie als *Insupportable*.

Bei dieser Suche stellte er fest, dass die *Inconceivable* vom Vorsteven bis zum Heck durchsucht worden war. Hoare hatte in ihrer Vorpiek ein kleines Waffenarsenal gestaut: eine kleine Drehbasse, ein Einpfünder, der auf zwei Sockelfüße gesetzt werden konnte – einer im Bug, der andere ganz hinten am Heck; außerdem eine lange Kentucky-Büchse, vier

Pistolen, ein Kavalleriesäbel, ein Degen, fünf Granaten, mehrere Fußangeln, eine Armbrust mit zwanzig Schussbolzen der verschiedensten Art sowie Pulver und Kugeln für die Feuerwaffen, deren Zündschlösser Hoare für einiges Geld mit den neuartigen Zündhütchen versehen hatte.

Nun aber war seine tödlich treffsichere Kentucky-Büchse verschwunden.

Kapitel III

Bartholomew Hoares Vater, Joel Hoare, stammte von Wikingern ab. Er hatte seinen guten Namen mitgebracht, als er damals als Waisenjunge von den Orkneys in den Süden Englands gekommen war, und ihn erfolgreich verteidigt, während er vom einfachen Schiffsjungen durch die Ankerklüse aufgestiegen war, erst zum Segelmeistersmaat und schließlich bis zum Kapitän zur See.

Beide Söhne hatten ihren guten Namen mit Füßen und Fäusten schon zahllose Male verteidigt, bevor sie erwachsen waren. Bei einer dieser Schlägereien hatte sich Bartholomews älterer Bruder, John, so schwer verletzt, dass er immer noch humpelte und den Familiensitz in Shropshire nie verlassen hatte – die Seefahrt blieb ihm für immer verwehrt.

Noch bevor Kapitän Hoare für seinen jüngeren Sohn einen Platz als Seekadett auf der *Centurion*, 60, ergattern konnte, hatte Bartholomew einem feixenden Schulkameraden, der ihn ob seines Namens verhöhnte, ein Tranchiermesser durch den Oberschenkel gejagt. Dieser Tage, mehr als dreißig Jahre später, musste ein Mann schon reichlich tollkühn sein, wollte er sich über den guten Namen Bartholomew Hoares lustig machen. Zwar hatte Hoare bislang keinen einzigen seiner Duellgegner töten müssen, doch hatte er sie ganz nach Belieben mit Pistole, Degen oder Säbel verwundet.

Wie es sich für einen Nachfahren der Wikinger gehörte, war Bartholomew nicht nur ein Krieger, sondern überdies ein hervorragender Seemann. Als schlichter Fähnrich zur See war er der höchstrangige Deckoffizier der Kanonenbrigg *Beetle* gewesen, der den großen Sturm vor Neuschottland im September '81 überlebte, als ein irrlaufender Kaventsmann ihr Achterdeck leer gefegt hatte. In jener Nacht hatte er die Überlebenden ihrer Mannschaft befehligt, als sie die Brigg mit einem Notanker von den sturmumtosten Felsen der Isles of Shoals warpten.

Doch damit nicht genug: Während der junge Hoare die *Beetle* unter Notrigg mühselig nach Halifax segelte, kaperte er mittels einer List einen kleinen Freibeuter der Yankees – der Skipper des amerikanischen Schiffes hatte seine Mannschaft auf seine englischen Prisen verteilt – und lief mit seiner Beute in bescheidenem Triumphzug in Halifax ein. Der Freibeuter hatte Gold und Silber von einem der gekaperten Schiffe an Bord; außerdem kaufte die Königliche Marine das amerikanische Schiff, womit das gesamte Achterdecksachtel der Kaufsumme an Hoare fiel, dazu noch der zweiunddreißigste Teil, der ihm als Fähnrich zustand – als einem von vier überlebenden Decksoffizieren.

Noch bevor Hoare also im Jahre 1783 sein Leutnantspatent erhielt, hatte er sich schon einen guten Ruf als fähiger Offizier erworben, der seine Ehre ebenso gut zu verteidigen wusste wie ein Schiff führen konnte. Zudem hatte er, der doch nur ein Fähnrich am Fuße der Marineerfolgsleiter war, auch ein ansehnliches Vermögen erworben: Die Summe von 6.127 Pfund, fünf Shilling und acht Pence, die ihm der Prisenoffizier von Halifax ausbezahlte, brachte den jungen Hoare derart aus der Fassung, dass er, anders als der typische Fähnrich, das ganze Geld in Staatsanleihen investierte und

Barclays Bank übergab, wo es sich tatenlos vermehrte, während sich sein Besitzer auf den langen, beschwerlichen Weg machte, die Beförderungsleiter der Königlichen Marine zu erklimmen.

Die Musketenkugel aber, die am 1. Juni 1794 von der *Eole* abgefeuert wurde, setzte seiner seemännischen Laufbahn ein jähes Ende. Da jeder Deckoffizier in der Lage sein musste, den Großmasttopp auch in einem ausgewachsenen Sturm anzupreien, hatte der Kommandant der *Staghound* seinen Ersten Offizier, der für immer verstummt war, zu seinem Bedauern an Land setzen müssen, versehen mit einem Empfehlungsschreiben, das Hoare in den höchsten Tönen lobte und von Lord Howe höchstselbst gegengezeichnet wurde. Seit jenem schwarzen Tag war Bartholomew Hoare nur noch auf seinem eigenen Boot oder als stiller, tief enttäuschter Passagier in See gestochen.

Dank einem gütigen Schicksal verfügte Hoare neben seinen Fähigkeiten auch über Einfluss unter den Mächtigen. Selbstverständlich konnte Kapitän Joel Hoare als Mitglied des Unterhauses bei Ihren Lordschaften von der Admiralität sein Gewicht in die Waagschale werfen; außerdem hatte Bartholomews Onkel Claudius, der Bruder seiner verstorbenen Mutter, Lady Jessica geheiratet, die älteste Tochter von Geoffrey, dem dritten Baron von Wheatley. Nur diesen Verbindungen sowie Lord Howes überaus wertvollem Brief hatte der verzweifelte, auf den Strand gesetzte Hoare es zu verdanken, dass er einen Posten im ständigen Stab des Hafenadmirals von Portsmouth fand.

»Und was zum Teufel soll ich nach Ansicht Ihrer Lordschaften mit einem Leutnant anfangen, der nicht sprechen kann?«, hatte dieser hohe Offizier Hoare gefragt, derweil er vor dem niedergeschlagenen Leutnant auf und ab marschierte.

»Können Sie Französisch?«

»Jawohl, Sir.«

»Buchführung?«

»Jawohl, Sir.«

»Aufentern, Segel reffen, Ruder gehen?«

»Jawohl, Sir.«

»Die Fockbramsaling anpreien?«

»Nein, Sir.«

Frage auf Frage hatte der Admiral wie Breitseiten abgefeuert, jedesmal wenn er Hoares Klüse kreuzte, bis der Leutnant in Schweiß gebadet war.

Offenbar hatte er die Musterung bestanden, denn der Admiral hatte ihn als eine Art Faktotum eingestellt. So stand er dann entweder dem Lord Commissioner der Admiralität zur Verfügung, der für Portsmouths Werften zuständig war, oder dem Admiral selber, der als Hafenkommandant die Marineeinheiten befehligte, die im Dock von Portsmouth Yard oder draußen vor dem Hafen auf der Reede von Spithead lagen. Tatsächlich jedoch verbrachte Hoare die meiste Zeit mit niederen Arbeiten für den Personaloffizier des Stützpunkts, der die Presstrupps befehligte, sowie für die örtlichen Vertreter vom Marineamt und die nachgeordneten Behörden des Zeugamts, Marketenderamts und Transportamts. Er erledigte Botengänge und nahm jeden Auftrag an, den ein stimmloser Offizier vernünftigerweise annehmen konnte. Das Leben, das er führte, hielt ihn fern vom Lande, wo die Familie Hoare nach wie vor ihren Sitz hatte; er zog den Gestank der Bilge und das Scharren der Ratten dem Gestank von Kuhscheiße und dem Scharren der Hühner vor.

Er machte sich nicht nur von der Pieke auf engstens vertraut mit der bizarren, altertümlichen Arbeitsweise des »Silent Service«, wie die Marine auch genannt wurde; er musste sich auch unentbehrlich gemacht haben. Obwohl nämlich Sir Percy bald seinen Admiralsstander auf der *Agamemnon* hissen und endlich wieder zur See fahren durfte, Hoare mutterseelenallein an Land zurücklassend, behielt der Leutnant auch unter den folgenden Hafenadmirälen seinen Posten. Er ging, wohin sie ihn beorderten, wurde älter, doch ohne Moos anzusetzen. Mittlerweile war er dreiundvierzig Jahre alt.

Anders als viele gestrandete Marineoffiziere – und auch viel zu viele mit einem Bordkommando –, hielt Hoare sich in Form. Er war häufiger Gast im *salle d'armes* von Marc-Antoine de Chatillon de Barsac, einem französischen Emigranten und Meister der Fechtkunst. Dort vervollkommnete er gewissenhaft seine Beherrschung sämtlicher Waffen, die er finden konnte, einschließlich vieler, die auf dem Felde der Ehre niemals zum Einsatz kamen, weil sie sich für einen Gentleman nicht geziemten. Außerdem sprach er mit der Zeit fließend Französisch, wenn auch mit starkem Akzent.

Wann immer seine dienstlichen Pflichten es zuließen, segelte er in seiner seltsamen kleinen Jacht die gesamte englische Südküste ab. So blieben nicht nur seine Hände schwielig und seine Muskeln stark vom Setzen und Bergen ihrer Segel und vom Hieven am rauen Hanf ihrer Schoten, sondern er schärfte auch seine seemännischen Fähigkeiten.

Vor ein oder zwei Jahren hatte er mit den Guineen, die er einer Glückssträhne an den Tischen des *Long Room* von Portsmouth verdankte, die Pinasse gekauft. Das Prisengeld dagegen, das er damals mit der *Beetle* eingefahren hatte, rührte er nicht an, so wie er es geschworen hatte, als er an Land gesetzt worden war – als Reserve für den mehr als wahrscheinlichen Fall, dass er als Leutnant mit halbem Sold aus dem Dienst scheiden sollte.

Die *Insupportable* verfügte über eine Kajüte, die groß genug war, ihn und einen gelegentlichen Gast zu beherbergen; außerdem bot sie Stauraum für sein Waffenarsenal, Vorräte für eine Woche, einen winzigen Kombüsenherd und gewisse andere Gerätschaften. Sie lag zwar für gewöhnlich im Inner Camber, unmittelbar südlich von Portsmouths Docks, oder segelte die Küste entlang, wenn Hoare danach war; aber hin und wieder beförderte sie ihren Skipper bei wichtigen Aufträgen, und für eben diese Fälle hatte Hoare das just dezimierte Arsenal erworben.

Auch wenn der Name seiner *Insupportable* von Zeit zu Zeit wechselte, segelte Hoare sie doch fast immer allein. Er hatte sie merkwürdig geriggt, mit einem Schafschenkel-Großsegel, dessen Fußliek er vom Halse bis zum Schothorn an eine Spiere gelascht hatte und dessen Topp so hoch hinauf reichte wie ihre Maststenge, sowie einem Gaffel-Vorstagsegel. Sie konnte dichter am Wind segeln als all die schwerfälligen Beiboote und Leichter, die im Hafen von Portsmouth unterwegs waren, und nahm in den Sonntagsrennen jedem anderen Boot mindestens eine Länge ab.

Um ihre Abtrift beim Aufkreuzen gegen den Wind zu verringern, aber ihre Fähigkeit zu erhalten, ohne Schaden am Kiel anzulanden, hatte ihr Hoare eines der neuen, umstrittenen, bleibeschwerten Kielschwerter verpasst. Weder ihm noch ihr machte es etwas aus, dass der lange klobige Kasten für das aufholbare Kielschwert seine Kajüte in zwei Hälften teilte: Er bildete die Basis für einen Tisch, der längsschiffs zwischen zwei gepolsterten Spindtruhen stand.

Es ging schon auf vier Glasen in der Nachmittagswache, als Hoare sein kleines Boot in das Inner Camber verholte.

Nun da er langsam in ihren Heimathafen glitt, luvte er an, um *Insupportables* Leetrift zu korrigieren, belegte eine Leine an einer Decksklampe und warf das andere Ende einem wartenden Schauermann zu. Der Mann fing die Leine mit einer Hand und legte die Bucht am Ende über einen Poller zu seinen Füßen. Mit der Heckleine verfuhren die beiden genauso. Nachdem Hoare Springleinen vertäut und alles Tauwerk zu seiner Zufriedenheit festgezogen hatte, geite er das Groß- und das Vorstagsegel auf, verschloss das Luk, das unter Deck führte, und ging über die schwankende Laufplanke an Land. Hinter ihm döste die *Insupportable* träge in den langen Schatten des Juniabends.

Hier war sie so sicher, wie sie in England nur sein konnte. Guilford, der Schauermann und Dockwächter, war aufmerksam und stets nüchtern; er wurde von einer Gruppe leidenschaftlicher Segler gut bezahlt, damit er Plünderer von ihren geliebten Jachten fern hielt. Unter diesen Gentlemen war Hoare nur ein Außenseiter, geduldet ob seiner seemännischen Fähigkeiten und seiner höflichen Art, nicht wegen seiner begrenzten finanziellen Mittel oder der obskuren Abstammung.

Guilford grüßte, indem er die Knöchel der geballten Faust an die Stirn legte. »Da hat 'n Offizier nach Ihnen gefragt, Sir. Er wartet drüben im *Anchor* auf Sie«, sagte er.

»Danke für die Vorwarnung«, flüsterte Hoare. »Mein kleines Mädchen könnte bei Gelegenheit ein bisschen Frischwasser gebrauchen, ja?« Er gab dem Mann einen Shilling.

»Aye aye, Sir«, erwiderte Guilford.

Hoare verließ das Docksgelände durch das Gittertor, das in die umlaufende Mauer eingelassen war, und überquerte das Kopfsteinpflaster der Shore Street. Er steuerte ein oder zwei Strich Steuerbord auf das Gasthaus zu, wo er logierte. Das Schild über der offen stehenden Halbtür zeigte ein fischartiges Meeresungetüm, das die Augen rollte und gerade dabei war, einen Anker zu verschlingen, der von der Mannschaft einer sturmgeschüttelten Galeone in panischer Angst über Bord geworfen wurde. Das Schild erzeugte eine Wirkung beim Betrachter, die gut zum *Swallowed Anchor* passte – dem Gasthaus, zu dem es gehörte.

War Hoares Besucher ein Offizier, so würde er ihn in der Gaststube finden, dem Schankraum rechts vom Eingang, zu dem nicht jeder Zutritt hatte. Dorthin also lenkte Hoare seine Schritte, nachdem er sein Halstuch klariert hatte. Der einzige Gast im Raum stand auf, als er ihn sah, und kam ihm entgegen.

»Mr. Hoare?« Der Mann war einen halben Kopf kleiner als Hoare, aber sicher seine fünfzehn Pfund schwerer. Das Leben hatte ihn in den Grundfarben gemalt: Unter seinem sorgfältig zerzausten weizengelben Haar leuchteten hellblaue Augen und hummerrote Wangen. Sein anziehendes Gesicht dürfte nicht Wenigen vom schönen Geschlecht das Herz gebrochen haben, bevor jemand oder etwas ihm seine Adlernase gebrochen hatte. Vielleicht hatte der Mann etwas von einem eitlen Marinestutzer, dachte Hoare, trotzdem war er wohl nicht zu unterschätzen.

»Bartholomew Hoare, zu Diensten, mein Herr«, flüsterte Hoare und schüttelte die Hand, die ihm dargeboten wurde. »Mit wem habe ich die Ehre ...?«

»Peter Gladden, Sir, Zweiter Offizier der *Frolic*, 22.«

»Sie haben Glück mit Ihrem Kommando, Sir. Ich habe nur Gutes über Ihre Brigg gehört.«

»Ein schönes Schiff, ja, das ist sie«, erwiderte Mr. Gladden. »Aber ihretwegen bin ich nicht hier. – Wie wär's mit einem Wein, Sir?«, fügte er hinzu.

Hoare lächelte und faltete seinen langen Körper in den Stuhl gegenüber, als wäre er eines dieser neuen amerikanischen Klappmesser.

»Mit Vergnügen, Mr. Gladden. Allerdings bestehe ich darauf, dass Sie mein Gast sind. Schließlich lebe ich hier.« Hoare lachte. Eine junge Dame, die er kannte, hatte einmal bemerkt, sein hingehauchtes, leises Lachen höre sich an, als ob ein Kätzchen versuche, eine Kerze auszupusten.

»Das Haus führt einen sehr anständigen Roten von den Kanaren«, fuhr er fort. »Ob ich Sie wohl dafür gewinnen könnte?«

»Nur zu gern, Sir«, sagte Gladden.

Hoare zog seine Bootsmannsmaatenpfeife hervor und blies einen leisen Triller.

»Ich komme, Sir, ich komme schon!«, antwortete ihm ein fröhlicher Sopran von nebenan. »Will nur rasch die Schnitten für Sie und Ihren Gast fertig machen. Soll's Ihr Canary sein, Sir?«

Ein Pfiff: *Tuuiiiet.*

»Und auch Kaffee?«

Hoare sah seinen Gast fragend an.

»Vielleicht später«, sagte Gladden.

Tuuiiee-tuiet. Hoare steckte die Pfeife wieder weg. »Wie Sie sehen, Mr. Gladden, habe ich die Dienerschaft vom *Swallowed Anchor* bestens ausgebildet. Ich hoffe, Sie verzeihen mein ungepflegtes Äußeres – Sie müssen wissen, ich bin gerade aus Weymouth herübergesegelt. An Bord kleiner Boote finde ich Seemannshosen bequemer als Kniehosen.«

»Ich hab gesehen, wie Sie mit Ihrer Yacht eingelaufen sind«, bemerkte Gladden. »Merkwürdiges Rigg, oder?«

»Recht ungewöhnlich«, bestätigte Hoare. »Ich hab's auf Bermuda gesehen, mit der *Sybil*, im Jahr Eins. Die Eingeborenen takeln ihre Fischerboote so. Das Rigg ist mir aufgefallen, weil es von einem Mann bedient werden kann und dennoch seetauglich ist. Als ich sie letztes Jahr kaufte, hab ich sie also genauso geriggt, so gut ich mich daran erinnern konnte.«

Er hielt inne, holte Luft und fuhr fort: »Seither bin ich hochzufrieden mit ihr. Sie segelt härter am Wind als jedes andere Boot, das ich kenne.«

Er verschwieg, dass es ihm mittlerweile schwer fiel, einen Gegner für Wettrennen zu finden, seit seine *Insupportable* im letzten Sommer ihre Kosten mehr als eingefahren hatte – es sei denn, er ging unmögliche Wetten ein.

Eine stämmige junge Frau mit rosigen Wangen und einem Kleid, das so hellblau war wie ihre Augen, trat in die Stube und stellte ein Tablett mit belegten Broten, Gläsern und einer Karaffe Rotwein auf den Tisch zwischen die beiden Leutnants.

»Bitte sehr, Gentlemen«, sagte sie kurz und bündig.

»Danke schön, Susan.« Hoare schenkte ihnen ein und hob sein Glas. »Auf die *Frolic*.«

»Auf die …« Gladden stockte. »Wie heißt Ihr Boot doch gleich?«

»*Insupportable*.« Hoare lächelte erwartungsvoll: Er wusste, was kommen würde.

Gladden prustete los und hätte fast seine schneeweiße Weste mit dem Rotwein befleckt.

Hoare spulte seinen gewohnten Spruch ab, den schon Dr. Graves, Sir Thomas und zahllose andere vor ihnen zu hören bekommen hatten, und schloss wie immer mit den Worten: »Sie spricht nur auf die Pinne an, das allerdings bestens.«

Gladden lachte herzlich, sein Vergnügen war echt. »Dann sind Sie ja Kommodore, mit einem ganzen Geistergeschwader unter sich«, sagte er. »Hoffentlich haben Sie Ihr Geheimnis vor Boney gut gehütet.«

»Ich denke schon«, erwiderte Hoare. »Aber man weiß ja

nie – ›Frankreichs Spione sind überall‹, wie es heißt. Doch ich bin sicher, Mr. Gladden, dass Sie mich nicht deshalb aufgesucht haben, weil Sie sich vergewissern wollen, ob ich das Geheimnis meines ›Geschwaders‹, wie Sie sie gütigerweise nennen, für mich behalten kann.« Er verstummte, die Augenbrauen fragend hochgezogen.

»Allerdings nicht, Sir. In der Angelegenheit, die mich zu Ihnen führt, geht es um Gerechtigkeit.«

»Gerechtigkeit, Sir?«

»Jawohl. Wir sind uns noch nie begegnet, aber mein Familienname dürfte Ihnen vielleicht etwas sagen: Arthur, mein jüngerer Bruder, hat eine Zeit lang unter Ihnen gedient.«

»Arthur Gladden?«, fragte Hoare. »Aber ja. Er hatte das Pech, mir für einige Wochen in Lymington zugewiesen zu werden und in dem abscheulichen Pressdienst seine Pflicht zu tun … Ach je, natürlich – vielleicht irre ich mich, aber ist nicht ein Offizier dieses Namens gerade erst unter strengem Arrest im Dock an Land gebracht worden?«

»Ich fürchte, ja. Er ist Dritter Offizier der *Vantage*. Sie haben womöglich noch nie von ihr gehört; sie ist frisch vom Stapel gelaufen und gerade erst in Dienst gestellt worden.«

»Grundgütiger, ja. Er wird beschuldigt, ihren Kommandanten ermordet zu haben, glaube ich … Adam Hay hieß der Mann.«

»Ich fürchte, ja«, wiederholte Gladden. »Und da die *Frolic* gerade im Hafen liegt, hat er mich gebeten, sein ›Freund‹ zu sein.«

Hoare nickte. »Sein Rechtsbeistand und Verteidiger, ja natürlich.«

»Nun kenne ich mich aber mit Kriegsgerichten überhaupt nicht aus, Sir«, sagte Gladden. »Ich bin Seemann, kein gottverdammter Anwalt. Ich weiß nicht einmal, wo ich anfangen soll.« Gladden wurde lauter. »Außerdem kann er so etwas gar nicht getan haben. Er ist ein Gentleman im Sinne des Wortes, gütig und sanft wie ein Lamm. Er hasst das Töten. Vater konnte ihn noch nicht mal zum Schießen bewegen. Offen gesagt, hätte er Pastor werden sollen, aber Vater war strikt dagegen. Nein, er musste zur See gehen, genau wie Vater und genau wie ich. Mir macht das nichts aus, mir gefällt das Leben auf See. Das war schon immer so. Aber für ihn ... für ihn ist's ein langsamer Tod.«

Hoare enthielt sich der Bemerkung, dass unter den gegenwärtigen Umständen Arthur Gladdens Tod vielleicht doch nicht so langsam sein würde: Von der Rahnock zu baumeln und zu ersticken dauerte nur wenige Minuten, wenn auch länger, als im Gefecht von einer Kugel getroffen zu werden. Das Ergebnis war selbstverständlich dasselbe.

»Was wollen Sie von mir? Dass ich an Ihrer Stelle die Verteidigung Ihres Bruders übernehme? Wie Sie sicher wissen, sieht es die Marine nicht gerne, wenn Offiziere sich vor einem Kriegsgericht nicht selbst verteidigen. In ihren Augen wirft das kein gutes Licht, weder auf den Angeklagten noch auf den ›Freund‹.«

Hoares Flüstern erstarb allmählich völlig. Er hielt kurz inne und trank einen Schluck Wein, bevor er fortfuhr. Dennoch klang sein Flüstern nun wie ein müdes Gekrächze, unschön anzuhören und kaum zu verstehen.

»Außerdem, Mr. Gladden, ermüdet es mich sehr, länger zu sprechen. Es wird Ihnen nicht entgangen sein, dass ich nach einer Weile ... äh ... sozusagen Sturmsegel setzen muss, soll man mich verstehen, selbst wenn es so still ist wie hier. Nein, wenn Sie das von mir wollen, dann bin ich, fürchte ich, nicht der Richtige für Sie.« Hoare lehnte sich zurück und rieb unbewusst die Narbe just über seinem Halstuch.

»Aber Sir, Admiral Hardcastle sagte mir, Sie hätten eine geradezu unheimliche Gabe, ›gordische Knoten aufzudröseln‹. Verzeihen Sie die blumigen Worte, aber genauso hat er sich ausgedrückt.«

»Ich weiß. Ich weiß auch, dass die Sekretäre des Admirals mich das ›Flüsternde Frettchen‹ nennen. Mir scheint das reichlich romantisch und überzogen, aber was soll ich mir darüber den Kopf zerbrechen? Diese eitlen, aufgeblasenen Kuppler und Tintenkleckser würden es mir kaum ins Gesicht sagen, und was sie hinter meinem Rücken reden, muss mich nicht weiter kümmern. Ich habe mich schon zu oft duelliert.« Hoares Flüstern erstarb schon wieder.

Doch Mr. Gladden ließ sich weder entmutigen noch vom Ziel abbringen. »Admiral Hardcastle hat auch gesagt, er wäre Ihnen äußerst verbunden, wenn Sie den Fall des armen Arthurs übernähmen.«

»Admiral Hardcastle? Admiral Hardcastle hat das so gesagt?«

Admiral Sir George Hardcastle, Ritter des Bath-Ordens, war der amtierende Hafenadmiral von Portsmouth – einer der höchsten und best bezahlten Posten, die ein Marineoffizier anstreben konnte. Bartholomew Hoares oberster Dienstherr war als ein griesgrämiger, gnadenloser Mann bekannt.

»Nun, Sir, dann sieht die Sache natürlich ein bisschen anders aus«, sagte Hoare. »Lassen Sie mich kurz nachdenken.« Er schenkte ihnen beiden nach. »Also gut. Wie wäre es, wenn Sie weiterhin offiziell Ihren Bruder verteidigen und ich lediglich hinter Ihnen stehe und Ihnen mit meinem üblen, rumgeschwängerten Atem Anweisungen ins Ohr … äh … *flüstere*, solange Sie das ertragen können?«

»Ich wäre hoch erfreut«, erwiderte Gladden. »Wo wollen wir anfangen?«

»Am Anfang. Beginnen Sie am Anfang, fahren Sie fort bis zum Ende, und dann hören Sie auf.«

»Na gut«, begann Gladden. »Arthur hat mir Folgendes erzählt: Am letzten Dienstag hat Kapitän Hay ihn in seine Kajüte beordert, um ›Rechenschaft abzulegen‹, wie er sagte. Anscheinend war der Kommandant unzufrieden mit dem Mangel an Disziplin, den die Männer in Arthurs Abteilung an den Tag legten. Die sind natürlich keine Teerjacken, allesamt neu an Bord – das heißt, neu an Bord der *Vantage*. Die meisten fahren zum ersten Mal zur See; das sind Landratten, die noch nie den Anker gelichtet haben. Arthur hat all diese Lubber bekommen. Und selbst die Decksoffiziere sind neu an Bord und kennen sich nicht. Die brauchen noch eine Weile, bevor sie eingespielt sind. Kennen – oder besser, kannten – Sie Kapitän Hay, Mr. Hoare?«

»Nicht persönlich, aber ich habe von ihm gehört, Sir.«

»Ein Heißsporn. Kriegte den Hals nicht voll. Ein Schinder.«

»Ein Kapitänskommando verändert einen Mann manchmal auf enttäuschende Weise, finden Sie nicht?« Hoare ließ seine geflüsterte Antwort unverbindlich klingen. »Ich habe auch gehört«, fuhr er fort, »dass er ein Anhänger harten, dauernden Drills ist – war –, sowohl im Hafen wie draußen auf See. Und ich muss zugeben, dass ich ganz seiner Meinung bin. Schließlich muss jede Besatzung in der Lage sein, ihr Schiff zu segeln und ins Gefecht zu führen, und zwar bei Tag und bei Nacht und bei jedem Wetter. Ist es nicht sinnvoll, dass sie das schon im Hafen übt, als Teil ihrer Ausbildung, bevor sie der rauen Wirklichkeit einer Seeschlacht ausgesetzt ist? Aber ich habe Sie unterbrochen.«

»Wie dem auch sei«, fuhr Gladden fort, »jedenfalls hat Kapitän Hay Arthur klar und deutlich gesagt, er erwarte von seiner Abteilung eine deutlich strengere Disziplin sowie eine bessere Leistung bei den Drills, die er für die gesamte Mannschaft der *Vantage* angesetzt hat.«

»Als da wären?«

»Wie zu erwarten, gehörten dazu Übungen an Deck und im Rigg – die Marsstengen setzen und streichen, die großen Kanonen aus- und wieder einrennen, Segel setzen und aufgeien und so weiter. Er verlangte von den Männern, dass sie in Notsituationen den Kopf behielten. Arthur zufolge bereitete es dem Kapitän besonderes Vergnügen, wichtige Männer ›abzuschießen‹ – Stückmeistersmaate und so weiter – und sich die daraus entstehende Wuhling anzuschauen. Je größer das Durcheinander, desto wütender wurde Kapitän Hay – und desto glücklicher.

Anscheinend war es aber die Art, wie der Kapitän meinen Bruder behandelte, die zwischen den beiden die Fetzen fliegen ließ. Offenbar hatte Kapitän Hay eine große Vorliebe für ›trunkene Hummer‹, wie er es nannte: Hummer, die in Weißwein gekocht wurden, statt wie gewöhnlich in Seewasser. Ich glaube, er meinte, die Tiere seien dann zarter im Biss, weil sie sturztrunken und glücklich stürben. Sein Steward hatte ihm ein paar davon zum Dinner gekocht.

Arthur hat sich achtern gemeldet, sobald der Befehl ihn erreichte – das dürfte kurz nach sechs Glasen in der zweiten Hundewache gewesen sein. Das wissen wir, denn unglücklicherweise traf er zur selben Zeit in der Kajüte ein wie die Hummer. Kapitän Hay bestand nämlich darauf, dass sein Dinner genau um sechs Glasen aufgetragen wurde. Kaum hatte Arthur Meldung gemacht, da begann der Kapitän auch schon mit einer wahren Litanei der mannigfaltigen Sünden und Missetaten meines armen Bruders: Er habe Fälle von Ungehorsam in seiner Abteilung nicht gemeldet, so zum Bei-

spiel Widerworte gegen einen Vorgesetzten. Seine Geschütz-
mannschaften seien bei weitem die langsamsten beim Aus-
rennen der Stücke und beim kalten Kanonendrill ohne Kugeln, wenn das Schiff vor Anker lag. Seine wenigen Toppgasten seien tolpatschige Stümper.

Der Kommandant warf ihm vor, sein festliches Mahl ab-
sichtlich unterbrochen zu haben, aus schierer, unverschäm-
ter Renitenz. Ich glaube, dieser Vorwurf war's, der den armen Arthur dazu brachte, sich gegen die Beschimpfung
durch seinen Kommandanten zu verwahren – und zwar nicht
zu knapp. Anscheinend war Kapitän Hay ob meines Bruders
Ausbruch so erbost, dass er vor Wut laut aufbrüllte, vom Ess-
tisch aufsprang und auf Arthur losging.«

»Ach du meine Güte!«, flüsterte Hoare.

»Sir, an diesem Punkt der Geschichte scheiden sich die
Geister: Arthur hat mir gegenüber geschworen, dass er sich
unter Aufbietung aller Kräfte losgerissen hat. Mein Bruder
ist nicht sonderlich stark. Er stürzte in panischem Schrecken
aus der Kajüte und blieb erst stehen, als er am anderen Ende
der Fregatte im Bugabort stand. Dort überkam ihn die Brech-
sucht und ein plötzlicher Drang zur Darmentleerung. Ich
muss beschämt gestehen, dass er zugibt, seine Hosen besudelt zu haben, bevor er sie herunterziehen konnte – was mir
auch leider nicht entging, als ich ihn an Land in seiner Arrestzelle besuchte.

Andere Besatzungsmitglieder der *Vantage* erzählen eine etwas andere Geschichte. Ein Steuermann, ein gewisser Patrick
Lynch, hatte Wache auf dem Achterdeck. Er behauptet, dass
er die Auseinandersetzung mitbekommen hat, selbst durch
die zwei Decks dazwischen. Seiner Meinung nach kulminierte die Kontroverse in einem Schmerzensschrei, nicht in einem
Wutgeheul. Andererseits stand John McHale, der Segelmeis-

ter, nur wenige Fuß von Lynch entfernt, und der sagt, er habe nichts gehört.«

»Eine ›Kontroverse‹, Mr. Gladden? Die ›kulminierte‹? Dieser Lynch klingt mir eher wie ein Schulmeister denn wie ein Steuermann. Waren das wirklich seine Worte?«

»Äh – nein, Sir. Eigentlich hab ich mit Lynch gar nicht gesprochen. Ich gebe nur wieder, was mir berichtet wurde.«

»Von wem, Sir?«, fragte Hoare flüsternd.

Mr. Gladden erklärte, dass er außer seinen Bruder und Francis Bennett, Admiral Hardcastles Kriegsgerichtsrat, noch niemanden gesprochen habe.

»Bennett und ich sind Freunde«, bemerkte Hoare, »aber in der Arena eines Kriegsgerichts zählt Freundschaft nichts.«

»Jetzt verstehen Sie, warum ich so froh bin, Sie im Boot zu haben«, sagte Gladden. »Ich bin kein Advokat.«

»Ich auch nicht«, mahnte Hoare. »Doch wir werden ja sehen. Fahren Sie mit Ihrer Geschichte fort, wenn's beliebt.«

Wie Gladden weiter berichtete, betrat Andrew Watt, der Schreiber des Kapitäns, um sieben Glasen die Kajüte mit einigen Papieren, die er zur Unterschrift vorbereitet hatte. Er fand seinen Kommandanten, wie er blutend auf dem Boden lag und gerade seine letzten Atemzüge tat. Von dem Seesoldaten, der Wache stehen sollte, fehlte unerklärlicherweise jede Spur; deshalb schrie Watt mit aller Kraft seiner schwachen Lungen Zeter und Mordio, stürzte den Niedergang hinauf zum Achterdeck und benachrichtigte den wachhabenden Offizier. Erst dann wurde er ohnmächtig.

Jener Offizier, John McHale, schickte seinerseits Lynch, den Steuermann, David Courtney zu holen, den Ersten Offizier, und verließ das Achterdeck, um den Tatort selber in Augenschein zu nehmen. Dort gesellte sich Mr. Courtney zu ihm und rief alle übrigen Offiziere des Schiffes hinzu.

Wie es genau dazu kam, konnte Peter Gladden Hoare auch nicht sagen, aber die Nachricht von der Auseinandersetzung zwischen dem Kommandanten und seinem Dritten verbreitete sich wie ein Lauffeuer. Die halbe Mannschaft der *Vantage* war anscheinend Zeuge gewesen, als der Leutnant völlig aufgelöst durch das Batteriedeck in den Bug geflüchtet war.

»Also haben sie Arthur seinen Degen abgenommen«, sagte sein Bruder. »Dann haben sie dem Hafenadmiral an Land per Flaggensignal Meldung gemacht, und als der befahl, ihn an Land zu bringen, haben sie ihn übergesetzt, so wie er war – in seinen besudelten Hosen. Der arme Kerl. Mehr weiß ich eigentlich nicht«, schloss Gladden.

»Na, wir haben allerhand zu tun, Sir«, sagte Hoare. »Wir müssen ich weiß nicht wie viele Mann von der *Vantage* befragen und …« Er unterbrach sich. »Hat man schon einen Tag für das Kriegsgericht festgesetzt?«

»Donnerstag, hat Mr. Bennett mir gesagt.«

»*Donnerstag*? Heute ist schon Montag. Dann müssen wir wirklich in die Füße kommen. Ich werde sehen, ob ich den Admiral zu einer Vertagung bewegen …« Wieder unterbrach er sich: »Mein Gott, Sie müssen mich entschuldigen: Man hat mich zu dem Empfang abkommandiert, den der Admiral und Lady Hardcastle heute Abend in ihrer Residenz geben. Ich muss mein Äußeres aufpolieren, so gut es geht. Wir wollen uns die *Vantage* für morgen vornehmen. Sollen wir uns eine Jolle teilen, sagen wir, gegen acht Glasen in der Morgenwache?«

»Mit Vergnügen, Sir. Doch wir werden uns gewiss beim Empfang wieder sehen, und auch Mr. Bennett wird da sein.«

»Ausgezeichnet, Sir. Dann wollen wir ihn beiseite nehmen, in unsere Pläne einweihen und uns seiner Hilfe versichern – das heißt, soweit seine dienstlichen Pflichten das zulassen.«

Mit diesen Worten begleitete Hoare seinen Gast zur Tür des *Swallowed Anchor*. Mit dem Pfiff »Schwabbergasten, klarmachen zum Reinschiff!« trillerte er nach einem heißen Bad in seinen Gemächern und zog sich zurück, um sich für die schwere Prüfung landfein zu machen, die Geselligkeiten dieser Art für seine Stimme und seinen Seelenfrieden stets bedeuteten.

Kapitel IV

Mr. Bennett, ganz im Schwarz des Advokaten, war nicht zu verwechseln. In seiner Trauerfarbe hob er sich deutlich von dem Blau und Gold der Seeoffiziere sowie dem strahlenden Scharlachrot des einen oder anderen Marineinfanteristen ab. Obwohl er nicht mehr im aktiven Dienst stand, verband er das gesetzte Auftreten eines erfolgreichen Anwalts immer noch mit der quicklebendigen Wachsamkeit eines erfolgreichen Decksoffiziers. Er wirkte geschniegelt und dennoch leicht verstaubt. Peter Gladden stand schon bei ihm. Beide begrüßten Hoare herzlich und schlossen sich ihm an, als er den Gastgebern seine Aufwartung machte.

»Wie ich sehe, haben Sie sich schon gefunden, Gentlemen.« Admiral Sir George Hardcastle musterte sie unter großen, buschigen, pechschwarzen Augenbrauen. Seine Perücke mochte altmodisch sein, aber zu ihm passte sie. »So weit, so gut, doch erwarten Sie sich nicht zu viel von Ihren Bemühungen, Mr. Hoare. Ich fürchte, Ihr Klient wird …« Er grunzte und verstummte. Lady Hardcastle zog ihren spitzen Ellbogen von den Rippen ihres Mannes zurück und schenkte dem Bruder des Angeklagten ein liebreizendes Lächeln.

»Wie ich mich *freue*, Sie hier zu sehen, Mr. Gladden. Wie geht es Ihrer werten Mutter und Sir Ralph?«

Aha, dachte Hoare: So also hatte Gladden den Admiral dazu bekommen, ihn auszuleihen. Auch Gladden verfügte über Verbindungen zu den Mächtigen. »Sir, könnte ich Sie wohl dazu bewegen …«, begann er.

Sir George fiel ihm ins Wort: »Nein, Mr. Hoare. Donnerstag. Die Hälfte der Kommandanten vom Kriegsgericht – das ist ja kein Geheimnis – sind zu Nelsons Flotte abgeordnet worden, und die brennen darauf, in See zu gehen. Nein.«

Gladden entschuldigte sich bei den beiden anderen Offizieren und machte sich auf die bange Suche nach Miss Felicia Hardcastle, der pummeligen, pickeligen, allseits beliebten Tochter seines Admirals. Hoare und Bennett nahmen Gläser mit Punsch aus den Händen eines Mannes entgegen, der sich in seiner Livree sichtlich unwohl fühlte – das Wort »Bootsmannsmaat« stand ihm deutlich in sein hochrotes, schwitzendes Gesicht geschrieben –, und begaben sich auf die Runde durch den Saal.

Hoare spitzte die Ohren. Bei dem lärmenden Stimmengewirr konnte er sich mit seinem Geflüster unmöglich verständlich machen und müsste auf seine römischen Täfelchen zurückgreifen, mit all den Erklärungen, die das erforderte. In dem Klatsch und Tratsch, den er aufschnappte, ging es zumeist um das Gerücht, dass ein Freibeuter eine riesige französische Flotte gesichtet habe, die *östlichen* Kurs steuere – und das kaum einen Tag, nachdem er seine Flagge vor Nelsons Flotte gedippt hatte, die *nach Westen* stand.

»Er hat sich wieder ins Abseits manövriert, genau wie damals vor Abukir«, verkündete ein blassgesichtiger Offizier. »Hätte er nur dasselbe Gespür für die Jagd wie für die Schlacht … Wie ich immer sage: Eine Bulldogge ist er, kein Bluthund.«

»Wahrscheinlich braucht er Ihren guten Riecher, um ihm den Weg zu weisen«, kommentierte einer der Umstehenden, ein beleibter Mann, mit einem betonten Blick auf das hervorstechendste Merkmal des blassen Offiziers. Das Purpurrot seines eigenen Gesichts passte gar nicht zum Scharlachrot seines Seesoldatenrocks; er schwankte beim Sprechen hin und her, als überquere er gerade den Ärmelkanal – oder als habe er bei Tisch dem Portwein des Admirals allzu ausgiebig zugesprochen.

»Ach, Seine Lordschaft braucht meine Hilfe wirklich nicht«, räumte das Bleichgesicht ein. »Außerdem bin ich nach Meinung des Marketenderamtes unabkömmlich.«

»Aha«. Mit einem höhnischen Grinsen wandte sich der Marineinfanterist ab, um ein würdigeres Opfer zu finden, an dem er seine unterdrückte Wut auf die Welt auslassen konnte.

Auf ihrer Runde durch den hell erleuchteten, drückend heißen Saal konnten Hoare und Bennett leicht feststellen, wo das Gespräch um die unglückseligen Ereignisse auf der *Vantage* kreiste: Dort nämlich richteten sich sämtliche Blicke auf sie.

Hoares Vorhaben, bei dem kommenden Kriegsgericht einen Part zu übernehmen, ließ Bennett nicht los. Er versicherte dem Leutnant, dass er noch am selben Abend eine Erklärung vorbereiten werde, die Hoare befugte, jedes beliebige Besatzungsmitglied der *Vantage* zu befragen. Sie wollten gerade auseinander gehen, als sich eine Hand schwer auf Bennetts schmale Schulter legte. Es war der beleibte, immer noch schwankende Seesoldat.

»Was denn, was denn!«, rief er, ein Ausbund trunkener, zudringlicher Kameraderie. »Das geht nich an, dass hier geheimniskrämerisch geflüstert wird – nich hier, nich heute! Was ist, stellen Sie mich Ihrem flüsternden Freund vor, Bennett, oder was?«

»Ah, Wallace«, sagte Bennett. »Leutnant George Wallace

von der *Vantage* ... Bartholomew Hoare vom Stab des Hafenadmirals.« Er wandte sich zum Gehen.

»*Whore*, wie?« Der schwankende Seesoldat hatte endlich sein Opfer gefunden. »Wie viel für einmal? Wie viel für die ganze Nacht?« Er lachte laut los, nur um Hoares gängige Antwort auf Bemerkungen dieser Art zu erhalten. Der Wein in seinem Gesicht musste gebrannt haben, denn er schnappte prustend nach Luft. Hoare flüsterte: »Sie können gern eine kostenlose Zugabe bekommen, Sie Dummkopf – morgen früh, bei Sonnenaufgang.«

»Wollen Sie mein Sekundant sein, Francis?«, fragte er Bennett, derweil der Marineinfanterist sein Gesicht abwischte und überlegte, was er tun sollte.

»Selbstverständlich, Bartholomew«, erwiderte der Advokat. Zu Wallace gewandt, fuhr er ungeduldig fort: »Treiben Sie einen Freund auf, Mann, der ihnen sekundiert – so Sie das können, was ich, mit Verlaub, bezweifle –, und schicken Sie ihn zu mir. Ich will die Sache zügig zu Ende bringen. Wir haben morgen alle Hände voll zu tun.«

»Wir werden ja sehen, wie viel Sie und Ihr Mr. *Whore* nach unserm kleinen Treffen zu tun haben«, warf Wallace über die Schulter zurück und schob sich durch die Menge, auf der Suche nach einem Freund, der ihm sekundieren würde. Er wirkte ein bisschen sicherer auf den Beinen, aber immer noch äußerst wütend.

»Es ist schon merkwürdig«, bemerkte Hoare betrübt, »doch ich stelle immer wieder fest, dass nichts so viel Aufmerksamkeit erregt wie Geflüster.«

»Geradezu paradox«, stimmte Bennett zu.

»Also dann, bis morgen«, sagte Hoare. »Ich muss gehen. Es gibt einiges vorzubereiten.«

»Eine halbe Stunde vor Morgengrauen werde ich am *Swal-*

lowed Anchor sein«, sagte Bennett. Er drehte sich um und begrüßte den anderen, jüngeren Marineinfanteristen, der zu ihm drängte, eilfertig lächelnd und bereit, seinem rotberockten Kameraden zu sekundieren.

Hoare hatte sich vorgenommen, um vier Glasen in der Morgenwache aufzuwachen. Bis dahin schlief er friedlich. Er stand auf, legte saubere, schwarze Kleidung an und verließ das Gasthaus in der Morgendämmerung.

Am üblichen Ort, einem schmalen Feld mit Blick auf das Städtchen, musste die Gruppe warten, bis zwei zitternde Grünschnäbel samt Begleitung ihr Duell hinter sich gebracht hatten.

»Ich habe ein paar Worte mit dem Sekundanten Ihres Gegners gewechselt«, vertraute Bennett ihm an, während sie herumstanden und warteten. »Er kannte Ihre eindrucksvolle Duellbilanz noch nicht, bis ich ihm davon erzählte. Er wollte es seinem Duellanten gegenüber erwähnen.«

Hoare nickte. Im selben Moment lösten sich mit einem leisen *Popp* zwei Schüsse aus den Pistolen der beiden Jungspunde. Offenbar war ihr Schiedsrichter so vernünftig gewesen, die Waffen nur mit halbem Pulver zu laden. Der eine Duellant ließ seine Pistole fallen, stieß einen Schmerzensschrei aus und griff sich an die Hand: ein Streifschuss. Der andere erbrach sich ausgiebig über die eigene Uniform. Dann verließen die jungen Kampfhähne Arm in Arm mitsamt ihrer Entourage das Feld; zurück blieb ein erhebender Geruch nach verbranntem Pulver und ein bedrückender Gestank nach Erbrochenem.

Hoares Gegner traf samt Begleitung in einer leichten Kutsche ein, gerade als die jungen Duellanten abzogen. Sie brachten einen Koffer mit zwei Pistolen gleichen Fabrikats sowie den verschlafenen Schiffsarzt der *Vantage* mit. Da Mr. Bennett nichts dagegen hatte, erklärte sich der Arzt, ein Mr. Hopkin, auch bereit, den Unparteiischen zu geben.

In dem schwachen Licht waren die Röcke der Seesoldaten nicht mehr als graue Schatten, genauso grau wie Mr. Wallaces Gesicht.

Sein Sekundant kam mit dem Hut in der Hand auf die beiden Marineoffiziere zu. Er hat etwas von einem Stutzer, dachte Hoare.

»Gentlemen«, verkündete der Sekundant steif, »mein Duellant hat mich beauftragt zu sagen, dass er wünscht, er habe seine Worte von gestern Abend niemals geäußert.«

»Entschuldigt er sich für sie?«, fragte Bennett scharf zurück.

»Na ja, also …«

Bennett beriet sich kurz mit seinem Duellanten, der den Kopf schüttelte und seinen Rock ablegte.

»Ein solcher Wunsch kann nicht als Entschuldigung gelten, Sir«, sagte Hoare. »Und ohne Entschuldigung muss dieses Treffen stattfinden.«

Ohne viel Federlesens marschierte Mr. Hopkin los und wählte den Kampfplatz, ein gutes Stück luvwärts der Stelle, wo sich der Junge übergeben hatte. Er schlug den Pistolenkoffer auf, lud beide Waffen unter den Augen der Sekundanten und reichte sie Hoare, damit er wähle. Zwar war Hoare die beleidigte Partei, doch hatte der verspritzte Wein den unmittelbaren Anlass für die Forderung gegeben; folglich konnte er die Waffe wählen.

»Ich sehe, dass dies für Sie beide nicht das erste Mal ist«, stellte Hopkin fest. In der Tat hatten Hoare und Wallace bereits ohne seine Anweisung Rücken an Rücken Aufstellung genommen. »Beide Parteien haben sich auf einen Schuss für jeden geeinigt. Sind beide Schüsse gefallen, ist damit der Ehre Genüge getan. Ich zähle zehn Schritte ab, danach dürfen Sie sich umdrehen, Gentlemen, und nach Belieben feuern. Eins … zwei …«

Als Hopkin »zehn« zählte, fuhr Hoare herum und zielte in einer einzigen, fließenden Bewegung, während sein Gegner im weißen Hemd gerade die Waffe hob. Hoare wartete einen Herzschlag lang, dann feuerte er, und die beiden Schüsse krachten wie einer. Er spürte den sanften Hauch, als Wallaces Kugel seinen Kopf knapp verfehlte. Der Seesoldat stöhnte auf, ließ die Pistole fallen und griff sich an den Hintern, wo sein kostbarer Lebenssaft die Hose bereits rot färbte. Hopkin stürzte zu ihm, untersuchte die Wunde, erhob sich dann und begab sich zu Hoare und Bennett.

»Ein glatter Durchschuss, direkt durch den rechten *Gluteus maximus*«, berichtete er. »Hiermit stelle ich fest, dass Satisfaktion gegeben wurde.« Er bugsierte seinen Patienten vor sich in den wartenden Einspänner und fuhr in schnellem Trab davon.

»Dem Himmel sei Dank. Ich wollte den armen Hummer auf keinen Fall totschießen«, sagte Hoare, als er mit Bennett den Hügel hinab zum *Swallowed Anchor* schlenderte, um sich umzuziehen. Wenn er das Schiff seines Gegners von eben betrat, wollte er untadelig gekleidet sein.

»Wenigstens hat er sich so gedreht, dass ich eine Arschbacke verfehlt habe«, fuhr er fort. »Er sollte ohne allzu große Schmerzen scheißen können.«

»Dass *Sie* getroffen werden könnten, ist Ihnen wohl gar nicht in den Sinn gekommen?«

Hoare zuckte mit den Achseln.

»Ist mir noch nie passiert«, antwortete er. »Warum, weiß ich auch nicht.«

Nach einem gemütlichen Frühstück gingen Hoare und Glad-den hinunter zum Hard am Hafen von Portsmouth, nahmen eine zweirudrige Jolle und setzten zur *Vantage* über. Auch wenn Hoare Erster Offizier der Fregatte gewesen wäre, er hätte nichts an ihr auszusetzen gehabt: Die Leinen waren or-dentlich aufgeschossen, die Kanonen fest an ihre Stückpfor-ten gezurrt, die Marssegel anständig für den Hafen aufgegeit.

David Courtney, der Erste der *Vantage*, befehligte sie, bis die Admiralität einen Ersatz für den verstorbenen Kapitän Hay benannte. Er hatte Bennetts Brief bekommen und hieß sie herzlich willkommen. Mr. Wallace von der Marineinfan-terie war an Deck nicht zu sehen; er hütete die Koje in seiner winzigen Kammer, und zwar auf dem Bauch liegend. Der Schiffsarzt kümmerte sich um ihn.

Mr. Courtney litt unter der Bürde, Entscheidungen treffen zu müssen – über die Stauung in der Last, über den in dunk-len Kanälen verschwundenen Nachschub für den Schmad-ding, der nicht zu finden war, über die Bestrafung eines völ-lig verwirrten Hilfsmatrosen, der vom Pflug weg an Bord ge-presst worden war.

»Der Dummkopf hat einen Bootsmannsmaaten geschla-gen«, erklärte Mr. Courtney. »Was er auch zugibt. ›Hat mich gehaun, Sir, da hab ich zurückgehaun‹, sagt er zu mir. Wie Sie wissen, Gentlemen, könnte das seinen Tod bedeuten. Das darf nicht sein – nicht jetzt, da sich die Mannschaft gerade erst zusammenfindet. Auf gar keinen Fall. Ich muss mit Go-wer sprechen, dem betroffenen Unteroffizier, und ihn über-reden, dass er sagt, der Schlag sei ein Versehen gewesen.«

»Selbstverständlich, Sir«, flüsterte Hoare.

Als Mr. Courtney von dem Auftrag seiner Besucher erfuhr, reichte er sie mit einer routinierten Entschuldigung an den Zweiten Offizier der Fregatte, Peregrine Kingsley, weiter. Er wies den Leutnant an, sie in die Kajüte des verstorbenen Kommandanten zu geleiten und dafür zu sorgen, dass alle Besatzungsmitglieder, die sie zu befragen wünschten, dorthin gebracht wurden.

Die beiden blieben noch ein Weilchen auf dem Achterdeck, bis sie Mr. Kingsley vernommen hatten. Über seinen verstorbenen Kommandanten hatte er nichts Gutes zu sagen. Arthur Gladden war keineswegs der einzige Offizier, der unter Adam Hays ungezügelten Ausbrüchen zu leiden gehabt hatte: Erst wenige Tage zuvor hatte er Kingsley eine halbe Stunde lang die Leviten gelesen, über seine liederliche Arbeit an Bord sowie seine lasterhafte Hurerei an Land. Doch anders als Arthur Gladden hatte Kingsley Zunge und Temperament im Zaum gehabt und war, von seinem Stolz einmal abgesehen, unbeschadet davon gekommen.

»Er kann sagen, was er will, wenn's um meine Leistung als Offizier geht«, sagte Kingsley. »Aber er hatte kein Recht, meine ›besonderen Fähigkeiten‹ lächerlich zu machen. Was ich damit anfange, geht nur mich was an, verdammt noch mal.« Er klang, so dachte Hoare, ein klein wenig selbstgefällig.

Hoare hatte schon von diesem düsteren, finsteren Gesellen gehört – der Leutnant hatte einen gewissen Ruf. Er hatte eine kleine Segelschaluppe gemietet, die auf der selben Helling aufgeslipt lag wie Hoares *Insupportable.* Kingsley war in der Tat als ein Mann mit »besonderen Fähigkeiten« bekannt: als ein allzeit bereiter, lüsterner Schürzenjäger, der jedem Rock hinterherlief. Wie alt eine Frau war, wie sie aussah, war ihm anscheinend vollkommen gleichgültig, solange er sie nur ins Bett zerren konnte. Wenn Peregrine Kingsley mit der *Vantage* in See ging, würde vielen Frauen das Herz schwer werden. Einem Gerücht zufolge gab es da besonders ein von ihm restlos betörtes Herz, das eigentlich ganz dem Gatten der Dame gehören sollte. Der Name der Frau war allerdings nicht bis an Hoares Ohr gedrungen.

Mr. Kingsley war Zeuge von Arthur Gladdens Flucht durch das ganze Schiff gewesen und außerdem einer von vielen, die gespannt in die Kajüte gestürzt waren, als sich die Nachricht von dem Mord an Bord verbreitete. Mehr wisse er nicht, sagte er. Ob es den Gentlemen wohl etwas ausmache, wenn er nun einen verständigen Fähnrich als ihren Botengänger abstellte? Wie sie vielleicht bemerkt hätten, gebe es auf der *Vantage* gerade allerhand zu tun, und er müsse noch zehn unerfahrene Stückmannschaften in Form bringen.

Die Kapitänskajüte roch abgestanden nach Schalentieren und Tabaksqualm. Andrew Watt, der Schreiber des Kapitäns, war schon da und suchte nervös in den Papieren herum, die kreuz und quer den Tisch seines verstorbenen Herrn und Meisters bedeckten.

»Da fehlt eine Akte«, bemerkte er vorwurfsvoll, als die Besucher eintraten.

»Was für eine Akte?«, fragte Hoare.

»Die mit Kapitän Hays persönlicher Korrespondenz. Sie enthielt mehrere Briefe: einen von Mrs. Hay an Land, etliche Schreiben von Kaufleuten und einen, den ich nicht einordnen konnte. Die Handschrift schien die einer jungen Frau zu sein – womöglich hat sie sich das Schreiben selber beigebracht.«

»Sie kennen sich mit Handschriften aus, Mr. Watt?«, flüsterte Hoare.

»Ein Mann in meinem Beruf muss sich mit den unterschiedlichsten Schriften vertraut machen, Sir«, erwiderte der Schreiber. »Ich muss allerdings zugeben, das ich ein gutes Stück tiefer in die Kunst des Schreibens eingedrungen bin als die meisten meiner Kollegen.«

»Interessant«, murmelte Hoare lautlos.

Mr. Watt senkte den Blick.

»Ja?«, flüsterte Hoare.

»Natürlich hab ich sie nicht gelesen, außer einen – den von Kapitän Hays Frau. Ich versichere Ihnen, für gewöhnlich hätte ich nicht im Traum daran gedacht. Ich mag vielleicht kein Gentleman sein, aber ich gebe mir Mühe, mich wie einer zu verhalten. Was mich dazu brachte, vom rechten Wege abzuweichen, war die Anlage, die ich ihrem Brief beigefügt fand. Offen gesagt, Gentlemen, schäme ich mich nicht mehr, so gehandelt zu haben.«

»Warum nicht?«

»Mr. Hoare, seit ich Kapitän Hay diene, bin ich gelegentlich mit höchst vertraulichen Angelegenheiten befasst gewesen – so vertraulich, dass sie nur verschlüsselt aufgezeichnet wurden. Kapitän Hay hat mich mit der Verschlüsselung betraut. Die Anlage in Mrs. Hays Brief an ihren Gatten war eine dieser verschlüsselten Nachrichten. Ich hab auf den ersten Blick erkannt, dass mir der verwendete Schlüssel völlig unbekannt war. Diese Tatsache, und sie allein, hat mich bewogen, Mrs. Hays Brief zu lesen.

Es war nur eine kurze Nachricht. Wenn ich mich recht erinnere, lauteten einige Zeilen so: *Das habe ich gestern Abend in der Tasche seines Uniformrocks gefunden. Ich weiß, was das ist, und ich glaube nicht, dass er so etwas bei sich haben sollte. Aber vielleicht hast Du es ihm ja gegeben, und es hat etwas mit der* Vantage *zu tun.* Da stand noch mehr, aber nichts, was Licht in diese unglückselige Angelegenheit bringen könnte.«

»Was, meinen Sie, hat der Brief zu bedeuten?«, fragte Hoare.

Mr. Watt, offensichtlich verwirrt, zuckte mit den Achseln.

»Ich weiß wirklich nicht, was er bedeuten soll, Sir. Wenn wir wüssten, wer dieser ›er‹ ist … Aber der Brief gibt uns keinen Anhaltspunkt.«

Tatsächlich aber, so sagte sich Hoare, deutete der Brief der Frau an ihren Mann darauf hin, dass dieser ›er‹, wie er auch hieß, Mrs. Hays Liebhaber war, und zwar mit Wissen Kapitän Hays. Eine unerwünschte Schwierigkeit, und dazu eine, die ein doppeltes Geheimnis barg.

»Und was ist mit dem Brief dieser ungebildeten Frau, Mr. Watt?«

»Allem Anschein nach war es ein Drohbrief, Sir. Sie wollte wohl Geld dafür, dass sie dem Kapitän etwas verriet – oder vielleicht dafür, dass sie es jemand anderem nicht verriet. Was von beiden, wenn es das war, weiß ich nicht.«

»Nun gut, Mr. Watt …« Hoare seufzte auf. »Erzählen Sie Mr. Gladden und mir mit Ihren eigenen Worten, was sich am Freitagabend abgespielt hat.«

»Gegen sieben Glasen, Gentlemen, bin ich nach achtern gegangen, um einige Meldungen zu überbringen, die ich für den Kommandanten entschlüsselt hatte. Da keine Wache vor der Kajütstür stand, hab ich zweimal geklopft und bin eingetreten.«

»Keine Wache, Mr. Watt? Hatte Kapitän Hay nicht den ständigen Befehl erteilt, Wachen vor seiner Kajüte und vor der Rumlast zu postieren?«

»Jawohl, Sir. Aber unsere Seesoldaten waren neu an Bord und wohl noch ein bisschen überfordert, fürchte ich.«

»Unerhört!«, kommentierte Gladden. »Nie, aber auch niemals bleiben diese Posten unbemannt.«

»Gut, Mr. Watt«, flüsterte Hoare, »fahren Sie fort, wenn's beliebt.«

»Ich trat geradewegs in eine klebrige, glitschige Masse.«

Mr. Watts Stimme zitterte. »Kapitän Hay lag unmittelbar vor der Heckgalerie auf dem Bauch, das Gesicht in einer Blutlache, die eine Spur bis zur Kajütstür zog, so als wäre er dort niedergestreckt worden. Das Blut quoll aus einer Wunde unterhalb seines rechten Schulterblatts. Ich ging neben ihm auf die Knie, Sir, um zu sehen, ob ich irgendetwas tun konnte. Ich hörte ihn etwas über ›die Hummer‹ röcheln, dann würgte er, wäre fast erstickt und …«

Der Schreiber musste schlucken, fing sich aber wieder.

»Und dann hat er sein Herzblut erbrochen, Sir, mit dem Kopf auf meinen Knien, und … und hat seinen Geist aufgegeben, vor meinen Augen.«

»›Die Hummer‹?«, flüsterte Hoare. »Sind Sie sicher, dass dies Kapitän Hays Worte waren?«

»So habe ich ihn verstanden, Sir. Natürlich sprach er sehr undeutlich, und ich … na ja, ich war ein wenig durcheinander. Dann bin ich aus der Kajüte gestürzt, hab um Hilfe gerufen und Mr. McHale auf dem Achterdeck Meldung gemacht. Anschließend, das muss ich zu meiner Schande gestehen, Sir, bin ich ohnmächtig geworden und erst wieder zu mir gekommen, als Männer aus der Mannschaft über mich drüber trampelten. Ich bin ein friedfertiger Mensch, Sir; ich kann kein Blut sehen. Außerdem hat es meine zweitbeste Hose ruiniert, und eine neue kann ich mir kaum leisten.«

»Alles in allem, Mr. Watt«, sagte Hoare, »haben Sie sich wacker geschlagen. Sie haben Ihre Pflicht getan, als es nötig war. Kein Kommandant könnte mehr verlangen.«

Darauf entließ er Mr. Watt, bat ihn allerdings, den Kadetten zu suchen, der ihm als Meldegänger dienen sollte. Watt hatte wenig Mühe, den Jungen zu finden, denn als er die Kajütstür aufstieß, erwischte sie einen flachsblonden Knirps in einer engen Joppe am Ohr. Watt packte den Kleinen an seinem verletzten Körperteil, schleifte ihn in die Kajüte, zog ihn hoch und stellte ihn den beiden Offizieren als Mr. Prickett vor.

»Sie werden tun, was diese Gentlemen befehlen, Sie kleines Ungeheuer, und zwar im Laufschritt – haben Sie das verstanden?« Er schüttelte ihn am Ohr, so als wolle er sicher gehen, dass seine Worte auch wirklich verstanden wurden.

»Ja doch, Mr. Watt, ja doch! Nur zerren Sie nicht so an mir!«, blökte ein schniefender Mr. Prickett. Lange konnte er die Uniform noch nicht getragen haben, denn als er sich die Nase am Ärmel abwischte, blieb sie an einer Knopfreihe hängen, die dazu da war, genau das zu verhindern. Darauf heulte er los wie ein Schlosshund. Er schien nicht älter als ungefähr acht.

»Seien Sie nett zu ihm, meine Herren«, bat Mr. Watt liebevoll. »Er ist ganz neu an Bord und noch sehr klein.«

Hoare, der sich fragte, was für ein Verhältnis wohl zwischen Mr. Watt und Mr. Prickett bestehen mochte, entließ den Schreiber ein zweites Mal. Er war äußerst empfindlich gegen alles, was nach Sodomie und Päderastie roch.

»Also kennen Sie Mr. Watt gut, ja?«, fragte er den Knaben.

Der Kadett strahlte sofort wieder: »O ja, Sir! Er war Papas Schreiber, bevor er zur See gegangen ist, und er hat den Kapitän gebeten, mich mit an Bord zu nehmen! Er hat sechs Töchter! Mein Papa ist Rechtsanwalt! Die *Vantage* ist mein erstes Schiff, wissen Sie! Ich war der erste Mann an Bord, Sir! Nach Mr. Courtney und dem Kapitän, meine ich! Bin mit Mr. Watt an Bord gekommen! Ist sie nicht ein Mordsding?«

Hoare nahm an, dass der Kleine mit dem »Mordsding« die *Vantage* meinte. Er fragte sich, ob die sechs Töchter womöglich der Grund waren, warum ein »friedfertiger Mensch« wie der Schreiber in die Kriegsmarine eingetreten war.

»Allerdings«, bemerkte Hoare, »das ist sie. Nun, Mr. Prickett – sind Sie schon solange an Bord, dass Sie Mr. Hopkin, den Schiffsarzt, kennen? Falls ja, ist er verfügbar?«

»Jawohl, Sir! Gerade hat er uns Männern von der Fähnrichsmesse von Mr. Wallaces *schrecklicher Wunde* erzählt, und wie schlimm sie geblutet hat!«

»Na, dann seien Sie so gut und suchen Sie ihn. Meine besten Empfehlungen, und ich bitte ihn, uns in der Kajüte mit seiner Gesellschaft zu beehren.«

Hoare ließ den Jungspund seinen Befehl wiederholen, wobei er feststellte, dass Mr. Prickett zwar offenbar nur in Ausrufezeichen sprechen konnte, dass er aber ein gutes Gedächtnis besaß. Also schickte er den Knirps auf seinen Botengang.

»Wie schön, Sie wieder zu sehen, Gentlemen.« Mit diesen Worten betrat Mr. Hopkin die Kajüte. Wie die beiden Offiziere musste auch er sich bücken, weil die Decks der Fregatte nur fünf Fuß hoch waren; darauf setzten sich alle drei. »Ich wünschte nur, der Anlass wäre angenehmer.«

»Das geht mir nicht anders, Sir«, antwortete Gladden für beide zusammen. »Aber so ist es im Krieg nun einmal.«

»Ich hoffe, Ihr Patient ist nach seinem morgendlichen Missgeschick wieder auf den Beinen?«, erkundigte sich Hoare. »Mit Ihrer Erlaubnis würde ich ihn gerne befragen.«

»Ich habe nichts dagegen, Sir, nicht das Geringste, aber erst, wenn er so nüchtern ist, dass er sprechen kann. Ich stelle immer wieder fest, dass die Wundheilung umso schneller voranschreitet, je betrunkener der Mann ist. Die Kugel hat nur eine von Mr. Wallaces Hinterbacken durchschlagen und den Anus glatt verfehlt. Sie hat auf ihrem Weg keine wichtigen Blutgefäße getroffen und nur ein paar Fetzen von seiner Hose mit in die Wunde gerissen. Ich habe sie leicht extrahieren können, zumal er so vernünftig war, bei dem Treffen lederne Hosen zu tragen. Leder, müssen Sie wissen, lässt sich viel leichter aus der Wunde lösen als Stoff.

Offen gesagt, dürfte der kleine Aderlass dem Manne wohl nicht geschadet haben – er ist der plethorische Typ, wenn Sie verstehen, zu vollblütig. Außerdem hat er jetzt natürlich statt einem Loch im Hintern deren zwei, für den Fall, dass er das eine, mit dem er geboren ist, verlegen sollte.«

Offenbar hatte Mr. Hopkin kein Interesse daran, seine Fallgeschichte zu Ende zu bringen. Hoare tat das für ihn, indem er den Arzt kurz und knapp bat, auf den Tod seines Kommandanten zu sprechen zu kommen.

»Es war eine einfache Wunde, Sir, im Querschnitt dreieckig, die Folge eines Stiches mit einer Klinge, der dem Opfer auf der rechten Rückenseite beigebracht wurde. Die Klinge glitt nach dem Eintritt zwischen den Rippen durch und weiter nach links vorne, ritzte die Aorta und durchstach den linken Lungenflügel. Die perforierte Aorta riss, vielleicht als das Opfer zu Boden fiel, und es verblutete durch den Wundkanal sowie durch den Mund.«

»Ist Kapitän Hay sofort gestorben, oder könnte er noch etwas gesagt haben?«

Hopkin warf Hoare einen herablassenden Blick zu. »Da er noch fast zwanzig Fuß gekrochen ist, Sir, würde ich denken, dass er noch ein paar Worte von sich geben konnte. Schweine brauchen eine Minute oder mehr, bis sie verblutet sind, und *deren* letzte Worte haben Sie sicher schon vernommen.«

Gladden erbleichte.

»Nun zu der Wunde«, flüsterte Hoare. »Sie sagten, sie sei dreieckig im Querschnitt?«

»Ja«, erwiderte der Arzt. »Oder besser, v-förmig: schmale Basis, lange Seiten. Offensichtlich wurde sie dem Opfer mit dem Bajonett eines Seesoldaten zugefügt, das mitten zwischen Tisch und Tür auf dem Boden lag. Dort ist es, auf dem Tisch unter den Papieren, wo ich es hingelegt habe. Der Mann, der den Stich ausführte, hat die Waffe in der Wunde hin und her gedreht, als wollte er sichergehen, sein mörderisches Ziel zu erreichen.«

»Mein armer Bruder, das Hasenherz, hätte das nie gekonnt«, sagte Peter Gladden. Er stand auf und bat sie, ihn zu entschuldigen, er müsse an Land. »Ich will Arthur zumindest eine saubere Hose bringen«, setzte er hinzu.

»Aber natürlich«, sagte Hoare. »Könnten Sie etwas für mich erledigen, wenn Sie an Land gehen?«

»Was immer Sie wollen.«

»Die Wache in Portsmouth und die Strandgutjäger sollen die Klüsen nach dem herrenlosen Uniformrock eines Seesoldaten offen halten. Kann sein, dass er bei einer der letzten Tiden an Land gespült wurde, denn wir nähern uns den Springfluten. Irgendwo in der Hafenbucht, entweder bei Portsmouth oder bei Gosport.«

»Ein Hummerrock, ja?«

Nach einer Pause fuhr Hoare fort: »*A propos* Hummer. Kapitän Hay hatte doch am Freitagabend Hummer gegessen, nicht?«

»So sagt man.«

»Und der Schreiber berichtet, er habe den Kommandanten etwas wie ›Hummer‹ sagen hören, bevor er starb. Nun hat aber doch niemand auch nur angedeutet, der Mann könnte an vergiftetem Hummer gestorben sein, oder?«

»Nicht dass ich wüsste«, sagte Bennett.

»Dann muss er also die anderen Hummer gemeint haben.«

»Wie bitte?«

»Die anderen Hummer. Die Rotröcke, die Seesoldaten«,

flüsterte Hoare. »Das muss es sein. Gehen Sie zu Jom York. Er wird die Uniform ausgraben, sofern man denn graben muss.«

»Einen roten Rock. Jom York.« Amüsiert wiederholte Gladden die Bitte und stand auf, um zu gehen. »Aye, aye, Sir. Vielleicht sagen Sie mir irgendwann einmal, wer Jom York ist?«

»Treffen wir uns im *Anchor*?«, erwiderte Hoare. »Dort erfahren Sie's. Wir müssen auch Ihren Bruder befragen, denn jede Minute zählt. Die Zeit ist knapp bis Donnerstag.«

Als Gladden gegangen war, doch bevor er Mr. Hopkin entließ, fragte Hoare den Arzt, ob er sich erklären könne, aus welchem Grund Kapitän Hay ein Bajonett in seiner Kajüte aufbewahren sollte.

»Der Grund ist allgemein bekannt, Sir«, antwortete Hopkin. »Er wollte in der Marineinfanterie ein Dolchbajonett mit Griff einführen, das er selbst entworfen hatte, ähnlich den ›Dolchen‹, wie sie die Scharfschützen am Mann führen. In seiner Kajüte hatte er zwei Bajonette: das gängige Marinemodell zum Aufpflanzen und eines mit Griff, das nach seinem Entwurf gefertigt wurde. Hier.«

Ohne Hoares Erlaubnis abzuwarten, durchwühlte Hopkin die Papiere auf dem Tisch des Kapitäns und zog zwei Bajonette hervor. Sie entsprachen seiner Beschreibung. Hoare nahm sie in die Hand und besah sie sich genau.

»Dieses hier ist sauber, Mr. Hopkin, aber auf dem Marinebajonett findet sich noch angetrocknetes Blut. Sind Sie sicher, dass Sie das Dolchbajonett nicht abgewischt haben, als Sie es aufhoben – schon aus alter ärztlicher Gewohnheit?«

In Hopkins Lachen schwang kaum verhohlene Verachtung mit. Sein übel riechender Atem wehte Hoare an. »Warum sollte ich *so etwas* tun, Sir? Jeder ordentlich ausgebildete

Schiffsarzt weiß, dass er seine Instrumente nicht reinigen darf. Eine Säuberung beseitigt den schützenden Blutfilm. Ich und abwischen – allerhand!«

Kapitel V

Hoare fragte sich, was wohl Dr. Simon Graves von Mr. Hopkins Ansichten über die richtige Pflege chirurgischer Instrumente hielte. Ehrlich erleichtert, entließ er den Arzt und setzte eine Liste der anderen Männer von der *Vantage* auf, die er an diesem Tag noch befragen musste. Dazu zählte auch sein Gegner vom Morgen, Mr. Wallace von der Marineinfanterie, des Weiteren John McHale, der Segelmeister, Patrick Lynch, der Steuermann, sowie Michael Doyle, der Feldwebel der Seesoldaten an Bord. Er schickte Mr. Prickett nach den letzten dreien; Mr. Wallace wollte er selber aufsuchen.

Zum Zeitpunkt des Mordes an ihrem Kommandanten waren Mr. McHale und der Steuermann vom Tatort lediglich durch zwei dünne Decks getrennt gewesen; sie hatten dicht beisammen gestanden, unmittelbar neben einem geöffneten Oberlicht der Offiziersmesse, die unter dem Achterdeck lag. Dennoch widersprachen sich die Aussagen der beiden Männer entschieden: Mr. McHale sah Hoare fest in die Augen und erklärte, er habe zur möglichen Tatzeit, zwischen sechs und sieben Glasen der ersten Hundewache, am späten Nachmittag also, nur die gewöhnlichen Bordgeräusche vernommen.

Lynch dagegen schilderte eine dramatische Begegnung, deren Ohrenzeuge er zufällig geworden sei.

»Ich hör noch, wie Mr. Gladden die Tür vonner Kajüte zumacht, da brüllt der Käpten ihn auch schon an – unverschämt wär er, weil er ihn beim Essen stören würde, und stinkfaul und so weiter – ich weiß die Worte nich alle mehr. Manche hatt ich wohl schon mal gehört, aber dann hat er noch andere innen Mund genommen, wo ich nie wieder nich hören will. Schrecklich warn die. Er sagt, Mr. Gladden hätte seine Leute nich mehr im Griff und tät seine Unteroffiziere nich so unterstützen, wie er das sollte. Dann gibt er Mr. Gladden den Befehl, dass er mehr Übungen im Rigg ansetzen soll, und gleich drauf legt er wieder los und beschimpft ihn ganz übel. Na, und da macht Mr. Gladden das Maul auf und quiekt wie 'n abgestochenes Schwein und sagt dem Käpten die Meinung. Und dann hör ich den Käpten losbrüllen und dann einen Rumms und noch mehr Gebrüll – und schließlich 'nen Schrei. War der Todesschrei vom Käpten, das weiß ich todsicher, Sir. Schrecklich. Mir stehn die Haare zu Berge, wenn ich nur dran denke.«

»Sie sind kein Ire, Lynch«, sagte Hoare. »Ich glaube, Sie sind im Herzen von London geboren. St. Mary-le-Bow?«

»Seven Bells, Sir. Aber mein alter Herr war aus Dublin, hat meine Mutter immer gesagt. Obwohl, ich weiß nich, woher die das wissen sollte, ehrlich.«

»Lassen wir das einmal dahingestellt«, sagte Hoare. »Sie wissen, dass Mr. McHale ausgesagt hat, er habe nichts von der Kontroverse gehört, die Sie gerade geschildert haben.«

»›Konto-*was*‹, Sir?«

»Auseinandersetzung, Streit, wenn Sie wollen, auch Kampf.«

Lynch blieb stur bei seiner Version: »Ich hab Ihnen gesagt, was ich gehört hab, Sir, und dazu steh ich auch. Und was Mr. McHale gehört hat, nun, dazu sag ich nix weiter.« Er hielt sich an sein Wort und verstummte.

Anders als Lynch war Feldwebel Doyle so unüberhörbar irisch, dass Hoare ihn kaum verstehen konnte. Ja, sagte er, es habe stets eine Wache vor der Tür zur Kapitänskajüte gestanden, genau wie vor dem Rumschapp. Er selbst habe den Mann beim Wachwechsel auf seinen Posten geschickt. Doyle entschuldigte sich, falls er nachlässig gewesen sein sollte: Alle Seesoldaten seien neu an Bord und einander wie auch ihm noch völlig fremd, sodass er den Mann, der zur fraglichen Zeit Wache gestanden hatte, beim besten Willen nicht nennen könne. Er war größer gewesen als der gewöhnliche Seesoldat; so viel wusste Doyle noch. Was Mr. Wallace ihm dazu sagen würde, erfüllte ihn nicht gerade mit Vorfreude.

Auch Doyle konnte aber die Erklärung des Schreibers mehr oder weniger bestätigen, dass keine Wache vor der Kajütstür gestanden habe, als es sieben Glasen schlug. Zumindest hatte er keine gesehen, als Mr. McHale ihn in die Kajüte rief. In dem Durcheinander hatte er, wiederum zu seinem Bedauern, die von Mr. Wallace befohlene Musterung nicht so gewissenhaft durchgeführt, wie er es hätte tun sollen, denn er hatte bei seinen Männern einmal vierzig gezählt, kurz darauf aber nur neununddreißig. Vierzig hatte er seinem vorgesetzten Offizier auch gemeldet, aber beschwören wollte er diese Zahl nicht. Erneut erinnerte er seine Zuhörer daran, dass die Seesoldaten wie die gesamte Mannschaft der *Vantage* neu an Bord seien und einander nach wie vor größtenteils fremd.

»Wird bei der Marineinfanterie zufällig ein Uniformrock vermisst?«, wollte Hoare wissen.

Doyle sah ihn an, als habe er übersinnliche Gaben. Einer seiner Gefreiten, so sagte er, beklagte in der Tat den Verlust eines Uniformrocks. Doyle hatte den Mann verflucht, die Kosten für den Ersatz von seinem Sold abgezogen und den

Bootsmann angewiesen, ihn zum Latrinendienst einzuteilen, bis er einen neuen Rock vorweisen konnte.

»Suchen Sie weiter nach dem Rock«, sagte Hoare. »Suchen Sie auch in der Bilge und in der Schiffslast. Falls Sie ihn finden, soll ein zuverlässiger Mann ihn zu mir in den *Swallowed Anchor* bringen. Aber zuverlässig muss er sein, verstanden?«

Daraufhin ließ sich Hoare von Mr. Prickett in die enge Kammer neben der Offiziersmesse der *Vantage* bringen, wo Mr. Wallace träge hingestreckt lag und leise schnarchte, gehüllt in die Wolke seiner rumgeschwängerten Ausdünstungen.

»Sir! Sir!«, rief Mr. Prickett. »Mr. Hoare ist hier und will mit Ihnen über den Mord an Kapitän Hay reden!«

»O Gott!«, stöhnte Wallace. »Ist denn die Ehre *immer noch nicht* wiederhergestellt?« Er versuchte, sich aufzusetzen, sank aber, vor Schmerz stöhnend, wieder zurück. »Reden Sie nur, Hoare. Ich bin Ihnen ausgeliefert, auf Gedeih und Verderb.«

»Erzählen Sie mir einfach nur, was am Abend des Mordes geschehen ist, wenn's beliebt.«

Wallace hatte Feldwebel Doyles Zeugenaussage nichts hinzuzufügen. Zur Zeit der Tat war er noch nicht einmal an Bord gewesen, jedoch war er binnen einer Stunde auf die Fregatte zurückgekehrt und hatte Doyle befohlen, die Männer zu mustern. Zu seiner Schande kannte er die Seesoldaten seiner Abteilung noch weniger als der Feldwebel: Alles neue Gesichter.

Hoare wollte gerade gehen, da räusperte sich Wallace.

»Ich muss mich bei Ihnen entschuldigen, Sir.« Er flüsterte fast so leise wie Hoare.

»Einer Entschuldigung, Mr. Wallace, bedarf es nicht«, erwiderte Hoare. »Der Ehre ist schon Genüge getan.«

»Ich muss gestehen, dass ich gestern betrunken war«, fuhr Wallace fort. »Und ich war zweifach im Unrecht, einmal, weil ich Sie nicht bei Ihrem richtigen Namen nannte, und dann, weil ich mich über Ihre Stimmlosigkeit lustig gemacht habe. Zu der Zeit wusste ich nicht, wie Sie Ihre Stimme verloren haben. Ihre Lektion werde ich nicht vergessen – ja, ich werde daran denken, immer wenn ich mich erhebe und mich zur Ruhe bette, wie man so sagt ... *aaah*!«

Hoare konnte sich ein lautloses Lachen nicht verkneifen, doch Wallace war noch nicht fertig.

»Wollen Sie mir die Hand geben, Sir?«

»Aber natürlich.«

Schließlich war es so weit, und Hoare konnte in der geliehenen Gig des seligen Kapitäns Hay unter vollen Segeln ablegen. Mr. Prickett hüpfte wie ein Ball im Bug herum, obwohl der Fähnrich am Ruder befohlen hatte, er solle, verdammt noch mal, still halten. Der Junge hatte seinen stellvertretenden Kommandanten erfolgreich angefleht, an Mr. Hoare abkommandiert zu werden, bis dessen Nachforschungen abgeschlossen waren.

Hoare wies den Fähnrich und Bootssteurer an seiner Seite an, nicht den Hard von Portsmouth anzusteuern, sondern sie im Inner Camber an Land zu setzen. Er begab sich zum *Swallowed Anchor*, wo Peter Gladden ein weiteres Mal in der Stube auf ihn wartete, und schickte Mr. Prickett in die Küche des Gasthauses, wo er unter den Augen des rotbäckigen Dienstmädchens Susan wie eine Mastgans gestopft wurde.

Gladden hatte sich den ersten besten Gossenjungen gegriffen, ihn mit Hoares Botschaft zu Jom York geschickt und dann seinen Bruder in dessen Arrestzelle aufgesucht, einem kleinen, dunklen Raum im Keller der Residenz des Commissioners.

»Dieser Fall richtet nicht nur Vollkapitäne zu Grunde, sondern auch Hosen«, bemerkte er zu Hoare. »Er hat schon die Beinkleider ruiniert, die Ihr Ziel Mr. Wallace trug, als Sie ihn angeschossen haben; dann die von Mr. Watt, als Kapitän Hay auf ihnen verblutete, sowie die meines armen Bruders ... Und was Hosen angeht«, fuhr er fort, »glaube ich kaum, dass Kapitän Hays Unaussprechliche durch die Vorgänge gestern Abend in einem besseren Zustand sind. – Aber Sie wollten mir von Jom York erzählen.«

»Jom York ist der König der Strandgutjäger beiderseits der Förde von Southampton Water«, sagte Hoare. Er selber verbringe seine freie Zeit damit, herumzuschnüffeln, ob an Land oder an Bord der *Insupportable*. Er habe, fuhr er fort, im Rathaus von Weymouth herumgeschnüffelt (was bekanntlich nur neue Fragen aufgeworfen hatte); ebenso schnüffelte er in Buchten, wo er oftmals nicht erwünscht war – so wie damals, als er eine Bande kleiner Schmuggler beim Entladen von Fässern überrascht hatte. Gerade dieser Vorfall hatte ihm das Vertrauen mindestens einer Schmugglerbande eingetragen, mit dem Ergebnis, dass er jenes interessante Fass erhalten hatte, das ihm dann von einem oder mehreren Unbekannten wieder gestohlen worden war. Und in einer anderen Bucht hatte er natürlich auch die höchst interessante Mrs. Graves kennen gelernt, das so tödlich treffsichere Rebhuhn.

Er sah Ärzten bei ihren grässlichen Amputationen zu und hörte, was sie zu sagen hatten. Er befragte Metzger, Wachtmeister von Kriegsschiffen, Händler, Schuhmacher, Gossenjungen – kurzum, jeden, der Erhellendes beizusteuern hatte.

Nur die Leute vom Lande waren vor Hoares Neugier sicher. Mit Bauern konnte er gar nichts anfangen. Hirten aller Art zählten für ihn, genau wie die Imker, zu dem Menschenschlag, der gefährliche Tiere zu hüten hatte. Aber selbst zu

Lande machte er Ausnahmen, nämlich für Wilderer, fahrendes Volk und Zigeuner.

Auf einem seiner kiebitzenden Ausflüge, erklärte er, hatte er in einer schäbigen kleinen Kneipe Jom York kennengelernt, den König der Strandgutjäger. Hoare hatte ihn später zum Freund gewonnen, als er einen der Gefolgsleute dieses Königs aus den Fängen des Presstrupps befreit hatte. Jom York hatte ein genaues Auge auf jeden Schauermann, jeden Gossenjungen, jeden Strandgutjäger, der für ihn arbeitete, und hielt seinen großen, schwieligen Daumen auf sie. Er holte sich seinen Anteil an Nachrichten und Neuigkeiten von ihnen, genau wie von ihren Dieben und Hehlern.

Hoares lange Erzählung wurde noch länger, weil er gegen Ende auf seine anstrengende Notflüsterstimme zurückgreifen musste.

»Er stinkt abscheulich, aber er ist durchaus nützlich«, schloss Hoare. Mittlerweile hatten sich die beiden über einen gegrillten Steinbutt hergemacht.

»Aber was ist mit dem roten Uniformrock?«

»Wie Sie heute Morgen so richtig bemerkten, lässt ein Kapitän seine Kajütstür niemals unbewacht. Genau hier, auf der Reede von Spithead im Jahre '97, haben die Kommandanten ihre Lektion erhalten, was das betrifft, so wie damals Bligh auf der *Bounty*.«

»Und auch der Kommandant der *Hermione*, dieser brutale Menschenschinder«, ergänzte Gladden.

»Ganz recht. Nach allem, was wir von Kapitän Hay wissen, legte er hohen Wert auf die Einhaltung der Dienstvorschriften. Folglich sehe ich es so, dass ein Seesoldat tatsächlich Wache gestanden hat, so wie Feldwebel Doyle beteuert, und dass ihn der Mörder entweder von seinem Posten weggelockt oder sonstwie aus dem Wege geräumt hat – oder, was

noch wahrscheinlicher ist, dass der Mörder selbst jener Rot-
rock war. Der Feldwebel der Marineinfanterie hat nämlich
eingeräumt, dass an jenem Abend bei seinem Appell an Bord
der *Vantage* ein oder gar zwei Mann gefehlt haben könnten.
Und er meldet den Verlust einer Uniform.«

Kapitel VI

Am Mittwochnachmittag brachte eine ängstliche, stinkende Dockratte ein tropfnasses Päckchen in die Gaststube des *Swallowed Anchor*. Susan, das rotbäckige Dienstmädchen, brachte die Ratte samt Päckchen zu Hoare und Gladden. Mr. Prickett, der mittlerweile niemanden mehr zwischen sich und seinen stummen Leutnant kommen ließ, betrachtete hoch erfreut die beiden übel riechenden Objekte, die Augen weit aufgerissen. Beide, in fahlbraune Lumpen gehüllt, stanken nach Hafenschlamm. Hoare interessierte von den beiden Objekten, dem Boten und dem Päckchen, lediglich eines. Das andere schickte er mit einem Shilling seiner Wege, worauf sich die armselige Kreatur dankbar verdrückte und ihren Gestank mitnahm, nicht ohne Hoare in den höchsten, wenn auch nicht gerade wohl klingenden Tönen zu loben.

Hoare zog sein Seemannsmesser und öffnete das Päckchen: ein triefend nasser roter Rock glitt zu Boden. Er lächelte, als wäre das Tuch aus lauterem Gold.

Er hielt den Kragen des Uniformrocks an seine Nase und roch daran, dann nacheinander an den umgekrempelten Ärmeln. Darauf zog er ein riesiges weißes Taschentuch aus seinem Rockschoß und rieb damit die Innenseite des Rockkragens ab, dort wo er den Nacken seines Besitzers berührt haben musste, ebenso die Innenseite der Ärmel. Er nickte bei sich und gab den Rock dem kleinen Kadetten.

»Bringen Sie ihn weg, Mr. Prickett«, flüsterte er, »und schreiben Sie darauf: ›Rock, gefunden im Hafen von Portsmouth.‹ Das Datum von heute. Ach, und das hier nehmen Sie bitte auch mit.«

Er gab Mr. Prickett das Taschentuch. »Darauf schreiben Sie: ›Taschentuch mit Probe vom Uniformrock eines Marineinfanteristen.‹ Das Datum von heute. – Also, Gladden: Wir können fast sicher sein, dass dieser Uniformrock zuletzt nicht von einem Seesoldaten der *Vantage* getragen wurde.«

»Wie kommen Sie darauf?«, fragte Gladden.

»Denken Sie nach, Sir, denken Sie nach.«

Am selben Nachmittag führte Mr. Gladden Hoare zu der Zelle, wo sein Bruder hinter Schloss und Riegel saß.

Zum Glück ging die Zelle nach Süden, sodass die Nachmittagssonne durch das kleine Gitterfenster hoch oben in der grob behauenen Steinwand fiel und sie auf die Talglichter verzichten konnten, die links und rechts von Krug und Schüssel auf dem Brettertisch standen.

Äußerlich hatten die Brüder nur das lockige, weizengelbe Haar gemeinsam. Peter Gladden war kleiner als Hoare; Arthur dagegen hätte ihm auf gleicher Höhe in die Augen schauen können, als er zur Begrüßung aufstand, hätte er sich nicht gebückt gehalten wie ein Gelehrter. Seine Augen waren nicht strahlend kornblumenblau, sondern wirkten verblichen. Das pausbäckige Gesicht seines Bruders war von einer gesunden Röte überzogen; Arthurs eingefallene Wangen dagegen waren aschfahl. Er trug endlich saubere Kniehosen, doch der schwache Geruch seines Malheurs haftete ihm immer noch an, verstärkt durch den Gestank des ungeleerten Nachttopfs in der einen Ecke der Zelle.

»Was bringst du mir für Neuigkeiten, Bruder?«, fragte Arthur Gladden besorgt mit hoher, angespannter Stimme, noch bevor jener Hoare auch nur vorstellen konnte.

»Keine schlechten und noch keine guten, mein Junge«, sagte Peter Gladden. »Aber ich habe einen wahren Zauberer für dich gewonnen. Gestatten, dass ich vorstelle: Leutnant zur See Bartholomew Hoare, vom Stab Admiral Hardcastles. Er ist bereit, dir am Donnerstag als Rechtsbeistand zu dienen.«

»Aber ich dachte, *du* würdest mich verteidigen!«

»Das tue ich auch, mein Lieber, doch du weißt selber, wie wenig ich von den rechtsverdreherischen Kniffen und Schlichen bei einem Kriegsgericht verstehe. Mr. Hoare wird mir mit all seiner Erfahrung den Rücken stärken.«

»Hoare – ist das Ihr richtiger Name?« Arthur Gladdens Frage verriet echtes Interesse.

»Ja«, flüsterte Hoare.

»Oh, hier brauchen Sie nicht zu flüstern«, sagte Arthur. »Es hört eh keiner zu. Ich glaube gar, ich könnte hier hinausmarschieren, ohne dass mich irgendwer aufhalten würde.« Er hielt inne, als überdenke er, was er gesagt hatte, und seine Miene hellte sich auf. »Aber dann würden sie mich wieder einfangen und wissen, dass ich schuldig bin.« Er seufzte auf.

»*Sind* Sie denn schuldig?«, fragte Hoare. »Außerdem flüstere ich nicht um der Geheimhaltung willen, sondern weil ich nicht anders sprechen kann. Es ist lästig, ich weiß, aber man muss das Beste draus machen.«

»Nein, Sir, ich bin *nicht* schuldig. Ich gebe zu, dass ich nach Kapitän Hays Ausbruch vor Wut am ganzen Leib zitterte – deshalb hab ich ihm ja auch meine Meinung gesagt. Ich weiß, das hätte ich nie tun dürfen. Aber *er* hat so gewütet, ist rot angelaufen und handgreiflich geworden. Darum bin ich …«

»Geflüchtet«, unterbrach ihn Hoare. »Können Sie das irgendwie beweisen, dass Sie mit dem Kommandanten nur deshalb handgreiflich wurden, weil Sie ihm entkommen wollten?«

»Nein, aber der Wachtposten von der Marineinfanterie würde meine Darstellung wohl bestätigen«, erwiderte Arthur.

»Also hat ein Seesoldat Wache vor der Kajütstür gestanden?«

»Selbstverständlich, Mr. Hoare«, versetzte der Gefangene pikiert. »Haben Sie jemals gehört, dass die Kapitänskajüte auf einem Schiff Seiner Majestät *nicht* bewacht würde?«

Zum ersten Mal, dachte Hoare, spricht der Mann wie ein Marineoffizier.

»Wer war dieser Mann, wissen Sie das?«, fragte er.

»Ein Seesoldat, mehr weiß ich nicht«, antwortete Arthur. »Ehrlich gesagt, ich glaube nicht, dass irgendwer einen Hummer von einem anderen unterscheiden kann – außer vielleicht ein Seesoldat. Die sehen alle wie Statuen aus, mit ihren roten Röcken und schweren Stiefeln. Finden Sie nicht?«

Hoare sah Peter Gladden an, so als wollte er sagen: »Sehen Sie, was ich meine?«

»Wie ich schon sagte«, fuhr Arthur fort, »als ich mich bei Kapitän Hay meldete, stand ein Seesoldat Wache vor seiner Tür. Er hat sie sogar für mich geöffnet und mich angekündigt, wie die das immer tun. Offen gesagt, hab ich ihn nicht bemerkt, als ich gegangen bin, weil ich es auf einmal sehr eilig hatte.«

Der Morgen dämmerte hell und klar, ein geschäftiger Morgen am Tage von Lt. z. S. Arthur Gladdens Kriegsgericht, der angeklagt war, seinen Kommandanten Adam Hay ermordet zu haben. Ganze Flottillen von Booten aller Art hielten über die funkelnde See des Hafenbeckens auf die *Defiant*, 74, zu, die Charles Wright, ihr Kommandant und der Vorsitzende des Kriegsgerichts, als Gerichtsort gewählt hatte.

Die leer stehende Kajüte der *Vantage* wäre der angemessene Ort für ein Kriegsgericht gegen einen ihrer Offiziere gewesen. Aber man erwartete Berühmtheiten wie auch neugierige Zaungäste; in Portsmouth kursierten Gerüchte, dass sogar Mitglieder der königlichen Familie kommen könnten. Deshalb, und auf Mr. Bennetts Rat hin, hatte Kapitän Wright zugelassen, dass nun sein Leben durcheinander gebracht und seine Kajüte auf der *Defiant* zweckentfremdet wurde.

Auf dem Tisch, an dem die Mitglieder des Kriegsgerichts sitzen würden, zwischen den Federkielen, Tintenfässern und dem Löschsand, lag Arthur Gladdens Offiziersdegen dwars zum Schiff. Sollte ihn das Gericht für schuldig befinden, würde die Klinge des Degens auf ihn zeigen, wenn er nach der Beratung des Gerichts in die Kajüte zurückkehrte.

»Aus dem Weg!«, rief ein Seesoldat. Fast alle Zuschauer erhoben sich, als die Richter in einer Reihe durch die Gasse gingen, die ihnen gebahnt wurde. Nur einer der Gäste, eine massige Gestalt mit den Goldtressen eines Admirals und der leuchtend blauen Schärpe des Hosenbandordens, blieb auf seinem bequemen Sessel genau vor der Richterbank sitzen.

»Wünschen Ihre Königliche Hoheit, dieser Kammer anzugehören?«, fragte Kapitän Wright.

Der Admiral der Weißen, Prinz William, der Herzog von Clarence, schüttelte den Kopf, der wie eine Ananas geformt war. Ein leutseliges Lächeln lag auf seinem Gesicht.

»Gute Güte, bloß nicht, mein Bester. Bin hier, um den Sitzungen zu *entgehen*, verstehen Sie?« In der Kajüte wurde bei-

99

fällig gekichert. Königliche Scherze, stellte Hoare fest, waren unfehlbar amüsant.

Als sich das Gekicher gelegt hatte, verlas Kapitän Wright Admiral Hardcastles Befehl zur Einsetzung eines Kriegsgerichts, der mit den Worten schloss: »… dass am einundzwanzigsten Tage im Jahre des Herrn achtzehn-null-fünf Leutnant zur See Arthur Gladden auf dem Schiff Seiner Majestät *Vantage* seinen Kommandanten Adam Hay angegriffen und ermordet hat.«

Kapitän Wright erkannte Hoares schlaksige Gestalt neben dem ›Freund‹ des Gefangenen, zog fragend die Augenbrauen hoch und brach ab. »Braucht der Angeklagte tatsächlich *zwei* Beistände, Sir?«

»Eigentlich nicht, Sir. Der angeklagte Offizier hat mich als seinen Bruder gebeten, für ihn einzustehen. Blutsbande wie auch mein fester Glaube an seine Unschuld erforderten, dass ich mich seinem Ansinnen nicht verweigerte. Jedoch ist Mr. Hoare ein weitaus fähigerer Ermittler als ich und …«

»Mr. Hoare ist mir und den anderen Mitgliedern des Gerichts bestens bekannt«, fiel ihm Kapitän Wright ungeduldig ins Wort. »Aber wer von Ihnen spricht nun für den Angeklagten? Sie oder er?«

»Zumeist werde ich das tun, Sir, und sei es nur wegen Mr. Hoares Sprachbehinderung. Außerdem hat Admiral Hardcastle Mr. Hoare vorgeschlagen; ich folge nur seinem Wunsch.«

»Nun, es entspricht nicht den Regeln, aber ich sehe nichts, was dagegen spräche, noch natürlich dagegen, den Wunsch des Admirals zu erfüllen. Was meinen Sie, Gentlemen?« Kapitän Wright blickte nach links und nach rechts, doch mit Widerspruch rechnete er offenkundig nicht. »Sehr gut«, sagte er. »Mr. Bennett, würden Sie dann bitte Ihr Eröffnungsplädoyer halten? Ich weiß, dass zumindest *Sie* keine Schwierigkeiten haben, sich Gehör zu verschaffen.« Eine Welle leisen Gekichers lief durch die Kajüte der *Defiant*.

Bennett umriss den Fall aus Sicht der Anklage: dass man gehört habe, wie Arthur Gladden mit seinem Kommandanten in Streit geraten sei; dass Kapitän Hay laut aufgeschrien habe; dass Arthur längs durch das Schiff bis in den Bug geflüchtet sei; dass Mr. Watt den Kapitän vorgefunden habe, als er in den letzten Zügen lag; welches seine letzten Worte gewesen seien, die der Schreiber vernommen habe. Und dass – von Watt einmal abgesehen, der kaum stark genug sei, seinen Kommandanten zu erstechen – Arthur der Letzte gewesen sei, der Kapitän Hay lebend gesehen habe.

Mr. Hopkin, der Schiffsarzt, gab unter Eid dieselbe Erklärung ab wie gegenüber Hoare und Peter Gladden. Dann kam Lynch. Auch der Steuermann hatte seiner Aussage, die er Tage zuvor gemacht hatte, nichts hinzuzufügen.

John McHale antwortete eher ausweichend.

»Und was, Mr. McHale, haben Sie durch das Oberlicht gehört?«, fragte Mr. Bennett.

»Was Sie mir da unterstellen, Sir, das verbitte ich mir! Ich belausche niemanden, besonders nicht meinen eigenen Kommandanten!«

»Dann erklären Sie also – unter Eid, denken Sie daran, Mr. McHale –, Sie hätten in einer stillen Nacht, an Deck eines Schiffes vor Anker, auf Ihrem befohlenen Posten, nur wenige Fuß neben dem Oberlicht der Kajüte, nichts von unten gehört? Nicht einmal laute Stimmen?«

»Meineid ist strafbar, Mr. McHale!«, warf ein rangniederes Mitglied des Gerichts, ein Kapitänleutnant, von seinem Sitz am linken Ende des Tisches ein.

Der Segelmeister der *Vantage* musste schlucken.

»Selbst angesichts dessen, was Lynch gehört haben will, der doch ein gutes Stück bugwärts von Ihnen an der Achterdecksreling lehnte?«

Mr. McHale schwieg und dachte einen Augenblick nach. »Gentlemen, ich ziehe meine vorherige Aussage zurück. Mr. Gladden ist ein Schwächling, meine Herren, aber ein ehrlicher Schwächling.«

Hoare, der hinter Arthur Gladden saß, sah, wie der Mann bis zu den Haarwurzeln errötete.

McHale fuhr fort: »Der würde keiner Fliege was zu Leide tun, geschweige denn seinem Kommandanten. Er hat weniger Mumm als ein Karnickel. Seine Abteilung war schon auf dem besten Wege, der reinste Sauhaufen zu werden, weil er sich nicht überwinden konnte, seine Männer zu disziplinieren. Mir tut er Leid. Er gehört nicht in die Marine. Ich will nicht, dass er durch mich, durch meine Aussage, sein Leben verliert. Aber ich muss auch an meine Frau und meine Kinder denken.«

»Bleiben Sie bei den Tatsachen, Mr. McHale«, warnte ihn Kapitän Wright. »Was also haben Sie *wirklich* gehört?«

»Ich hörte, wie Kapitän Hay Mr. Gladden den Befehl gab, mit seiner Abteilung am nächsten Morgen eine Übung zu fahren.«

»Was für eine Übung?«

»Eine Feuerlöschrolle, Sir«, sagte McHale, »gefolgt von einem Scheingefecht gegen zwei französische Fregatten, eine an Backbord, die andere an Steuerbord. Wie ich meinen Kommandanten kannte, hätte er während des Drills dann verkündet, unser Großmast wäre weggeschossen, an den Dwarssalings oder so, und alle höheren Offiziere wären gefallen – dann hätte Mr. Gladden selber klarkommen müssen. Kapitän Hay, Sir, war ein scharfer Hund, was den Drill anging, aber er war gut. Dann hörte ich, wie Mr. Gladden lang und breit gegen den Kommandanten wetterte. Er warf ihm vor, dass er etwas gegen ihn hätte – dass er ›ungerecht‹ wäre, wie er sagte. Mitten in Mr. Gladdens Ausbruch hörte ich Wutgebrüll und ein Stöhnen. Dann knallte Mr. Gladden die Kajütstür hinter sich zu …«

»Woher wissen Sie, dass es Mr. Gladden war?«, fragte Hoare.

Mr. McHale schien überrascht. »Na ja, Sir, Mr. Gladden und der Kommandant waren allein in der Kajüte. Und ganz gewiss war's nicht Kapitän Hay, der hinausgestürmt ist.«

»Wenn Sie aber glaubten, Mr. Arthur Gladden und sein Kommandant seien handgreiflich geworden, warum haben Sie dann nicht Alarm geschlagen?«

»Dort, wo ich stand, konnte ich mir nicht sicher sein. Außerdem war ja eine Wache vor der Tür postiert.«

»Also haben Sie, ein erfahrener Marineoffizier, es einem Ihnen unbekannten Seesoldaten überlassen zu entscheiden, ob er Alarm schlagen sollte oder nicht. Richtig? Ihrer Laufbahn wird das nicht gerade förderlich sein, Mr. McHale. Das ist alles, Sir.«

Man rief Mr. Watt. Er wurde vereidigt und wiederholte im Wesentlichen, was er Hoare einige Tage zuvor erzählt hatte. Als der kleine Mann bei den letzten Worten seines sterbenden Kommandanten angelangt war, meldete sich der rangniedere Beisitzer wieder zu Wort. Neben Kapitän Wright war er der einzige, der aktiv an der Verhandlung teilnahm. Bernard Weatherby hieß er, Kapitänleutnant und Kommandant der *Crocus*, 20 Kanonen – ein kommender Mann, dessen Namen er sich merken sollte, dachte Hoare.

»Offen gesagt, Gentlemen, kann ich mir keinen Reim darauf machen«, begann Kapitänleutnant Weatherby. »Niemand hat auch nur für einen Moment den Verdacht geäußert, dass Kapitän Hay einem vergifteten Hummer erlegen sein könnte. Mr. Bennett berichtet zudem, der Steward des Kapitäns schwöre, dass die Tiere gelebt hätten, als er sie in den Topf mit dem Weißwein warf. Wir haben keinen Grund, am Wort dieses Mannes zu zweifeln. Warum hat der Kommandant dann die ›Hummer‹ erwähnt, als er starb?«

»›Hummer‹ war sein letztes Wort – und dann raffte es ihn fort«, murmelte einer am Ende der Kajüte. Ein anderer kicherte.

»Ausscheiden mit dem Blödsinn!« Kapitän Wrights leise, tonlose Stimme sorgte für Ruhe. »Noch etwas von der Art, und ich lasse den Schuldigen vor aller Augen knebeln, und sei er ein Kapitän zur See!«

Alles schwieg.

Mr. Prickett drückte sich in die Kajüte und murmelte einige Worte in Hoares Ohr. Der Leutnant nickte ihm dankend zu, beugte sich vor und gab die Botschaft flüsternd an Peter Gladden weiter.

Dieser ergriff das Wort: »Gentlemen, mit Erlaubnis des Gerichts hat Mr. Hoare Feldwebel Miller von der Marineinfanterie der *Defiant* gebeten, so viele von seinen Männern wie nötig an Bord der *Vantage* zu bringen, um deren gesamte Marineinfanterie solange zu ersetzen, wie das erforderlich sein sollte. Ich habe Miller diesbezüglich bestimmte Anweisungen erteilt. Feldwebel Doyle von der *Vantage* hat nun seine Seesoldaten in der Kuhl unter dem Achterdecksabsatz der *Defiant* antreten lassen. Herr Vorsitzender, darf ich dieses Gericht ersuchen, sich auf das Achterdeck zu begeben?«

Kapitän Wright fing einen Blick von Bennett auf und nickte. Arthur Gladden verließ die Kajüte als Erster, bewacht von zwei Seesoldaten, gefolgt von seinem Bruder sowie Hoare,

Bennett und den Mitgliedern des Kriegsgerichts. Hinter ihnen stieg Seine Königliche Hoheit den Niedergang hinauf an Deck, wo sein Gold in der Sommersonne glänzte. Ganz am Schluss humpelte Leutnant Wallace in lose sitzenden langen Hosen. Der Leutnant wollte verdammt sein, wenn er zuließ, dass einer seiner Männer von einem flüsternden Parvenü von Duellanten verhört wurde, ohne dass sein vorgesetzter Offizier dabei war, um ihm bei Bedarf beizustehen.

Feldwebel Doyle hatte die siebenundvierzig Seesoldaten der *Vantage* beiderseits der Kuhl der *Defiant* in zwei Reihen antreten lassen. Als er in der Menge auf dem Achterdeck über sich seinen Leutnant erblickte, befahl er seinen Rotröcken, stramm zu stehen. Mit dem vertrauten *Klackklack* präsentierten sie ihre Musketen. Wallace stieg unter Schmerzen den Backbord-Niedergang hinab in die Kuhl und nahm zwischen den beiden Reihen Aufstellung. Er hob den Blick zu Kapitän Wright und zog den Hut zum Gruß.

»Und was jetzt, Sir?«, fauchte Wright Mr. Gladden an. »Sie sollten wissen, dass diese merkwürdigen Abweichungen vom ordentlichen Verfahren Ihrem Klienten in den Augen dieses Gerichts gar nichts nützen.«

Mr. Gladden verbeugte sich. »Mit Ihrer Erlaubnis, Sir, möchte ich den Angeklagten bitten, mit mir die Reihen der Seesoldaten abzuschreiten. Ich möchte, dass er mir den Mann nennt, der vor Kapitän Hays Tür Wache stand, als er sich am Abend des Mordes beim Kommandanten meldete.«

»Also gut, Mr. Gladden. Sie dürfen Ihren Bru... den Angeklagten in die Kuhl begleiten.«

Die Prozession begab sich hinab auf das Steuerbord-Seitendeck: vorneweg ein Seesoldat als Wache, dann der Gefangene, dann ein zweiter Seesoldat, schließlich der Bruder des Gefangenen sowie sein zweiter Beistand. Arthur Gladden schritt langsam und gemessen die erste Reihe der Hummer ab. Hin und wieder blieb er stehen, um sich ein Gesicht genauer anzusehen. Er erreichte das Ende der ersten Reihe, machte kehrt und ging die gegenüberliegende Reihe ab, bis er jeden Marineinfanteristen der *Vantage* in Augenschein genommen hatte. Zuletzt musterte er Feldwebel Doyle. Dann blickte er hinauf zu den an der Achterdecksreling versammelten Offizieren des Kriegsgerichts.

»Er ist nicht dabei«, verkündete Arthur Gladden.

»Was soll das heißen: ›Er ist nicht dabei‹?«, bellte Kapitän Wright.

»Der Mann, den ich gesehen habe, gehört nicht zu dieser Abteilung, Sir. Wenn ich's jetzt bedenke, so hatte der Wachtposten ein ganz ungewöhnliches Gesicht: Die Haut war eigentümlich grobporig und gerötet, die Augen größer als gewöhnlich. Und sein Mund – nun, Sir, sein Mund war wie angemalt. Wie bei einer Maske. Ich kann unter den Seesoldaten hier niemanden erblicken, der so aussieht. Tut mir leid, Sir.«

»Ich kann das erklären, Sir«, sagte Peter Gladden. Er ergriff das Wort, ohne von Hoare aufgefordert zu sein. »Allerdings muss ich darum bitten, das Folgende in … in …« Er drehte sich zu Hoare um, der ihm das gesuchte Wort zuflüsterte.

»Genau. *In camera* zu hören.«

»Mr. Gladden, wenn Sie glauben, dass dieses Gericht Ihre Possen weiter geduldig über sich ergehen lässt«, sagte Kapitän Wright, »dann werden Sie einige höchst skeptische Offiziere zu überzeugen haben, das kann ich Ihnen versichern. Treten Sie näher, Sir – ja, Sie auch, Mr. Hoare – und erklären Sie sich.«

Worauf die Offiziere des Kriegsgerichts ihre Köpfe zusammen steckten, um die geflüsterte Erklärung zu hören, die Hoare und Gladden vorbereitet hatten. Anschließend gab es reichlich Kopfschütteln und allerhand Einwände, vor allem von Kapitänleutnant Weatherby, dem Feuerfresser. Schließlich pochte Kapitän Wright laut auf die Achterdecksreling.

»Mr. Hoare, Mr. Gladden«, bemerkte er nicht ohne eine gewisse Schärfe, »nur zu gern würde ich dieses Verfahren solange fortführen wie nötig, um ein gerechtes Urteil zu finden. Dies entspräche auch dem Wortlaut der Admiralitätsbestimmungen, worauf Sie ja soeben hingewiesen haben. Allerdings bin ich, wie Sie, ein Offizier der Königlichen Marine. Meine vordringlichste Pflicht ist es, wie auch die Ihre, unsere Marinestreitkräfte so schnell wie möglich zur Verteidigung des Königreiches, dem wir dienen, auf See zu bringen. Wenn ich also Mr. Arthur Gladden morgen hängen muss, damit dieses Schiff und die fünf anderen Einheiten der Kommandanten dieses Gerichts schnellstmöglich auslaufen und Lord Nelsons Flotte verstärken können, so tue ich das sofort, ganz gleich, meine Herren, ob er nun schuldig ist oder nicht. Er wird geopfert – wie so viele, viel zu viele andere. Doch wenn er stirbt, damit diese Schiffe auslaufen können, rettet er vielleicht England.

Deshalb gibt dieses Gericht Ihrem Antrag statt, das Verfahren für den Rest des Tages *in camera* fortzusetzen, und wird die öffentliche Verhandlung morgen um acht Glasen in der Morgenwache wieder aufnehmen. Morgen Mittag aber werde ich, wenn es denn sein muss und auch wenn ich selbst dafür baumeln muss, dieses Gericht anweisen, Mr. Arthur Gladden für schuldig zu erklären, werde das Kriegsgericht aufheben und ihn an der Rahnock aufknüpfen lassen. Keine Minute später als morgen zwölf Uhr werden also dieses Schiff sowie die anderen, die von meinen Gerichtskollegen befehligt werden, die Anker gelichtet haben und klar sein zum Auslaufen. Haben wir uns verstanden, Gentlemen?«

Die anderen Kommandanten, Arthur Gladden sowie seine beiden Beistände nickten feierlich.

»Gut. Die Sitzung wird unter Deck fortgesetzt. Ich bitte alle Personen, die nicht Teil dieses Verfahrens sind, sich zurückzuziehen. Ihre Königliche Hoheit, wollen Sie gehen oder bleiben?«

»Ich bleibe, Sir«, erklärte der Herzog. »Meine Anwesenheit könnte Sie alle vor dem Strick retten, nicht wahr? Nicht wahr?«

Als die Zuschauer von Bord der *Defiant* gegangen und die Mitglieder des Kriegsgerichts in ihre Kajüte zurückgekehrt waren, wandte sich Kapitän Wright an Peter Gladden und sagte: »Fahren Sie fort, Sir.«

»Als ich nach Befragung einiger Zeugen von der *Vantage* an Land ging«, begann Gladden, »bat mich Mr. Hoare, in seinem Namen einen gewissen Strandgutjäger, den er kannte, um einen Gefallen zu ersuchen. Diese Person gab das Ersuchen ihrerseits an die eigenen Leute weiter. Hier ist das Ergebnis.« Er griff in den Handkoffer an seiner Seite und zog den übel riechenden Uniformrock der Königlichen Marineinfanterie hervor. Sein Scharlachrot hatte das Blau der Rockaufschläge schon leicht eingefärbt.

»Dieser Rock wurde am Dienstag vergangener Woche im Hafen von Portsmouth aus dem Wasser gefischt und zu Mr. Hoare und mir gebracht. Ich weiß, dass jeder Offizier in dieser Kajüte diese Art von Rock kennt. Als Mr. Hoare ihn untersuchte, fand er bestimmte Substanzen am Kragen und an den Manschetten. Ich möchte ihn bitten, dem Gericht mitzuteilen, was er entdeckt hat.«

»Was ich von Kragen und Ärmeln abgewischt habe, Gentlemen«, flüsterte Hoare, »war Schminke, abwaschbare Schminke. Ich konnte sie trotz des Wattwassergestanks riechen. Ab-

waschbare Schminke, oder auch *maquillage*, wie die Frosch-fresser sagen, hat einen ganz eigenen Geruch, wissen Sie.«
Hoare hielt inne und holte tief Luft für den nächsten Satz.

»Der Mann, der in diesem Rock steckte, hat *maquillage* getragen. Ich bezweifle, dass irgendein Seesoldat des Schiffes Schminke besitzt, geschweige denn aufzulegen weiß. Nein, der Mann, den wir suchen, muss Schauspieler sein – meinet-wegen auch nur Amateurmime. Also habe ich mich gefragt, wer das sein könnte und *warum* er das getan hat?«

Wiederum legte er eine Pause ein, so als wappne er sich für die Schlacht.

»Als ich Sie, Herr Vorsitzender, gebeten habe, das Gericht bis zu der von Ihnen festgesetzten Zeit zu vertagen – morgen um acht Glasen in der Morgenwache –, tat ich das in der Ab-sicht, Antworten auf diese Fragen zu finden. Lassen Sie mich zum Schluss noch sagen, dass Sie die Aufführung von Mr. Sheridans Komödie *Die Lästerschule* heute Abend sowohl interessant als auch aufschlussreich finden dürften.«

Obwohl die Theaterdiener die Saalbeleuchtung längst ge-dämpft und die Rampenlichter entzündet hatten, blieb der Vorhang von Portsmouths einzigem Theater noch geschlos-sen. Im Publikum, zumeist Offiziere nebst ihren Damen, aber auch einige wenige Einheimische, wurde schon ungehalten getuschelt. Das gedämpfte Stimmengewirr wurde von Prinz Williams Vortoppstimme übertönt, die dumpf grollend aus der königlichen Loge drang.

Ein zierliches Männlein in Schwarz schlüpfte zwischen den Vorhängen hervor. »In der heutigen Abendvorstellung wird Mr. Thomas Billings die Rolle von ›Charles Surface‹ spielen«, verkündete er, »und Miss Oates die Rolle der ›Maria‹.« Er verschwand wieder.

Ein allgemeiner Seufzer der Enttäuschung entrang sich der versammelten Weiblichkeit, denn ›Charles‹, der romantische Held des Stückes, hätte von Leutnant Peregrine Kingsley gespielt werden sollen, dem Zweiten Offizier der *Vantage*. Mrs. Hay, die sonst die ›Maria‹ spielte, konnte als frisch Verwitwete natürlich zurzeit nicht auf der Bühne stehen.

Hoare schnalzte mit den Fingern, nickte seinen Begleitern zu, sie sollten ihm folgen, erhob sich vorsichtig von seinem Sitz in einer der hinteren Reihen und verließ das Theater durch die Vordertür. Durch den Bühneneingang betrat er es wieder und suchte den Mann in Schwarz auf. Mr. DeCourcey, der Impresario dieses Abends, sah aus, als wolle er andauernd die Hände ringen.

»Wo ist Kingsley?«, fragte Hoare.

DeCourcey verdrehte die Augen und zuckte so beredt mit den Schultern wie Mr. Morrow aus Weymouth. »Wer weiß? Der Mann war wie geschaffen für die Rolle, einen besseren jugendlichen Helden findet man selbst in der Drury Lane nicht, und jetzt ist er verschwunden!«

»Aber *wir* haben ihn!«, flüsterte Hoare teuflisch grinsend. Er schlug dem verwirrten DeCourcey so hart auf die Schulter, dass dem Mann das Monokel aus dem linken Auge fiel, steckte den Kopf zur Bühnentür hinaus und blies in seine silberne Bootsmannsmaatenpfeife.

Augenblicklich erhob sich ein Geschrei und Getöse in Portsmouths abendlichen Straßen. Einige Männer schwangen sich in den Sattel, um ihren Auftrag zu erfüllen, andere bestiegen wartende Kaleschen, wieder andere – meistens die eisenharten Kerls vom Presstrupp – machten sich in der späten Dämmerung dieses Junitages auf die Suche nach dem verschwundenen Kingsley.

Hoare begab sich zu seinem Befehlsstand in der *Navy Ta-*

vern, einer Seemannspinte unweit vom Hard, um dort das Ergebnis der Suche abzuwarten. Zu ihm gesellten sich, neben anderen, Mr. Peter Gladden, Mr. Francis Bennett und die meisten Mitglieder des Kriegsgerichts, darunter auch Kapitän Wright und Kapitänleutnant Weatherby. Mr. Prickett stand schon bereit, den Mund verschmiert mit stibitzter Marmelade.

»Na also, Mr. Hoare!«, rief Weatherby. »Ihre Falle scheint ja ganz wie geplant zuzuschnappen. Meinen Glückwunsch!«

»Noch nicht, Herr Kapitän, aber dennoch vielen Dank«, flüsterte Hoare, nicht ohne einen gewissen Neid. Er wusste nur zu gut, dass für ihn, der niemals den Kapitänsrang erreichen würde, der einzige Weg zu seinem Schwabber – der Epaulette – über die Beförderung zum Kapitänleutnant führte, was einem ehrenhalber den Titel »Kapitän« einbrachte.

»Wie haben Sie's rausgekriegt?«, wollte Wright wissen.

»Ich fürchte, vor allem durch raten, Sir«, antwortete Hoare bescheiden. »Raten und nachdenken.«

Er stand auf, genau wie der Rest der Gesellschaft, als unangekündigt Seine Königliche Hoheit, der Herzog von Clarence, die Gaststube betrat.

»Bitte behalten Sie Platz, Gentlemen«, sagte Prinz William. »Wissen Sie, ich glaube wirklich, dass ich all das Aufspringen für königliche Hoheiten abschaffen werde, sollte ich jemals den Thron besteigen. Hab schon zu viele fähige, viel versprechende Marineoffiziere gesehn, die sich unter Deck den Schädel eingeschlagen haben, nur weil sie beim Trinkspruch auf den König aufgestanden sind.«

»Hört, hört!«, ließ sich einer der niederen Offiziere vernehmen.

»Fahren Sie fort mit Ihrer Geschichte, ja, Mr. Hoare?«, sagte Seine Majestät.

»Von Anfang an war mir klar, Sir, dass Mr. Arthur Gladden nicht der Mann ist, einen Mitmenschen umzubringen. Der Mörder von Kapitän Hay musste also ein anderer sein. Sein Steward? Mr. Watt vielleicht, sein Schreiber? Was für ein Motiv könnten sie gehabt haben? Nur der Seesoldat, der Wache stand, hätte uns alles erzählen können, und der ist rätselhafterweise verschwunden. Da gelangte ich zu der Überzeugung, dass der Seesoldat selber am ehesten als Täter in Frage kam. Er hatte das Mittel dazu – sein Bajonett – und die Gelegenheit. Er konnte die Kapitänskajüte jederzeit betreten unter dem Vorwand, einen Besucher anzumelden oder eine Nachricht zu bringen. Und Feldwebel Doyle gibt zu, dass er die Gesichter seiner Männer noch nicht kannte.«

Hoare hielt inne und nahm einen tiefen Zug schwacher Limonade.

»Ja und weiter?« Ein kleiner, schmächtiger Mann mit einem müden Gesicht beugte sich ungeduldig vor. Hoare fuhr fort.

»Folglich war es für einen Seesoldaten – oder jemanden, der sich als solcher ausgab – ein Leichtes, sich als Hüter der heiligen Pforte einzuschleichen. Als Wachtposten würde ihn niemand allzu genau anschauen. Wie der arme Arthur Gladden zu mir sagte: ›Ich glaube nicht, dass irgendwer einen Hummer von einem anderen unterscheiden kann – außer vielleicht ein Seesoldat. Die sehen alle wie Statuen aus, mit ihren roten Röcken und schweren Stiefeln.‹

Jetzt fehlte nur noch das Motiv. Warum würde ein Marineinfanterist, dem der Kommandant ebenso fremd war wie der Rest der Besatzung, diesen Mann töten wollen? Dann erwähnte Watt, eine Akte fehle. Er scheint ein gewissenhafter Mann zu sein und mutiger, als er sich selber glauben machen will: Ich konnte mir nicht vorstellen, dass er sich gründlich irren würde, wenn es um dienstliche Fragen ging. Folglich hatte jemand die Akte entwendet. Warum nicht der Mörder des Kapitäns – der Seesoldat, oder besser, der angebliche Seesoldat?«

Er nahm noch einen Schluck Limonade.

»An diesem Punkt habe ich dann nach dem Rock eines Seesoldaten suchen lassen. Ich dachte mir, der Mörder würde ihn eher über Bord werfen – mit Gewichten beschwert vielleicht, obwohl ich betete, dass dem nicht so wäre –, als ihn irgendwo unten in der Bilge zu verstecken. Irgendwann würde einer aus der Mannschaft dort herumschnüffeln und ihn finden. Und dann landete ich einen Glückstreffer: Während ich mir den Kopf zerbrach, wer der Mörder wohl sein könnte – wenn nicht auch ein Seesoldat, musste er mindestens glaubhaft einen spielen können; außerdem musste er natürlich aus der Marine kommen –, fiel mein Blick zufällig auf den Theaterzettel, der an meinem Gasthaus angeschlagen war. Und dort las ich den Namen vom Zweiten Offizier der *Vantage*, Peregrine Kingsley, in der Rolle von ›Charles Surface‹, dem schneidigen jungen Herzensbrecher. Das war mein Mann, das wusste ich.«

Nun versagte Hoares Stimme völlig. Er behalf sich, indem er die Worte Mr. Prickett ins Ohr hauchte, der sie dann in seiner klaren, kindlichen Stentorstimme stolz seinen Zuhörern verkündete.

»So ließe sich auch Mr. Watts fehlende Akte erklären. Möglicherweise hat Kingsley Wind davon bekommen, dass jemand seinem Kommandanten etwas geschickt hat – etwas so Belastendes, dass er beschloss, es an sich zu bringen, koste es, was es wolle, und wenn er dafür Kapitän Hay umbringen musste. Ohne Weiteres konnte er von den Marineinfanteristen an Bord den Uniformrock entwenden, der später im

113

Hafen gefunden wurde. Bevor er hineinschlüpfte, tarnte er sein Gesicht mit *maquillage*, was unvermeidlich Spuren auf dem Rock hinterließ, und reihte sich ein, als Feldwebel Doyle die Wache zur Musterung antreten ließ. Auch das fiel ihm nicht schwer.

Wenn ich nicht irre, dann lieferte die Auseinandersetzung zwischen Arthur Gladden und seinem Kommandanten Kingsley die Gelegenheit, eine falsche Spur zu legen, die zu dem glücklosen jungen Leutnant führte. Kaum war Arthur geflüchtet, betrat Kingsley unter irgendeinem Vorwand die Kajüte und erstach den Kapitän mit dem Bajonett. Dann tauschte er sein Bajonett gegen das des Kapitäns aus, warf den blutverschmierten Uniformrock über Bord und verschwand in der nächtlichen Anonymität eines neu bemannten Schiffes.«

»Aber das ist doch alles nur Spekulation, Mr. Hoare!«, bemerkte Kapitän Wright.

»Ganz richtig, Sir. Deshalb musste ich Kingsley eine Falle stellen, und zwar in Form unseres eigenen Theaterstücks: Wir fuhren mit dem Kriegsgericht fort, aber *in camera*, sodass Kingsley ausgeschlossen blieb. Also musste es ihm so vorkommen, als hüte das Gericht ein Geheimnis – nämlich dass man nun nach einem Mann aus der Marine mit Schauspielerfahrung suchte. Allerdings bleiben auch geheime Verhandlungen niemals geheim, wie wir alle nur zu gut wissen. Ich sorgte dafür, dass unsere das nicht blieb, indem ich unseren jungen Mr. Prickett hier anwies, nicht allzu verschwiegen zu sein.«

Mr. Prickett errötete, entweder vor Verlegenheit oder vor Stolz.

»Und siehe da, das Gerücht verbreitete sich, wie das Gerüchte so an sich haben, und Kingsley ließ sich täuschen: Er dachte, der Arm des Gesetzes greife nach ihm, bekam es mit der Angst zu tun, wie wir alle wissen, und ergriff die Flucht. Das ist alles, Gentlemen.«

Alle im Raum klatschten lebhaft Beifall und riefen: »Hört, hört!«

»Stellen Sie ihn vor, Weatherby.«

Hoare stand am anderen Ende des Raumes, umgeben von Bewunderern, dennoch hörte er, was Seine Königliche Hoheit mit Achterdecksstimme befahl. Er sah, wie Weatherby sich durch die Menge zu ihm drängte.

»Bitte folgen Sie mir, Mr. Hoare. Ich nehme an, Sie kennen die Übung?«

»Niederknien und seinen Ring küssen, nicht wahr, Sir?«

»O Gott, bloß das nicht. Er ist ein Prinz, nicht der Papst, außerdem ist er inkognito hier. Nur den Hut unter den Arm – ja, genau so – und eine Verbeugung zum Gruß. Eine Winzigkeit tiefer als sonst kann nicht schaden.«

Der Kreis von Offiziershöflingen um Clarence öffnete sich für Kapitänleutnant Weatherby samt seiner Prise. Hoare verbeugte sich, tief genug, wie er hoffte; Seine Königliche Hoheit streckte gnädig die Hand aus.

»Gut gemacht, Mr. … äh … Hoare. Donnerwetter! Kluger Kerl, nicht wahr? Nicht wahr? Erstaunlich. Sollten Sie irgendwann mal eine Empfehlung brauchen, Sir, kommen Sie zu mir. Ein Bordkommando geht natürlich nicht … Kann keinen Offizier auf dem Achterdeck gebrauchen, der seine Befehle nicht brüllen kann, nicht wahr?«

Nur zu wahr, dachte Hoare zum tausendsten Mal, derweil sich der Kreis nickender Speichellecker wieder um den Herzog schloss. Der kleine, schmächtige Mann, der so müde wirkte, zog ihn beiseite, stellte sich als John Goldthwait vor und bat ihn um einen Besuch in der Chancery Lane Nr. 11, sollte er das nächste Mal in London weilen und in der Nähe sein.

»Stellen Sie ihn vor.« Mit diesen magischen Worten aus dem Munde einer Majestät hatte sich Hoares Guthaben bei der rein hypothetischen Bank für berufliches Fortkommen verdoppelt. Sein Einfluss war an diesem Abend um Längen gewachsen. Aber auch beste Beziehungen konnten ihm niemals seine Stimme zurückgeben, einen Platz auf einem Kriegsschiff verschaffen und seinen Fuß wieder auf die Beförderungsleiter setzen.

Am Morgen des 1. Juli, einem weiteren strahlenden Tag, trat das Kriegsgericht wieder zusammen, um Arthur Gladden von allen gegen ihn erhobenen Anklagepunkten freizusprechen. Als Peter sich bückte und seinem Bruder die Degenkoppel umschnallen wollte, ergriff Arthur die Waffe und warf sie, mitsamt Scheide und Koppel, aus dem offenen Kajütfenster der *Defiant*.

»Ich scheiße auf euren verfluchten Degen und auf die Marine dazu!«, schrie er. »Ich scheide aus dem gottverdammten Seedienst aus. Fahrt alle zur Hölle!«

Er stieß seinen Bruder und Hoare zur Seite, stürmte durch die erstarrte Menge davon, winkte eine Jolle heran und ging von Bord, bevor irgendjemand, sei es vom Gericht oder von der Besatzung, seine fünf Sinne wieder beisammen hatte und ihn aufhalten konnte. Man ließ ihn gehen.

Hoare reihte sich hinter den Offizieren und Würdenträgern ein, die darauf warteten, übergesetzt zu werden, doch dann nahm ihn der freundliche Kapitänleutnant Weatherby mit an Land. Dort begab sich Hoare schnurstracks zur *Insupportable* und segelte in der sanften Morgenbrise hinaus auf See.

Die Sonne ging gerade unter, als Hoare zwei Tage später am Kajütstisch der *Insupportable* saß. Er hatte mehrere Namensbretter vor sich liegen und fragte sich, wie er die Pinasse an diesem Tag nennen sollte. Sie hatten gerade festgemacht, nach achtundvierzig Stunden Urlaub, den ihm sein derzeitiger Herr und Meister gewährt hatte, damit sich seine überstrapazierte Flüsterstimme erholen konnte.

»Pinasse ahoi!«, erscholl der Ruf von der Pier über ihm. Hoare steckte den Kopf aus dem Niedergangsluk.

Peter Gladden sah auf ihn herab. »Schön, dass Sie zurück sind, Mr. Hoare«, begrüßte er ihn. »Seit gestern warte ich auf Sie. Ich habe Neuigkeiten.«

Hoare kletterte aus der Kajüte, begrüßte den jungen Leutnant und sagte: »Kommen Sie an Bord.« Gladden sah aus, als würde er jeden Moment platzen.

»Kingsley ist tot«, verkündete er, kaum dass er auf dem schmalen, sauberen Deck der *Insupportable* stand.

»*Was?*«

»Kingsley ist tot. Er wurde gefasst und getötet.«

»Kommen Sie unter Deck und erzählen Sie's mir.«

Über einem Becher unverdünnten Rums saßen sie am Tisch der *Insupportable*, deren diverse Namen Hoare beiseite geschoben hatte. Gladden berichtete, was genau passiert war.

Anscheinend verfügte Kingsley über keinen Plan für den Fall eines strategischen Rückzugs. Also war er einfach seiner schmalen Adlernase gefolgt, bis hinauf in die Hügel hinter der Förde von Southhampton. Vielleicht hatte er sich im Sherwood Forest verstecken und dort sorglos leben wollen, gerade wie der berühmteste Bewohner dieses Waldes. Ein Presstrupp griff ihn am Abend in einer armseligen Kaschemme bei Bishops Waltham auf. Er hatte sich als Viehtreiber verkleidet und wurde von Maud begleitet, Mrs. Hays ehemaliger Zofe – die Maid Marian zu seinem Robin Hood. Bei ihm fand man die fehlende Akte des Schreibers Watt sowie mehrere Schriftstücke aus einer aufschlussreichen Privatkorrespondenz. Ein Brief bewies, dass Kingsley seit langem sowohl mit der Herrin wie mit der Dienerin kopuliert hatte – allerdings offenbar niemals bei gleicher Gelegenheit. Was in den Augen der Öffentlichkeit die Sache für alle Beteiligten natürlich nur schlimmer machen würde.

Ansonsten, fuhr Gladden fort, fanden sich unter Kingsleys Korrespondenz etliche eigenartige Botschaften. Admiral Sir George Hardcastle wünschte, dass Hoare unverzüglich zu ihm komme; er sollte einen genauen Blick auf diese Schriftstücke werfen und sein Urteil über sie abgeben. Um Hoare diesen Befehl zu überbringen, hatte Gladden seit zwei Tagen im *Swallowed Anchor* auf ihn gewartet.

Kingsley war unterdessen in verschärften Arrest genommen worden, bis ein neues Kriegsgericht zusammentreten konnte, und zwar in derselben spartanischen Zelle, die zuvor sein Untergebener von der *Vantage*, Mr. Gladdens Bruder, bewohnt hatte.

»Tja, Sir«, sagte Gladden, »und just heute Morgen nahm der Feldwebel von der Marineinfanterie den Wachwechsel vor Kingsleys Zellentür ab, als er sah, dass der Posten in einer Blutlache stand. Wie er sagt, war sein erster Gedanke, das Blut stamme vom Wachtposten – Kingsley müsse ihn angegriffen und irgendwo verletzt haben. Aber der Mann hatte seinen Posten nicht verlassen und war nicht weniger überrascht als sein Feldwebel. Anscheinend hatte er das Blut gar nicht bemerkt. Als die beiden Rotröcke die Zellentür aufschlossen, lag der Gefangene auf dem Boden, schon ganz kalt, mit einem Loch im Kopf, das von einer Kugel stammte.

Es heißt, sie sei im Hinterkopf eingetreten und habe ihm die Vorderfront seines Gesichts weggeblasen. Bis ans andere Ende der Zelle.«

»Es war einmal ein schlimmer Finger«, flüsterte Hoare, »der hatte ein kleines Loch mitten auf der Stirn ... Verzeihung, ich konnte nicht anders. – Dann wäre *das* also erledigt«, setzte er hinzu – still bei sich, wie er dachte, doch offenbar hatte er es laut gesagt, denn Gladden zog die Augenbrauen hoch.

»Was meinen Sie damit? Was wäre erledigt?«

»Na ja, äh ...«, Hoare stockte. »Der Fall mit dem Kapitän und den Hummern, was sonst?«

Er wusste sehr wohl, dass er dem anderen etwas verheimlichte. Eigentlich hatte er gemeint, dass er nun Kingsley nie mehr das wahre Motiv für seinen Mord an Kapitän Hay würde entlocken können. In diesen Kreisen war Ehebruch nicht weiter ungewöhnlich. So lange alles unter der Decke blieb, führte eheliche Untreue kaum je zu Gewalttätigkeiten. Warum also hatte Kingsley beschlossen, seinen Kommandanten, dem er Hörner aufgesetzt hatte, zum Schweigen zu bringen?

»Wie dem auch sei«, sagte Gladden, »der Admiral hat mich geschickt, Sie zu suchen und zu bitten, ob Sie die Freundlichkeit besäßen ...«

»Und das war vor zwei Tagen? Schifferscheiße!«, rief Hoare. »Dann packen Sie mal mit an, ja?«

Gemeinsam hatten die beiden Offiziere die *Insupportable* im Handumdrehen wetterfest vertäut. Sie eilten zum *Swallowed Anchor*, damit Hoare in anständige Landgangskluft schlüpfen konnte, und waren schon auf dem Weg zur Tür, als Susan, das rotbäckige Dienstmädchen, Hoare gerade noch am Ärmel erwischte.

»Ihr Degen, Sir! Den werden Sie doch wohl nicht vergessen?« Sie schüttelte den Kopf, runzelte allerliebst die Stirn, beugte sich zu ihm und schlang die Koppel des nutzlosen Dings geschickt um seine Taille. Dann erst ließ sie die Gentlemen gehen.

»Ich habe noch weitere Neuigkeiten, Sir.« Gladden hielt mühsam mit, als Hoare fast schon im Trab durch Portsmouths Straßen stürmte. »Mein Bruder tritt diesen Monat in den geistlichen Stand.«

»Das kann wohl kaum überraschen, oder?«, versetzte Hoare.

»Ganz und gar nicht.« Gladden keuchte schon. Das beengte Offiziersleben auf See war einer guten körperlichen Verfassung nicht gerade zuträglich, sagte sich Hoare wieder einmal, und wenn es den Verstand noch so sehr schärfte.

»Er möchte, dass Sie dabei sind, wenn er die Weihen empfängt«, fuhr der kleinere Mann fort. »Offenbar glaubt er, es Ihnen zu verdanken, dass er nicht den ganzen Tag lang von der Rahnock der *Vantage* baumeln musste, wie ein Meuterer von der *Bounty* oder ein stecken gebliebenes Flaggensignal.«

»Wann und wo sollen ihm die Hände denn aufgelegt werden?«

»Ich glaube, er sagte, am 21. Juli. Da der Bischof von Bath und Wells bereit ist, die Sache zu machen, nehme ich an, das Ganze findet in seiner Kathedrale von Wells statt.«

Ob mit oder ohne Einfluss in London, dachte Hoare, aus Arthur Gladden wäre wohl nie mehr als ein unfähiger Leutnant zur See geworden, aber er könnte durchaus einen ordentlichen Pfarrer abgeben. Außerdem musste seine Familie wirklich in den höchsten Kreisen verkehren, wenn der Mann, der auf einem der ältesten Bischofsstühle Englands saß, bereit war, den ehemaligen Leutnant zu ordinieren.

»Ich werde nicht dabei sein«, fuhr Gladden fort. »*Frolic* geht bald in See.«

»Ach ja?«, flüsterte Hoare. Der Neid wühlte in seinen Eingeweiden.

»Übringens auch die *Vantage*, sobald ihr neuer Kommandant seinen Zweiten und Dritten ernannt hat.«

»Kann er nehmen, wen er will?«, fragte Hoare. »Wer ist der Mann?« Vielleicht – aber nur ganz vielleicht – war der Kommandant ein ehemaliger Bordkamerad von ihm, der ihn aus alter Freundschaft wider alle Vernunft als Zweiten, meinetwegen auch als Dritten Offizier mitnehmen würde.

»Kent heißt er«, sagte Gladden. »John Kent. Weatherbys Vorgänger auf der *Crocus*, gerade zum Vollkapitän befördert. Wie es heißt, will er seine Ernennungen von Gesprächen abhängig machen, nicht von Beziehungen. Heute nimmt er sich die Bewerber vor, gemeinsam mit Sir George.«

Das Verfahren war ungewöhnlich, aber nicht zu beanstanden. Von einem Kapitän Kent hatte Hoare noch nie gehört. »Ziemlicher Sprung für ihn, nicht?«

»Allerdings. Er sollte die *Eager*, 28, bekommen, doch *die* mussten Ihre Lordschaften von der Admiralität ja Plummer geben. Daraufhin hat Kents Onkel, Featherstonehaugh, im Unterhaus so laut Krach geschlagen, dass sie ihm stattdessen die *Vantage* gegeben haben, um ihn zu beruhigen.«

Er sprach den Namen von Kents Onkel wie »Fanshawe« aus, so wie es sich gehörte. Mit seinem Höflingsohr für den richtigen Ton, dachte Hoare, sowie seiner einflussreichen Familie würde es nicht lange dauern, bevor Gladden selbst ein oder zwei weitere Stufen jener schlüpfrigen, teerverschmierten Leiter erklommen hätte, welche zum Rang eines Kapitäns zur See hinaufführte.

»Kent war wohl zu *gierig* auf die *Eager*, wie?«, flüsterte

Hoare. Seine Worte überraschten ihn selber. Er wusste nicht, wann er zuletzt schlagfertig und witzig gewesen wäre. Vielleicht ein Zeichen, dass sich das Blatt für ihn wendete.

Gladden sah seinen Begleiter verwundert an und lachte. »Ausgezeichnet, Sir! Als Nächstes werden Sie mir sagen, dass das baldige Auslaufen der *Frolic* Sie *fröhlich* stimmt, was?«

»Das ganz und gar nicht, mein Lieber. Wir, die wir ans feste Land gefesselt sind, werden Sie vermissen, müssen Sie wissen.«

»Danke, Hoare. Ich hoffe, auch ein weiteres, weicheres Herz wird mich vermissen.«

Aha, daher wehte der Wind: Mr. Gladden stellte der pummeligen, pickeligen, allseits beliebten Tochter seines Admirals also in ernster Absicht nach. Sollte er sie an Land ziehen, würde der Einfluss beider Familien ihm binnen zwei Jahren das Kommando über einen Vierundsiebziger bescheren. Vielleicht könnte er dann … Hoare lächelte traurig.

Der Seesoldat grüßte und gab den Weg frei. Kaum standen sie im Vorzimmer zu Sir Georges Allerheiligstem, da fasste Hoare seinen Begleiter sanft am Arm und sah ihm ins Gesicht.

»Sie haben getan, was Ihnen der Admiral aufgetragen hat, Peter, und ich bin hier, meine gerechte Strafe zu empfangen. Jetzt gehen Sie. Finden Sie Miss Felicia, und viel Glück – mit Ihrer Herzensdame wie auf dem neuen Schiff.«

»Ich danke Ihnen, Bartholomew. Sie sind den Gladdens ein guter Freund gewesen. Ich werde das nicht vergessen.« Mr. Gladden ging die Straße hinunter. Hoare sah ihm lächelnd nach, bis sein Blondschopf verschwunden war. Er hatte nicht vergessen, was es hieß, ein junger Mann von vierundzwanzig zu sein, mit guten Beziehungen und kräftiger Stimme.

Kapitel VII

Nachdem Hoare dem Schreiber im Vorzimmer von Sir Georges Büro, der wie ein Kaninchen aussah, seinen Namen genannt hatte, suchte er sich eine Ecke, wo er nicht im Weg war. Dort wartete er, an die Wand gelehnt, bis es dem Admiral beliebte, ihn zu empfangen, und beobachtete die anderen Offiziere. Er vermutete, dass er lange, sehr lange würde warten müssen.

Außer einigen Wenigen, die wie er andere Dinge zu erledigen hatten, bestand die Versammlung vor Sir Georges Allerheiligstem aus elf hoffnungsvollen Leutnants, Kandidaten auf einen der beiden heiß begehrten Posten an Bord der jungfräulichen *Vantage*. Jeder Offizier hatte seine wertvollen, unersetzbaren Empfehlungsschreiben dabei, die in einigen Fällen sichtlich zehn Jahre oder noch älter waren. Jeder trug seine beste Uniform und stand so stolz und gerade, wie er konnte; jeder blickte finster drein, wenn er einem Rivalen in die Augen sah. Hoare zählte unter den Leutnants drei müde alte Knochen, die mindestens zehn Jahre älter waren als er, sowie zwei junge Milchgesichter mit funkelnagelneuen Uniformknöpfen auf ihren Manschetten und Aufschlägen. Die übrigen sechs waren Wald-und-Wiesen-Offiziere aus dem aktiven Dienst, vernarbt und vom Leben gezeichnet, aber anders als er noch auf See zu gebrauchen. Drei der elf Männer hatten getrunken, wie ihre geröteten Gesichter zeigten.

Einer der Angetrunkenen holte sich einen Nachttopf aus einem Schrank im Vorzimmer und begab sich in Hoares Ecke. Unterwegs knöpfte er seine Hose auf.

»Suchen Sie sich bitte einen anderen Ort zum Pissen, Sir«, zischte Hoare so grob, wie sein Flüstern erlaubte. »Ich lass mich nicht gerne bespritzen.«

Der Mann blieb verblüfft stehen, als müsse er sich entscheiden, ob er das als Beleidigung auffassen sollte. Doch nach einem Blick in Hoares finsteres Gesicht murmelte er eine Entschuldigung und suchte sich eine ruhigere Ecke.

Nur drei Kandidaten für die *Vantage* waren noch übrig, als das Karnickelgesicht auf das Klingeln der Glocke hin das Allerheiligste des Admirals betrat und kurz darauf sichtlich nervös wieder auftauchte.

»Leutnant ... äh ... Hoare? Hat ein Mr. ... hat ein Herr dieses Namens hier vorgesprochen?«

Hoare achtete nicht auf das erwartete Gekicher und marschierte um die kleine Gruppe herum auf das Karnickel zu. »Vor mehr als zwei Stunden hab ich Ihnen meinen Namen genannt«, sagte er.

»Ach du meine Güte, und jetzt ist Sir George *zutiefst* verstimmt. O je, o je.« Das Kaninchen ließ die Ohren hängen. Rasch öffnete es die Tür und piepste Hoares Namen.

Es war Anfang Juli, aber Sir George wirkte frostig. Er trug keine Perücke; sein eigenes Haar war fast so frostig grau wie die Halbperücke, die er bei seinem Empfang getragen hatte. Der Admiral hatte, was kaum überraschen konnte, die drei anderen Männer im Raum mit seiner eisigen Kälte angesteckt – einen Vollkapitän, der seine eine Epaulette rechts trug, zum Zeichen, dass er diesen Rang noch keine drei Jahre innehatte, dann einen gleichgültig wirkenden, eleganten Mann in einem Uniformrock, wie auch Hoare ihn trug, und einen schlanken, blassen Zivilisten. Das dürften Kapitän Kent von der *Vantage*, Sir Georges Flaggleutnant sowie sein Sekretär sein. Hoare fühlte den eisigen Blick von vier Augenpaaren auf sich gerichtet.

»Gentlemen, wenn Sie mich für einen Moment entschuldigen würden ...«, begann Sir George. Als seine Begleiter schon aufstehen wollten, fuhr er fort: »Nein, nein. Haben Sie nur ein wenig Geduld, bis ich mit diesem Offizier fertig bin. – Nun, Sir, Sie haben sich ja verdammt viel Zeit damit gelassen, meine Befehle zu befolgen. Sie haben mich warten lassen, nicht nur einen Vormittag, sondern zwei geschlagene Tage lang. Ein solches Verhalten geziemt sich wohl kaum für einen pflichtbewussten Marineoffizier. Was haben Sie sich dabei gedacht, Sir?«

»Bis heute Morgen war ich auf See, Sir«, flüsterte Hoare. »Sie hatten mir Urlaub gewährt, damit sich meine Stimme wieder erholen konnte.«

»Also brauchen Sie offenbar Sonderurlaub«, hob der Kapitän an, der sich die eisige Kälte des Admirals zu eigen machte.

»Mr. Hoares Angelegenheiten gehen Sie gar nichts an, Sir«, versetzte Sir George.

Der Kapitän wurde rot und versank in seinem Stuhl.

»Und heute Morgen? Warum diese Verspätung?«

»Ich habe mich vor mehr als zwei Stunden in Ihrem Vorzimmer gemeldet, Sir, kaum eine Stunde nach Anlegen.«

»Hmm. Na, dann wollen wir vorerst über Ihre Saumseligkeit hinwegsehen. Nun zu dem Grund, aus dem ich Sie *vor zwei Tagen* ersuchte, *unverzüglich* zu mir zu kommen ...«

Trotz der bedingten Absolution, die er Hoare erteilt hatte, vergaß der vergessliche Sir George nicht, welches Ungemach dessen Abwesenheit ihm bereitet hatte.

Der Admiral blätterte die vor ihm liegenden Papiere durch, doch sein Sekretär war schneller. »Hier, Sir George, sind die Unterlagen, die Sie suchen«, verkündete er selbstgefällig.

»Tod und Teufel, Patterson, Sie haben vielleicht Nerven, für mich zu entscheiden, was ich suche. Halten Sie mich für einen Dummkopf?« Sir George riss seinem Gehilfen den Stapel aus den Händen.

»Hier, Mr. Hoare«, sagte der Admiral. »Sie werden schon gehört haben, dass man diesen Kingsley heute Morgen erschossen aufgefunden hat.«

Hoare nickte.

»Ganz offensichtlich wurde Kingsley ermordet, um ihm das Maul zu stopfen. Da der Ehebruch mit der Frau seines eigenen Kommandanten bereits bekannt war und der Mann, dem er die Hörner aufgesetzt hat, sowieso nicht mehr lebte, kann die Untreue kaum das Motiv für den Mord sein. Er muss um ein anderes, wichtigeres Geheimnis gewusst haben … eines, das wichtig genug war, ihn ein für alle Mal zum Schweigen zu bringen. Die Frage ist, was für ein Geheimnis, Mr. Hoare? Und wessen Geheimnis? Vielleicht finden Sie die Antwort in diesen Unterlagen. Ich wüsste nicht, wo sonst. Er führte sie am Mann, als er gefasst wurde. Einige Papiere gehörten Hay persönlich, andere beziehen sich auf dienstliche Angelegenheiten der *Vantage* – die habe ich seinem Nachfolger übergeben. Hier haben Sie den Rest.«

Der Admiral unterbrach sich. »Ich glaube, ich habe Sie noch nicht bekannt gemacht, Gentlemen«, sagte er, als Hoare den Stapel unter den Arm steckte.

»Kent, dies ist Leutnant Bartholomew Hoare. Er gehört zu meinem Stab – mehr oder minder, jedenfalls dann, wenn er geruht zu erscheinen. Hoare: John Kent, seit kurzem Kommandant der *Vantage*.«

»Zu Diensten, Sir«, sagte Hoare.

Kapitän Kent erwiderte Hoares steife Verbeugung mit einem knappen Kopfnicken. Hoare dachte, dass es nicht sehr klug von ihm wäre, seine Versetzung auf die *Vantage* zu betreiben.

»Wie ich schon sagte: Kingsley wurde allem Anschein nach nicht versehentlich erschossen, sondern von jemandem, der Angst davor hatte, was der Mann bei seinem Kriegsgericht ausplaudern könnte. Ich möchte, dass Sie herausfinden, wer dieser jemand ist und was er vertuschen wollte. Zuerst werden Sie diese Unterlagen lesen, gründlich studieren und mir sagen, was Sie von ihnen halten. Patterson hier meint, manche wären persönliche Papiere des Toten – äußerst belastende Papiere. Andere sind ihm zufolge auf irgendeine Art verschlüsselt. Nehmen Sie sich so viel Zeit damit, wie Sie brauchen, Hoare, aber nicht hier. Melden Sie sich bei mir um acht Glasen in der Nachmittagswache.«

In dem düsteren, dumpfen Riemenbrettverschlag, der Hoare im Marketenderamt gelegentlich als Büro diente, verfügte er über einen wackeligen Schreibtisch. Das Büro war ungemütlich und unbequem, aber es lag günstig. Hier, und nicht im äußeren seiner beiden sonnigen Zimmer, die er im *Swallowed Anchor* bewohnte, breitete er die Unterlagen aus, die Admiral Hardcastle ihm gegeben hatte.

Einige Papiere dürften zu der fehlenden Akte gehören, die, wie Hoare sich erinnerte, Kapitän Hays Schreiber Watt ihm vor einigen Tagen beschrieben hatte. Über den Brief, der gerade vor ihm lag, hatte Watt beispielsweise gesagt, die Handschrift scheine »die einer jungen Frau zu sein – womöglich hat sie sich das Schreiben selber beigebracht«. Beim Lesen sah er sie vor sich, wie sie über das Blatt gebeugt dasaß und schrieb, wobei sie sich vor Konzentration auf die Zunge biss. Der Brief deutete dem Kapitän an, dass seine Frau ihn betrog, noch dazu mit seinem Zweiten Offizier. Möglicherweise hatte Maud, Mrs. Hays Dienstmädchen, den Brief geschrieben, hatte man sie doch in Kingsleys Begleitung aufgegriffen.

Noch vor einer Woche hätte Hoare in diesem Brief einen unschätzbaren Beweis für Kingsleys Motiv gesehen, jemanden zu ermorden – wenn nicht Kapitän Hay, dann Maud. Nun aber, da Kingsley selbst ermordet worden war, hatte der Brief nur noch historischen Wert. Hoare sah keinen Grund, ihn Kapitän Hays Witwe auszuhändigen: Die Sünden ihrer Vergangenheit gingen ihn nichts an.

Der Brief, der Mr. Watt ein schlechtes Gewissen beschert hatte, lag zwischen den anderen Papieren. Die dazugehörige Anlage war mit einer Nadel an das Blatt geheftet. Einige Zeilen lauteten genauso, wie Mr. Watt sich erinnert hatte:

Das habe ich gestern Abend in der Tasche seines *Uniformrocks gefunden. Ich weiß, was das ist, und ich glaube nicht, dass er so etwas bei sich haben sollte. Aber vielleicht hast Du es ihm ja gegeben, und es hat etwas mit der* Vantage *zu tun.*

Den Rest des Briefes hatte Mr. Watt gegenüber Gladden und ihm damals nicht aus dem Gedächtnis zitiert. Hoare las ihn zu Ende und legte im Geist eine Notiz in seine Akte für Memoranda: *Mrs. Hay befragen.*

Die Anlage war in winziger Blockschrift auf hauchdünnes Seidenpapier geschrieben. Anscheinend hatte der Absender das Papier fest zusammengerollt, statt es zu falten, bevor er es aus den Händen gab. Von Siegellack fehlte jede Spur. Die

Nachricht war an »Ahab« gerichtet und mit »Jehu« unterzeichnet; der Text umfasste etliche Dutzend Wörter aus jeweils fünf Buchstaben, die keinerlei Sinn ergaben.

Genau wie zuvor Watt war auch Hoare sofort klar, dass diese Buchstabengruppen eine verschlüsselte Botschaft darstellten. Da er vom Kodieren und Verschlüsseln nichts verstand, musste er sie beiseite legen.

Schnell blätterte Hoare die anderen Briefe in der Aktenmappe durch, die Kingsley aus der Kajüte der *Vantage* entwendet hatte. Wie Watt schon angedeutet hatte, war ihr Inhalt alltäglich und für den Fall nicht von Bedeutung. Die meisten Briefe stammten von Händlern; zwei waren Bittschreiben von Männern, die ihre Söhne als Kadetten auf der *Vantage* unterbringen wollten; einer, der wegen Schulden im Gefängnis saß, unterzeichnete seinen Bettelbrief mit den Worten: *Dein ergebener Vetter, Jeremiah Hay.* Er wandte sich nun Kingsleys anderen Unterlagen zu.

Dort fand er drei wirre, leidenschaftliche Liebesbriefe in Mrs. Hays achtloser Handschrift. Warum nur war Kingsley so dumm gewesen, sie zu behalten? Hatte auch er eine Erpressung geplant?

Kingsleys aufschlussreichsten Papiere waren vier Botschaften, die äußerlich jener Anlage glichen, welche Mr. Watt aufgefallen war.

Der Schreiber eines vierten Briefes war des Schreibens ebenfalls kaum mächtig:

Hochvererter Her:
wen sie nich wolln das ihr Mann und DAS AUGE DES
GESEZES wissen was sie für Sachen machen wo Kein
ENGLISCHER GENTELMAN machen sollte dann
komm sie mit 20 Fund zum gewonten Ort Samstag Fier

Glasen in der Abendwache. KOMMEN SIE ALLEIN! Ich
hab noch Freunde und sie ham Keine mer.
Ir Ergeb.r Untertähn.r Diener:
J. Jaggery

In diesem Brief trat die Erpressung zumindest offen zu Tage.
Da jedoch Kingsley nicht mehr am Leben war und folglich
nicht mehr erpresst werden konnte, glaubte Hoare, auch dieses Schreiben getrost beiseite legen zu können. Nur der Name
Jaggery rührte in seinem Gedächtnis an irgendetwas Unappe-
titliches.

Dann erinnerte er sich: Vor einigen Jahren hatte sich ein
Stückmeister dieses Namens bei einem Unfall auf See beide
Beine gebrochen und die linke Hand zerquetscht. Weil nun
ein vollständiges Quartett gebrauchsfähiger Glieder für einen Schiffskanonier ebenso unerlässlich war wie eine weit
tragende Stimme für einen Decksoffizier, hatte man den lah-
menden Stückmeister auf den Strand gesetzt genau wie Hoare damals. An Land hatte er auf Grund jener unerklärlichen
Beziehungen, über die auch das Unterdeck verfügte, einen
Posten im Marinezeugamt ergattert.

Janus Jaggery war Hoare ursprünglich aufgefallen, weil er
zu einem Ring korrupter Seeleute gehörte, die Marineausrüs-
tung abzweigten und Sachen für den seemännischen Bedarf
zu günstigen Preisen beschaffen konnten. Etliche Langfinger
hatten durch Hoares Nachforschungen ihre sicheren Land-
posten verloren und waren auf See geschickt oder nach Botany Bay deportiert worden, doch Jaggery saß weiterhin in
seinem sicheren Nest. Vielleicht sollte Hoare ihn doch noch
im *Bunch of Grapes* aufsuchen, sobald er Kingsleys Papiere
durchgesehen und Sir George Bericht erstattet hatte.

Als das Karnickel des Admirals Hoare diesmal erblickte,

meldete es ihn unverzüglich seinem Herrn und Meister und teilte ihm mit, Kapitän Kent habe seine Wahl getroffen und sei an Bord seines neuen Schiffes gegangen.

In Sir Georges Allerheiligstem fand er auch den Sekretär Patterson vor, der sich hinter dem Admiral herumdrückte.

»Ich fasse mich kurz, Sir«, flüsterte Hoare. »Zwei Briefe – gleich zwei verschiedene Erpressungsversuche: der erste ein eher schwachbrüstiger Versuch, gegen Kapitän Hay gerichtet, der zweite wesentlich ernster zu nehmen, gegen Kingsley von einem gewissen Janus Jaggery. Da beide Adressaten tot sind, können wir die abgebrochenen Erpressungsversuche als belanglos ansehen. Ich würde raten, sie außer Betracht zu lassen, wäre da nicht dieser Jaggery, der mir als bestenfalls zwielichtige Gestalt bekannt ist. Ich würde gern sicher gehen, dass er keine krummen Dinger dreht. Außerdem möchte ich Mrs. Hay befragen. Einer ihrer Briefe an ihren seligen Gatten weckt in mir den Verdacht, dass er von ihrer Liaison mit Kingsley wusste.«

»Reden Sie weiter.«

»Ich bin nicht in der Lage, Sir, jene chiffrierten Botschaften zu entschlüsseln. Wenn Sie sie allerdings genauer untersuchen lassen wollen, wozu ich raten würde ...« Hoare verstummte und räusperte sich schmerzhaft.

Sir George gab seinem Sekretär ein Zeichen. »Wein, Patterson. Der Mann liegt trocken.«

»... wozu ich, wie gesagt, raten würde«, wiederholte Hoare, als er seine Kehle angefeuchtet hatte, »sie aber andererseits nicht in die Hände der Männer Ihrer Lordschaften in London geben wollen, dann wüsste ich zwei Personen hier in der Gegend, die Ihnen *vielleicht* helfen könnten.«

Hoare hatte alle Kraft, die er seinem erbärmlichen Geflüster verleihen konnte, in die Betonung des Wortes *vielleicht* gelegt und damit alles wieder verloren, was er durch den Wein an Stimme gewonnen hatte. Er musste wortlos um mehr davon bitten. Und er dachte, dass er nicht umhinkommen würde, ein sanftes schmerzstillendes Mittel bei sich zu führen, damit er in Zukunft längere Gespräche besser durchstehen konnte. Vielleicht würde ihm Mrs. Graves' Gatte, der Doktor, dabei helfen. Vielleicht würde er diese kleine, Ehrfurcht gebietende Person wieder sehen.

»An wen denken Sie dabei?«, fragte der Admiral fordernd. »Ich hab es nicht gern, wenn verschlüsselte Botschaften außerhalb meiner Kontrolle in meinem Befehlsbereich herumwandern. Und wenn sie in Whitehall eintreffen, sind sie sofort und für immer verloren.«

»Da wäre zum einen Watt, Sir, der Schreiber des Kommandanten der *Vantage*. Und dann Mrs. Graves, die Frau von Doktor Simon Graves, einem Arzt in Weymouth. Beide sind talentierte Handschriftenleser.«

»Ich kann wohl kaum hier in Portsmouth sitzen und einer Arztgattin in Weymouth Befehle erteilen«, sagte der Admiral. »Vielleicht finden Sie selbst einen Weg, die gute Frau zu Rate zu ziehen. Tun Sie, was Sie für nötig halten – natürlich nur in vernünftigem Rahmen. Was Watt angeht, so werde ich ihn, wenn Sie das wünschen, von der *Vantage* an Sie abkommandieren, und zwar solange, bis er seine Schuldigkeit getan hat oder bis die Fregatte ausläuft – je nachdem, was zuerst kommt.«

»Sir, das würde mir wirklich helfen.« Kent, der neue Kommandant der *Vantage*, würde Hoare zum Teufel wünschen, wenn er erfuhr, dass er es war, der ihm seinen Schreiber gerade dann entführte, als das Schiff seeklar ging. Na wenn schon, dachte Hoare, sollte *er* doch zum Teufel gehen.

»Kümmern Sie sich darum, Patterson«, sagte Sir George.

»Dieser Watt soll sich bei Hoare in dem Gasthaus melden, wo er wohnt, und dort auf Kosten der Marine ein Zimmer nehmen, bis Hoare mit ihm durch ist oder die *Vantage* ankerauf geht. Wann werden Sie diesen Chiffrierkode geknackt haben, Hoare?«

»Das kann ich jetzt noch nicht sagen, Sir«, flüsterte Hoare. Im nächsten Augenblick reuten ihn seine Worte.

»›*Kann ich nicht sagen*‹? Ist das die Antwort, mein Herr, die man seinem vorgesetzten Offizier gibt? Ich habe Kadetten schon für weniger über die Kanone binden lassen – man hätte diese Unverschämtheit aus Ihnen herauspeitschen sollen, Sir, bevor Sie Ihr Leutnantspatent erhielten. Sie sitzen schon zu lange an Land, Sir. Sie sind fett und faul geworden, Sir, fett und faul. Sie haben Fett angesetzt, und Sie sind widerspenstig geworden. Hohe Zeit, dass Sie wieder auf See kommen.«

Hoare schlug das Herz höher. Wenn er Sir George doch nur beim Wort nehmen könnte …

»Ich wäre überglücklich, Sir«, wagte er zu sagen.

Mr. Patterson schnappte horbar nach Luft. Zehn Herzschläge lang, die Hoare wie zehn Minuten vorkamen, fixierte Sir George Hardcastle ihn finster aus der Deckung seiner buschigen Augenbrauen. Es war totenstill in dem getäfelten Zimmer.

Endlich erweichte sich der Admiral und blickte fast mitfühlend. Offenbar teilte Sir George Hoares Sehnsucht, wieder auf See zu kommen.

»Ich weiß, was Sie meinen, Mr. Hoare«, bemerkte er. »Vielleicht bin ich der Eurystheus zu Ihrem Herakles.« Wieder hielt er inne, als wolle er sichergehen, dass Hoare die Anspielung verstand.

Der verstand durchaus: Die Götter hatten Herakles dazu verurteilt, bestimmte Arbeiten zu verrichten, die ihm König

Eurystheus von Mykene als Buße auferlegt hatte, weil Herakles seine eigenen Kinder aus der Verbindung mit Megara, der Tochter des Königs, getötet hatte.

»Und unser Patterson kann mein Talthybios sein«, setzte der Admiral hinzu.

Der Sekretär verzog säuerlich das Gesicht. Talthybios war Eurystheus' Bote gewesen; durch ihn hatte der König Herakles seine Befehle übermittelt. Der Held hatte ihn den »Mann des Unrats« genannt.

»Wenn Sie nach Ihrer *Argo* suchen, Mr. Hoare, dann sorgen Sie dafür, dass Ihre guten Taten von den Lordschaften auch gebührend gewürdigt werden. Schicken Sie Watt zurück auf die *Vantage*, wenn Sie ihn nicht mehr brauchen – so er dann nicht sowieso schon an Bord ist, weil sie ihren Auslaufbefehl erhalten hat. Das wäre alles, Sir.«

»Aye, aye, Sir«, flüsterte Hoare. Nach einer Verbeugung entfernte er sich.

Wie befohlen, meldete sich Mr. Watt im *Swallowed Anchor*, wo Hoare logierte.

»Kapitän Kent war alles andere als erfreut zu hören, dass ich die *Vantage* in dieser wichtigen Zeit verlassen soll, Sir«, sagte der Schreiber. »Ich möchte seine genauen Worte lieber nicht wiederholen. Aber auch er kann sich Sir Georges ausdrücklichen Anweisungen nicht widersetzen.«

»Ich verstehe, Mr. Watt. Wir wollen unser Bestes tun, damit Sie so bald wie möglich in seine Obhut zurückkehren können«, flüsterte Hoare. »Wohlan, Sir: Wenn ich mich recht an unser Gespräch auf der *Vantage* erinnere, dann haben Sie sich eingehend mit Handschriften beschäftigt. Ist dem wirklich so?«

»Ich bin zu der Überzeugung gelangt, Sir«, erwiderte Watt,

»dass die Handschrift eines Menschen nicht nur sein – oder ihr – Geschlecht sowie die gesellschaftliche Stellung verrät, sondern auch etwas über den Charakter und die Persönlichkeit aussagt. Ja, gelegentlich amüsiere ich sogar meine Freunde damit, dass ich das Wesen eines Menschen beschreibe, von dem ich nur Handschriftenproben besitze.«

»Interessant«, bemerkte Hoare. Er gab dem Schreiber die Aktenmappe. »Dann sagen Sie mir doch, was Sie hiervon halten.«

»Wie Sie bereits wissen dürften, Sir«, begann Watt, »ist dies die Mappe, die von Kapitän Hays Tisch verschwunden war. Bestimmte Papiere aus der offiziellen Korrespondenz fehlten damals und fehlen auch jetzt noch ...«

»Die hat Sir George zurück zur *Vantage* gesandt«, sagte Hoare. »Sie werden sie dort vorfinden, wenn Sie wieder an Bord gehen. Weiter.«

»Ansonsten ist alles, wie es war, wenn ich mich recht erinnere: Ein Brief von der Gattin des verstorbenen Kapitäns, etliche Schreiben von Händlern, ein weiteres – das ich Ihnen gegenüber erwähnt habe, meine ich – von einer Frau aus niederem Stande. Sie kann schreiben, hat aber wenig Übung in der Kunst der Kalligraphie. Bei ihrem Brief könnte es sich um ein Vorspiel zu einer Geldforderung handeln.«

»Das sehe ich auch so. Ich danke Ihnen. Nun zu diesen hier.« Hoare gab Watt die anderen Schriftstücke, die man bei Kingsley gefunden hatte.

»Ach du meine Güte«, kommentierte Watt, kaum dass er einen ersten Blick auf Mrs. Hays anzügliche Liebesbriefe an den Untergebenen ihres Mannes geworfen hatte. »Ach du meine Güte«, wiederholte er beim Lesen. »O je, o je.« Er legte die Briefe auf Hoares Schreibtisch, die Lippen ein schmaler Strich, das teigig blasse Gesicht rot angelaufen. »Briefe von einer lüsternen Frau, Sir, ja einem hemmungslos geilen Weib. Da kann man nur froh sein, dass Kapitän Hay sie nie zu Gesicht bekommen hat.« Er nahm das Schreiben von J. Jaggery zur Hand. »Das ist natürlich unverhüllte Erpressung. Auch hier ist der Schreiber – diesmal ist es ein Mann, wahrscheinlich ein Seemann, Sir, oder mindestens einer, der die See kennt – kaum des Schreibens kundig. Sein Schweigen ist ihm wahrlich wenig wert, finden Sie nicht? Und wenn er das Auge des Gesetzes erwähnt, spielt er dann womöglich darauf an, dass der verstorbene Leutnant etwas Unrechtes getan und nicht nur das Feld seines Herrn und Meisters gepflügt hat?« Er sah Hoare fragend an.

»Tatsächlich könnte man diesen Schluss ziehen«, flüsterte Hoare.

Als Watt die dünnen Blätter aus Seidenpapier zur Hand nahm, hellte sich seine Miene auf. Er zog ein Monokel aus seiner Brusttasche und beugte sich so tief über die Schreiben, dass seine spitze Nase sie beinah berührte, während er sie eingehend betrachtete.

»Hmmm. Die Cäsar-Chiffre ist das nicht«, murmelte er bei sich. »Kein einziger Vokal. Wahrscheinlich substituierte Ziffern. Warum nur? Ja, in der Tat, ein Substitutionsschlüssel. Muss zählen, wie oft die Zeichen vorkommen …«

Blindlings griff er nach einem leeren Blatt Papier, zog einen silbern eingefassten Bleistift aus seiner Rocktasche und schrieb auf, was er sich selbst diktierte. Er war nun in eine andere Welt hinübergeglitten, aus der Hoare ihn nicht zurückholen wollte; also hinterließ dieser ihm eine eilig hingekritzelte Nachricht, die Watt anwies, die Nacht im *Swallowed Anchor* zu verbringen, und stahl sich auf Zehenspitzen aus dem Zimmer.

Auf dem Weg zu Jaggerys Räuberhöhle beschloss er, einen

Umweg zu machen und sich die Leiche Peregrine Kingsleys anzusehen, des verstorbenen Zweiten Offiziers der *Vantage*, sowie die frisch verwitwete Katerina Hay zu befragen.

Erfreut stellte er fest, dass der Leichnam noch nicht an die Verwandten des Toten, wer sie auch sein mochten, übergeben worden war. Der Aufseher führte ihn prompt zu Portsmouths frischen Marineleichen und zeigte ihm den toten Kingsley.

»Sir, wie Sie sehn können, is' die Kugel in seinen Kopp eingeschlagen«, sagte der Mann. »Is' aber hier stecken geblieben. Der Wundarzt hat sie rausgeholt.«

Eine Einzelheit, die Gladden offenbar entgangen war, auf die aber die grobe Trepanierarbeit hinwies, die des seligen, lüsternen Leutnants schönes Gesicht verunstaltet hatte.

»Wo ist die Kugel?«, fragte Hoare.

Statt zu antworten, wühlte der Aufseher in einer Schublade unter der Leiche herum. »Hier«, verkündete er schließlich und reichte sie Hoare.

»Die muss ich mitnehmen«, flüsterte Hoare.

Er sah, dass die Kugel leicht abgeschrägte Kerben trug; also war sie aus einem Gewehr mit gezogenem Lauf abgefeuert worden. Wenn dem so war, dann konnte der Schütze aus erheblicher Entfernung geschossen haben. Außerdem war Kingsley in der Nacht getötet worden – folglich, so dachte Hoare, konnte der Mörder kein schlechter Schütze sein.

»Dann müssen Se mir aber was unterschreiben«, sagte der Aufseher.

Hoare seufzte, schrieb dann jedoch zwei Zettel: einen für sich, der die Kugel als das identifizierte, was sie war, und einen für den Aufseher. Jeder unterschrieb einen der Zettel. Hoare steckte seine schreckliche Prise ein, gab dem Manne einen halben Shilling und ging.

Kapitän Hays bessere Hälfte war noch nicht aus der Wohnung im zweiten Stock des *Three Suns Inn* ausgezogen, die sie mit ihrem seligen Gatten geteilt hatte. Hoare hatte das Gasthaus nur selten betreten; es beherbergte Flaggoffiziere und Kommandanten, die auf der Kapitänsliste ganz oben standen. Selbst Kapitän Hay musste Glück mit Prisen gehabt haben, wenn er sich einen längeren Aufenthalt dort hatte leisten können.

Anscheinend störte es die Besitzer des *Three Suns* ganz und gar nicht, dass die drei goldenen Kugeln auf dem Schild über der Tür, das Wappen der Medici, zugleich auch die Häuser von Pfandleihern zierten. Ihr Etablissement war zu nobel für eine Verwechslung. Hoare hätte es überhaupt nicht überrascht, wenn Sir Thomas Frobisher hier gewohnt hätte: Das Gasthaus passte zu ihm.

Der Türsteher vor den *Three Suns* ließ keinen Zweifel daran, dass seine Gebieter Offiziere, die nicht mindestens Kapitänleutnants waren, von ihrem Hause fernzuhalten wünschten, es sei denn, sie kämen im Auftrag der Admiralität.

»Sie lassen mich entweder unverzüglich vor und melden mich Mrs. Hay«, fauchte Hoare schließlich, »oder Sie verlieren Ihren Schutzbrief, werden zur Flotte gepresst und wieder auf See geschickt. Sie haben fünf Sekunden, sich zu entscheiden.«

Für derartige Anlässe trug er in der Tasche seines Uniformrocks einige eindrucksvoll aufgemachte, aber völlig bedeutungslose Dokumente bei sich. Er zog eines davon hervor, dazu einen silbergefassten Bleistift.

»Eins. Zwei ...«

Der Portier entfloh. »Mrs. Hay wird Sie empfangen«, gab er kleinlaut von sich, als er wieder auftauchte. »Hier entlang, bitte.«

Hoare war der Frau von Adam Hay zwar nie vorgestellt

worden, doch hatte er Katerina Hay mehrmals auf der Bühne gesehen. Sie war eine gute, fast schon professionelle Schauspielerin, eine Winzigkeit zu melodramatisch für Hoares Geschmack, doch sehr beliebt bei den Seeoffizieren. Da sie ihn stehend begrüßte, im zweitbesten Salon des Gasthauses, antwortete Hoare mit seinem zweitbesten Diener.

Katerina Hay war eine üppige, blonde Holländerin. Wie sie in ihrem geschmackvollen Trauerflor vor ihm stand, erinnerten ihn ihre vollen Rundungen an die Linien der *Oranienboom*, des Zweideckers, vor dem er einst Hals über Kopf die Flucht ergriffen hatte. Damals fuhr er als Erster auf der *Staghound*, 36; am Tag darauf sollte er seine Stimme verlieren. Diese Frau schien ihm genauso gefährlich.

»Mein Beileid, Ma'am, zu Ihrem tragischen Verlust«, flüsterte er.

»Sie brauchen nicht zu flüs... *Ach*! Ja, natürlich – Sie sind Admiral Hardcastles ›Flüsterndes Frettchen‹!« Mrs. Hay sah auf einmal gar nicht mehr Furcht einflößend aus. Wie auf der Bühne, wirkte ihre Stimme auch jetzt durch den Akzent leicht anzüglich. »Setzen Sie sich doch bitte, Sir!« Anmutig trotz ihrer Fülle, sank sie selbst auf dem einen Ende der Chaiselongue nieder und bedeutete ihm, auf dem anderen Ende Platz zu nehmen. »Ich danke Ihnen für Ihre freundlichen Worte, Mr. Hoare, doch wir wollen zum Punkt kommen, denn Sie haben sicher mit dieser Untersuchung alle Hände voll zu tun.« Sie schenkte ihm ein wissendes Lächeln. »O ja. Nach Ihrem Erfolg mit der *Amazon* war es nur zu erwarten, nicht wahr, dass der gute Sir George Sie mit dem Mord an meinem Mann betrauen würde.«

Hoare, völlig verblüfft, musste lachen.

Katerina Hay lachte ebenfalls: »Sir, hat Ihnen schon einmal jemand gesagt, dass Ihr Lachen so klingt wie der Wind in den Weiden unserer Seeländer Sümpfe? Nun denn: Was wollen Sie mich fragen?«

»Verzeihen Sie, aber ich glaube, dass Ihr Mann von Ihrer Beziehung zu dem verstorbenen Leutnant Peregrine Kingsley Kenntnis hatte.«

Wiederum lachte Katerina Hay, fast verächtlich, wie Hoare fand. »Selbstverständlich ›hatte er Kenntnis‹ davon. Nicht nur das, er hat sie im Grunde gebilligt.«

Wenn aber der Mann von Kingsleys Mätresse bereits von der Affäre wusste, warum hatte Kingsley ihn dann umgebracht?

»Bitte, Mr. Hoare, schauen Sie nicht so betreten drein. Mein Mann und ich hatten uns immer noch gern. Aber Adam war seit langem schon nicht mehr in der Lage dazu, und ich … nun, ich bin eine sinnliche Frau.«

War sie ihm gerade auf der Couch ein klein bisschen näher gerückt?

»Das würde dann auch erklären, was mit dem ›er‹ oder ›sein‹ in dem Brief gemeint ist. Sie wussten, Ihr Mann würde verstehen, wen Sie meinten?«

»Genau, Mr. Hoare. Mein Mann hat vielleicht geduldet, dass ich ihm Hörner aufsetzte, solange kein Skandal daraus wurde. Aber er wie auch ich hätten niemals zugelassen, dass ich mit einem Verräter verkehre.«

»Das würde bedeuten«, sagte Hoare, »dass Kingsley Ihren Mann nicht deshalb getötet hat, weil er fürchtete, er würde ihn enttarnen als Ihren … äh …«

»*Cicisbeo*, Mr. Hoare. Liebhaber.«

»Richtig … – sondern wegen der verschlüsselten Botschaft, die Sie aufgrund seiner Fahrlässigkeit fanden.«

»Genau. Ich habe vielleicht nicht allzu klug gehandelt und bin am Tod des armen Adam nicht ganz unschuldig, denn ich habe Peregrine Kingsley erzählt, was ich damit gemacht habe, und dann hab ich auf der Stelle mit ihm gebrochen. Das war doch richtig, *nie?*«

Mit diesem Fragewort in ihrer Muttersprache rückte Mrs. Hay eindeutig näher an Hoare heran.

Das *Bunch of Grapes*, die Kneipe, wo Hoare sicher sein konnte, Jaggery zu finden oder doch zu erfahren, wo er ihn finden konnte, war ein bekannter Treffpunkt von Männern, die außerhalb des Gesetzes lebten. Dennoch war es nicht die dreckige, düstere Räuberhöhle, die ein Fremder demnach erwarten würde. Hier roch es nicht nach billigem Gin, schalem Bier oder kaltem Tabakrauch. Hier drängten sich weder Schnapsnasen noch Schlampen, und dreckig war keiner der Gäste. Die kleinen Schmuggler, die Hehler, die gerissenen Gauner und gewieften Ganoven und die anderen wohl gesitteten Übeltäter von Jaggerys Sorte hatten zu viel Geschmack, um eine Absteige zu besuchen, und genug Geld, um sich diesen Geschmack leisten zu können.

Das *Bunch of Grapes* war also eine ordentliche, wenn auch etwas heruntergekommene Pinte, hell beleuchtet und schwach nach gutem Bier riechend. Die einzigen Gäste, die Hoare erblicken konnte, waren einige Gruppen von Männern, die wie ehrbare Arbeiter wirkten, und ein kleiner Haufen junger Burschen.

Alle Gäste blickten auf, als sie einen Offizier hereinkommen sahen, redeten dann aber einfach weiter – ein Quartett sprach ganz offen über den Überfall der Zollfahnder auf eine oft benutzte Schmuggelroute. Anscheinend dachten sie, eine rivalisierende Bande habe sie verpfiffen.

»Die fangen besser nix mit uns an«, sagte ein Mann. »Wir werden's ihnen schon zeigen, genau wie letztes Mal.«

»Wir waren's nich«, sagte ein ordentlich gekleideter Mann an einem anderen Tisch. »Das müssen Ackerleys Jungs gewesen sein, wo sie ans Messer geliefert haben.«

»Die ham nix dergleichen getan«, versetzte Jaggery. Hoare sah ihn in einer Ecke sitzen, neben sich ein kleines, bleiches Mädchen mit riesigen schwarzen Augen, die den Leutnant mit ihrem Blick zu durchbohren schien. »Zufällig weiß ich das nämlich.«

Das Kind zupfte ihn am Ärmel, bis er sich ihr zuwandte. Als er Hoare erblickte, machte er große Augen.

»Un wie zum Teufel wollen Sie so was wissen, Mr. Jaggery? Das is doch gar nich Ihr Geschäft«, bemerkte der ordentlich gekleidete Mann.

»Sachte, Freunde, sachte«, sagte ein Mann mittleren Alters, der hinter der Theke stand. »Wir haben einen feinen Herrn zu Gast.« Eine Narbe zog sich quer über seine Nase, aber er hatte ein sauberes grünes Tuch um seinen Bauch gebunden, und auf seinem geröteten Gesicht lag ein höfliches Lächeln. Resigniert lehnte sich Jaggery zurück und betrachtete seine junge Begleiterin.

»*Sie* haben wir hier ja schon lange nich mehr gesehn, Mr. 'Oare«, sagte der Mann mit der narbigen Nase. »Sind Sie auf See gewesen?«

»Das nicht gerade, Mr. Greenleaf«, flüsterte Hoare. »Nur Aufträge für Seine Majestät und ab und zu eine Seefahrt auf der *Serene*.«

»Aha, also heißt sie dieser Tage *Serene*, Sir?«

»Nicht mehr. Ich habe sie *Alert* getauft, als wir heute in den Hafen eingelaufen sind.«

Einige Gäste lachten wissend, Jaggerys kleine Beleiterin aber blickte verständnislos drein und wagte, das Wort zu ergreifen: »Was ist ein ›Lert‹, Papa? Ist das ein Aal oder 'ne

Scholle oder so was?«, fragte sie. Das Gelächter schwoll an. Sie errötete und ließ ihren Kopf mit dem glatten, aschblonden Haar hängen.

»Ich spendier Ihnen ein Pint Bier«, sagte Hoare zu Jaggery, »wenn Sie mich Ihrer Freundin vorstellen und mir berichten, was es Neues gibt.«

Jaggery zögerte, so als suche er einen Ausweg, ergab sich dann der drohenden Breitseite und hob den Blick gen Himmel.

»Alle unsere Gaben, alles was wir haben, kommt, o Gott, von Dir – Dank sei Dir dafür«, intonierte er. »Dann also zwei Pints, Mr. Greenleaf.«

»Und ein Glas Madeira für …?«, fragte Hoare.

»Meine Tochter Jenny«, ergänzte Jaggery.

»Kommt sofort.«

Greenleaf verschwand durch eine Tür hinter der Theke und kam mit einer schwarzen, von Spinnweben überzogenen Flasche zurück. Er nahm einen Korkenzieher zur Hand, bückte sich und klemmte die Flasche zwischen die Knie, auf die altmodische Art, um den Korken zu ziehen. Mit einem leisen Plopp kam er heraus, und der betörende tropische Duft nach erstklassigem Madeira verdrängte den heimeligen Biergeruch, der die Luft im *Bunch of Grapes* schwängerte.

»Ich hab's mir anders überlegt«, flüsterte Hoare. »Ich nehme ebenfalls den Madeira. Der Wein duftet ja wie Nektar.«

»Das sollte er auch, Mr. 'Oare.« Greenleaf goss den dunklen Wein in zwei saubere, grob geschliffene Gläser. »Hat dort in meinem Hinterzimmer fast zehn Jahre im Dunkeln gelegen, zusammen mit Freunden un' Verwandten.« Er zapfte das Bier für Jaggery. »Bitte sehr, Mr. 'Oare«, sagte er.

Hoare zahlte und brachte, was er erstanden hatte, zu dem Tisch, an dem der Stückmeister und seine Tochter warteten.

Für gewöhnlich hätte Hoare Janus Jaggery als einen schmierigen, doppelgesichtigen Mann beschrieben, dem man nicht trauen konnte. Wann immer Hoare ihn sah, blickte der Mann unter einem fettigen Haarschopf in die Welt und jammerte durch seinen graubraunen Bart über die Schmerzen in seiner versehrten linken Hand und seinen krummen Beinen wie auch über die Schicksalsschläge, die ihn ständig ereilten. Doch hier, mit seiner Tochter an seiner Seite, zeigte er der Welt fürwahr sein besseres Gesicht. Er wirkte verschlagen, aber gutmütig. Jenny Jaggery, so schätzte Hoare, war fünf oder sechs Jahre alt. In ihrem fadenscheinigen Kleid, das viel zu groß für sie war, wirkte sie zart und zerbrechlich. Allerdings musste sich jemand anders um sie kümmern, nicht ihr Vater, denn sie und ihr Kleid waren zwar farblos, aber doch sauber.

»Ich trinke auf Ihre werte Gesundheit, Mr. 'Oare.« Jaggery nahm einen tiefen Schluck von seinem Bier und fuhr sich mit dem Ärmel über den Mund.

Ein erster kleiner Schluck von dem Madeira, und Hoare wusste, dass er Nektar schlürfte, gerade wie ein Schmetterling im Glück.

»Heißt der Mann wirklich ›Whore‹, Papa?«, fragte Jenny.

»Hüte deine Zunge, mein Mädchen«, erwiderte ihr Vater. Seine Anspannung war offenkundig, doch als er sah, dass Hoare weder ihn zu Boden schlagen noch seine Tochter zum Duell fordern würde, entspannte er sich und nahm einen tiefen Zug. »Und was verschafft uns die Ehre dieses Besuchs, Euer Ehren?«, fragte er misstrauisch.

»Peregrine Kingsley, Gott hab ihn selig. Sie haben ihm diese Zeilen geschickt.« Hoare hielt ihm den von Fehlern strotzenden Brief entgegen, hielt ihn fest in seiner Hand und beobachtete, wie Jaggery reagieren würde.

Jaggery las ihn, derweil Hoare ihm das Blatt hinhielt, und bewegte seine Lippen beim Lesen. Wirkte er etwa erleichtert?

»Aye, Euer Ehren, ich kann's nich leugnen, wo's doch meinen Namen in meiner eignen Handschrift trägt.«

»Sagen Sie mir, was dahinter steckt.«

»Ich hab mir gedacht, es könnte nix schaden, wenn ich dem feinen Pinkel Mr. Kingsley ein paar Mäuse abknöpfe. Der Kommandant von dem Kerl hätte Rot gesehn, wenn er rausgefunden hätte, dass seine Frau es mit seinem Leutnant treibt, hab ich Recht?«

»Er wusste es schon, Jaggery.«

Der Stückmeister starrte ihn mit offenem Mund an.

»Und Sie«, fuhr Hoare fort, »hätten den Rest Ihrer Tage wegen Erpressung in Botany Bay verbringen können. Was wäre dann wohl aus Ihrer Frau und der kleinen Jenny geworden?«

»Hab keine Frau. Messer-Kate hat Meg vor zwei Jahren den Bauch aufgeschlitzt, und sie is dran gestorben. Kate ham se dafür aufgehängt. Die Geschwornen vom Landgericht in Winchester ham se zum Tod durch den Strang verurteilt. Meine Jenny is 'ne Waise, jawohl. – Außerdem«, setzte Jaggery hinzu, »is mir der Käpten vorzeitig abgekratzt, der dämliche Hund. Un jetz, wo Kingsley, der andere Hundesohn, aus dem Weg geräumt wurde, wird mir eh keiner mehr quer kommen. Also, Mister 'Oare, was wollen Sie noch?«

Jenny, die kein Connoisseur war, hatte ihren Madeira in einem Zug hinabgestürzt. Sie kicherte, rülpste dezent, schloss die Augen und schlief an des Vaters Schulter gelehnt ein.

»Da, sehn Sie nur, was Sie angerichtet haben«, schalt ihn Jaggery. Er betrachtete das schlafende Kind und legte seine verkrüppelte Hand auf das glänzende Haar.

»Aber was hat Kingsley sonst noch angestellt, Jaggery, dass

er nicht nur vor dem Mann seiner Mätresse Angst haben musste, sondern auch vor dem Gesetz? Zudem haben Sie auf ›Freunde‹ angespielt, die er verloren, Sie dagegen bewahrt hätten. Was war das, wo er und Sie ihre Finger drin hatten?«

Jaggery schüttelte den Kopf und sah Hoare aus weit aufgerissenen Unschuldsaugen an. »Mr. Kingsley hatte so seine Art, Euer Ehren. Gegen meinen Willen hat er mich überredet, ihm was abzunehmen, Marinekram von Bord, Lukdeckel, Taublöcke, Sachen eben, wo verlorn gehn können. Jom York is 'n guter Freund von mir. Sie kennen Mr. York, Euer Ehren?«

Da York Kingsleys Seesoldatenrock für Hoare gefunden hatte, konnte er das kaum bestreiten – eigentlich wollte er es auch gar nicht. Er nickte. »Und Kingsley war dann kein ›Freund‹ von Jom York mehr?«

»Hab ich nie nich gesagt, Euer Ehren, oder? Mr. York is 'n anständiger Mann, ja das is er …«

Hoare wusste, was Jaggery mit dem »anständig« meinte: dass York für sich in Anspruch nahm, Mitglied in der berüchtigten Gilde der Diebe zu sein, einer Gemeinschaft, die sich zu Geheimhaltung und gegenseitigem Vertrauen verschworen hatte. Hoare wusste außerdem, dass die Außenwelt zwar von der Existenz und geheimen Macht der Diebesgilde überzeugt war, dass diese tatsächlich aber nichts als ein Ammenmärchen war, eine Erfindung, ein Hirngespinst. Wenn jedoch Jaggery dachte, er, Hoare, glaube daran – bitte schön.

»Das reicht mir nicht, Jaggery«, versetzte Hoare. »Sie verheimlichen mir etwas. Und es könnte sein, dass Sie viel weniger Wasser unterm Kiel haben, als Sie denken. Spucken Sie aus, was Sie wissen!«

»Gott is mein Zeuge, Euer Ehren – Sie kennen alle meine Sünden«, erwiderte der Mann. »Sie setzen mir mächtig zu, und das is nich recht.«

Hoare wusste genau, dass Jaggery ihm einiges verheimlichte, doch ohne eine Idee, was das sein mochte, wusste er nicht, wie er es ihm entlocken sollte. Was er auch versuchte, der alte Seebär verschanzte sich hinter seiner Barrikade aus Vorwürfen und wich ihm immer wieder aus. Hoare fehlte der Schlüssel zu seiner verborgenen Festung.

»Lassen Sie die Hände vom Eigentum des Königs, Mann«, sagte er schließlich, stand vom Tisch auf und strich der schlafenden Jenny seinerseits über den Kopf. »Und martern Sie Ihr schlaues Hirn, was Ihren Freund Kingsley angeht – was hat er angestellt, außer es mit der Frau seines Kommandanten zu treiben? Ich werde ein Auge auf Sie haben, und ich schlafe nie.«

Bevor Hoare ging, feilschte er mit Greenleaf über den Kauf seines gesamten Vorrats an Madeira, und als er das *Bunch of Grapes* verließ, war er stolzer Besitzer von sechs Dutzend Flaschen, nachdem er gelobt hatte, die gesamte Rechnung zu begleichen, sobald der Wirt die Flaschen in den *Swallowed Anchor* geliefert und er selbst eine willkürlich ausgewählte Flasche aus der Sendung probiert hatte.

»Nicht dass ich Ihnen misstraue, Mr. Greenleaf«, bemerkte er, »aber es könnte ja sein, dass eine räuberische Landratte sie des Nachts austauscht, nicht?«

Hoare kehrte in den *Swallowed Anchor* zurück, wo er Mr. Watt vorfand, der über einer verschlüsselten Botschaft von Jehu an Ahab eingeschlafen war. Seine Kerze war verlöscht. Hoare hob den kleinen Mann auf und trug ihn hinauf in die Dachkammer, die der Wirt, Mr. Hackins, ihm angewiesen hatte.

Kapitel VIII

Am Morgen darauf fand Hoare einen verzagten Mr. Watt in seinem Wohnzimmer vor. Er musste sich im Morgengrauen oder noch früher hereingestohlen haben, denn auf dem Arbeitstisch stand eine leere Teetasse, daneben lag ein Kanten Brot. Er hatte die Abschrift der letzten geheimnisvollen Botschaft beinahe beendet.

»Sir, es ist mir nicht gelungen, den Kode oder besser die Chiffrierung zu entschlüsseln«, sagte Watt. »Unter Umständen wurde hier ein Schlüssel verwendet, der sich auf bestimmten Seiten eines Buches findet, welches alle in das Geheimnis eingeweihten Parteien besitzen. Für gewöhnlich wird hierzu die Bibel verwendet, wie Sie sicherlich wissen, und wenn Sie die biblischen Namen von Absender und Adressaten bedenken, dann wurde sie wahrscheinlich auch hier zu Grunde gelegt. Oft gibt der Chiffrierer in der ersten oder zweiten Schlüsselgruppe die Kapitel oder Seiten an, die für das Dechiffrieren benötigt werden. Dies scheint auch hier der Fall zu sein, denn alle drei Botschaften beginnen mit zwei Zahlenreihen.

Wenn dem aber so ist, Mr. Hoare, sind wir hoffnungslos verloren, wissen wir doch nicht, welche Ausgabe wie auf welcher Seite zu verwenden wäre. Ich schlage Ihnen jedoch Folgendes vor: Ich nehme die Abschriften, die ich erstellt habe, mit an Bord der *Vantage* und arbeite während der Fahrt nach

Süden an ihnen. Sollte ich Erfolg haben, lasse ich Sie das durch die Flottenpost wissen. Allerdings darf ich Sie daran erinnern, dass ich keinen Anspruch erhebe, ein Fachmann in der Dechiffrierkunst zu sein. In Whitehall gibt es Männer, die ihr ganzes Leben damit verbringen. Ich meine, denen sollten Sie diese Botschaften vorlegen.«

Mit diesen Worten stand Mr. Watt auf und machte Anstalten zu gehen. »Die *Vantage* wird bald den Anker lichten«, sagte er, »und ich möchte auf keinen Fall fahnenflüchtig werden, und sei es nur aus Versehen. Sie ist schließlich erst mein zweites Schiff, und ich muss mir noch einen Namen machen.«

»Ich bringe Sie an Bord«, erwiderte Hoare spontan.

Daraufhin begaben sich die beiden Männer zum Liegeplatz der *Alert*. Hoare legte ab, setzte Segel und steuerte hinaus in den Solent mit Kurs auf die Reede von Spithead. Die Bemühungen des kleinen Schreibers, Hoare zur Hand zu gehen, behinderten ihn kaum.

In der Tat deutete alles an der *Vantage* darauf hin, dass sie binnen kurzem unter Segel gehen würde. Als Hoare mit der *Alert* im Lee der Fregatte beidrehte, hob sich ihre neue Ankertrosse gerade Zoll für Zoll, zum lauten Ruf des: »Dreh rund!« am Gangspill und dem schrillen Spiel des Schiffsfiedlers. Die Jakobsleiter war schon eingeholt worden, sodass er den Männern an Deck mit Hilfe seiner Bootsmannsmaatenpfeife bedeuten musste, sie wieder herabzulassen, wenn Kapitän Kent seinen Schreiber wiederhaben wollte.

»Ruhige See und glückliche Reise!«, wünschte ein neidischer Hoare in seinem besten Flüsterton, als er seinem Passagier die Bordwand hinaufhalf. Er würde den Schreiber vermissen, genau wie den kleinen Mr. Prickett, das lebende Ausrufezeichen.

Hoare sagte sich, dass er es der Fregatte schuldete, sie in

den Krieg ziehen zu sehen; also holte er den Klüver seiner Pinasse back und drehte bei. Der Ankerstock der *Vantage* hob sich im hellen Licht der Morgensonne; ihre Marssegel schlugen einmal knatternd durch, bauschten sich zu ihren klassischen Kurven und trugen sie aus der Reede von Spithead hinaus auf die offene See. In der sanften Morgenbrise nahm sie allmählich Fahrt auf, schön, strahlend und jungfräulich. Auf Parallelkurs hielt die *Alert* mit ihr Schritt, kaum eine Kabellänge in Lee der Fregatte. Ein kurzer Schauer zog über sie hinweg, dann brach die Sonne wieder hervor.

Hoare hörte ein leises *Puff*: Das Steuerrad der *Vantage* samt dem Rudergänger flog in einer feurigen Wolke in die Luft, riss ein Stück aus der Großmarsrah mit und fiel zwischen der Fregatte und der Pinasse ins Wasser.

»Feuerlöschtrupp *marsch*!«, tönte es schwach vernehmbar über die See. »An die Schläuche! Flutet die Pulverkammer!« Hoare drückte die Pinne seines Bootes nach Lee, holte die Vor- und Großschot dicht und brachte die *Alert* damit hart an den Wind, näher an die Fregatte heran.

Ein gelbroter Lichtblitz blendete ihn; ein tiefer Donner rollte über die Reede und ließ alle Schiffe und Boote erbeben. Unter dem Druck der Explosion holte die *Alert* stark über, wurde auf die Seite gedrückt und wäre beinah gekentert. Ein letztes ohrenbetäubendes Krachen, als die Pulverkammer der *Vantage* explodierte; dann flog die Fregatte auseinander.

Durch einen grauenvollen Regen aus Holz, Tauwerk, Metall und Körperteilen kämpfte Hoare sich heran und stieß den Bug der Pinasse in einen kabelweiten Kreis brodelnder See voller Wrackteile. Die Luft dort roch nach Pulverqualm, so als segele er wieder in eine Seeschlacht.

Er langte hinab in die von Trümmern übersäte See und ergriff eine herausragende Hand. Die Hand hing an einem Arm, der Arm hing an gar nichts. Er ließ den Arm fallen.

Hier trieb ein Hut umgedreht auf dem Wasser, wie ein fröhliches kleines Vergnügungsboot; dort ein Stück Holz, das einmal zum Großtopp der *Vantage* gehört haben musste. Ein nackter Schwarzer klammerte sich daran. Als Hoare ihm eine Leine zuwarf und sich Fetzen verbrannter Haut von der zupackenden Hand lösten, sah er, dass der Mann nicht von Natur aus schwarz war. Das niedrige Dollbord der Pinasse, über das Hoare ihn binnenbords zog, schälte mehr lose Hautfetzen vom Körper des Mannes. Er erbrach Blut und Wasser und starb vor seinen Augen, an Deck der *Alert*.

Hoare zog ein weiteres Stück rohes Fleisch an Bord, warf es aber sofort, ohne nachzudenken, wieder ins Wasser, wie einen ungenießbaren Fisch. Das Deck seines Bootes war schon klein genug für die Lebenden; für die Toten war gar kein Platz mehr.

Er hörte jemanden krächzen: »O mein Gott, o mein Gott« – schon eine ganze Zeit ging das so, wie ihm bewusst wurde. Der brennende Schmerz in seiner Kehle sagte ihm, dass es seine Stimme war.

Noch ein Dutzend Männer zog Hoare ins Boot, dazu den verbrannten Mann, bevor erst die wenigen Hafenfischer hinzustießen, die in der Nähe gewesen waren, dann eine Flottille von Beibooten, die von den Schiffen auf Reede doppelt besetzt herüberpullten, um Leben zu retten – aber zu spät kamen und nur noch die Toten bergen konnten. Von der Besatzung der *Vantage*, insgesamt 327 Mann, retteten die anderen Boote lediglich neun weitere Überlebende.

Schwer beladen kehrte Hoare nach Portsmouth zurück. Er lud seine Schiffbrüchigen am Hard ab, wo eine Menge neugieriger und ängstlicher Menschen wartete, um die Leiden der Lebenden zu lindern und die Toten zu beweinen. Als sämtliche Boote eingelaufen waren, sagte ihm der sichtlich erschütterte befehlshabende Offizier, er habe insgesamt vierundzwanzig Überlebende gezählt. Die meisten waren Toppgasten, die durch die Wucht weit genug weggeschleudert wurden; die meisten waren furchtbar verbrannt, zerschmettert oder beides. Dazu einige Mann von der Achterwache der *Vantage*, deren Namen Hoare nichts sagten.

Keine Stunde später erschien Patterson, Sir George Hardcastles Sekretär, im *Swallowed Anchor*: Empfehlung von Sir George, und ob Hoare so freundlich wäre, unverzüglich zu ihm zu kommen?

Das Hauskaninchen des Admirals war gewarnt worden, denn es öffnete die Tür zu Sir Georges Büro, kaum dass Hoare im Vorzimmer stand.

»Ich hatte nicht erwartet, Sie so bald zu mir bitten zu müssen, Mr. Hoare.« Der Admiral sah von einem unordentlichen Papierstapel auf. Seine sonst unbewegte Miene verriet Erschöpfung und Trauer.

»Ich hoffe, Sie sind in der Sache vorangekommen, die wir bei unserem letzten Treffen besprochen haben?«

»Bedauere, Sir, leider nicht«, sagte Hoare. »Mr. Watt erhielt den Befehl, an Bord der Fregatte zurückzukehren, bevor er Erfolg haben konnte. Er hinterließ mir die verschlüsselten Botschaften, was unter den gegebenen Umständen, angesichts der Katastrophe von heute Morgen, wohl ein Glücksfall war.«

»In der Tat. Möge er in Frieden ruhen, er und seine Bordkameraden. Über diesen Vorfall wollte ich mit Ihnen sprechen. Gehen Sie, Patterson, schließen Sie die Tür hinter sich, und kommen Sie in zehn Minuten wieder.«

Erst als der Sekretär die Tür fest und vorwurfsvoll hinter

sich geschlossen hatte, sprach der Admiral weiter: »Was ich Ihnen jetzt verrate, Sir, darf diese vier Wände nicht verlassen. Natürlich wissen Sie vom Verlust der *Scipio*. Ihr jüngster Törn nach Weymouth hatte ja mit ihrem Untergang zu tun. Aber ist Ihnen auch bekannt, dass ihr Verlust wie auch die Explosion auf der *Vantage* nur zwei von etlichen Vorfällen dieser Art sind?«

»Nein, Sir.«

»Gut. Die Sache ist streng geheim. Wenn nur ein Wort davon zur Flotte durchsickerte, die Folgen wären nicht auszudenken. Spithead und Nore wären gar nichts dagegen. – Am 2. Juni ist der Schoner *Mischief*, 18, mitten unter den Einheiten der Kanalflotte auseinander geflogen. Sie hatte gerade ihr Erkennungssignal für das Flaggschiff gesetzt – die *Vengeance*, 84 –, weil sie von hier aus neu dazugestoßen war. Und die *Megara*, 32, auch sie aus Portsmouth, hätte schon vor vier Wochen Calders Verband in der Biskaya erreichen sollen.«

»Das sind wahrlich schlechte Nachrichten, Sir«, flüsterte Hoare.

»Außerdem«, fuhr der Admiral fort, »hat mich gerade die Nachricht von Ihren Lordschaften erreicht, dass Oglethorpe von der *Royal Duke* gestorben ist. Das ist auch kein Wunder, schließlich war er sechsundsiebzig, hatte gerade seine Frau verloren und konnte kaum noch gehen. Sie kannten Oglethorpe?«

Hoare schüttelte den Kopf. Er war verwirrt: Was hatte der tote Oglethorpe mit ihm zu tun oder er mit ihm? Sollte er, Hoare, den verstorbenen Kommandanten ersetzen? Wohl kaum. Ein Leutnant übernahm nicht unmittelbar den Posten eines Vollkapitäns, es sei denn, dieser fiel im Gefecht.

»Nein, Sir.«

»Oder vielleicht die *Royal Duke*?«

»Nein, Sir.«

»Gut. Also ist wenigstens das geheim geblieben. Die *Royal Duke* ist eine Admiralitätsjacht – acht Kanonen ... ach, egal. Sie trägt einen noblen Namen, womöglich noch nobler als *Inconceivable* oder *Insupportable* oder auch *Alert*. Aber ja, ich kenne Ihre geheime Geisterflottille. Der junge Gladden, der Felicia, meinem armen Dickerchen, hinterherrennt wie ein Rüde einer läufigen Hündin, hat mir davon erzählt. Andere übrigens auch. Oglethorpe und sein Kommando unterstehen – oder besser, unterstanden – Admiral Abercrombie.«

Zumindest den kannte Hoare: Sir Hugh Abercrombie, Ritter des Bath-Ordens, Vizeadmiral der Weißen. Sir Hugh kommandierte keine aktiven Einheiten; Hoare wusste nicht, welche Rolle er in der Marine spielte, meinte sich jedoch zu erinnern, dass er ein Amt in der Admiralität bekleidete. Sir George schien jedenfalls nicht bereit, ihn ins Bild zu setzen.

»Im Augenblick brauchen Sie über Admiral Abercrombie, Kapitän Oglethorpe oder über die *Royal Duke* nicht mehr zu wissen. Zur gegebenen Zeit werden Sie vielleicht Gelegenheit bekommen, sie kennen zu lernen – bis auf den armen Oglethorpe natürlich. Vorläufig ist nur wichtig, dass Oglethorpes Talente uns in einem entscheidenden Moment nicht zur Verfügung stehen. Nun kann ich zwar kaum erwarten, dass Sie in Ihrem zarten Alter in die Fußstapfen des armen Oglethorpe treten können, aber Sie haben schon ähnliche Talente bewiesen.«

»Sir?« Hoare hatte keine Ahnung, worauf der Admiral hinauswollte, und seine Ahnungslosigkeit musste ihm ins Gesicht geschrieben stehen.

»Ich spreche vom Herumschnüffeln, Mr. Hoare: schnüffeln, heimlich spionieren, herumstöbern wie ein verdammter

Bluthund mit heraushängender Zunge. Nachrichtendienstliche Erkenntnisse sammeln und horten wie ein Eichhörnchen seine Nüsse. Sie haben diesen Kingsley ausgegraben wie ein Schwein, das nach Trüffeln wühlt. Und davor war ja bekanntlich die Sache mit der *Amazon*.«

Wenn es nach ihm ginge, dachte Hoare, konnte Sir George ihn alles nennen, ein Eichhörnchen, ein Trüffelschwein, auch einen hinkenden Bluthund, was das anging, und zwar sooft, wie er wollte, solange die Beleidigungen mit etwas wie Lob Hand in Hand gingen. War dies der bärbeißige Admiral, den er kennen und fürchten gelernt hatte?

»Ich will, dass Sie die Ursache dieser Explosionen herausfinden, Mr. Hoare. Und zwar unverzüglich«, sagte der Admiral. »Ich erteile Ihnen hiermit den Befehl dazu. – Patterson!«, bellte er. »Mit Schreibzeug zu mir! – So, Patterson, und jetzt schreiben Sie das auf. Bringen Sie's in die richtige Form und bereiten Sie eine Reinschrift vor, die ich unterschreiben kann. Das Original kommt ins Logbuch und dann zu den Akten.«

»Bis auf Weiteres, Mr. Hoare«, fuhr Sir George fort, »haben Sie Ihre Aufmerksamkeit voll und ganz auf die Ermittlung und Beseitigung der Ursache dieser Verluste zu richten. Zu diesem Zweck sind Sie befugt, von den Behörden in Portsmouth angemessene Geldmittel zu beziehen sowie Personal und Material, soweit verfügbar, zu requirieren. Jeden Angehörigen der Königlichen Marine, der es verabsäumt, Ihnen die erforderliche Unterstützung zu gewähren, dürfen Sie an mich verweisen. Patterson, sorgen Sie dafür, dass Hoare auch eine allgemeine Reisevollmacht sowie alle nötigen Formulare bekommt. Das wäre alles. Warten Sie draußen, bis Patterson mit seinem Gekritzel fertig ist.«

Die Befehle, die Patterson ihm schließlich aushändigte, bestimmten weder das »angemessen« noch das »verfügbar«

näher, aber Hoare war nicht danach, um Kleinigkeiten zu feilschen. Schon sein Pflichtgefühl hätte ihn bereitwillig und unverzüglich an die Arbeit gehen lassen; Neugier hätte ihn zusätzlich zur Eile gedrängt: Admiral Hardcastles Worte waren wie Sporen für ein bereits williges Pferd. Wenn Hoare wollte, konnte er sie so verstehen, dass der Admiral bereit wäre, ihm nach Ablauf einer nicht näher bestimmten Dienstzeit – sofern er, wie Herakles, genug Ställe ausgemistet und genug Ungeheuer getötet hatte – möglicherweise ein Bordkommando zu verschaffen. In seiner Lage wollte Hoare sie in der Tat so verstehen. Außerdem wollte er, dass jemand für die zerschundenen und zerschlagenen Männer bezahlte, die er am Morgen aus dem Meer gefischt hatte.

Als er das Stabsgebäude des Admirals verließ, stand ihm der Sinn nicht weniger nach Rache als Sir George Hardcastle.

Kapitel IX

Wie Hoare wusste, waren einige seiner Offizierskollegen auf dem Rücken der Pferde ebenso glücklich wie auf dem Achterdeck eines Schiffes; er dagegen verabscheute Pferde. Anders als manche, die behaupteten, die Edlen Rösser des Feldes und die Weißschwingigen Wogen des Meeres hätten etwas gemein, fand er die Biester ungesittet, ungehorsam, unberechenbar und allzeit bereit, wo immer es ihnen beliebte zu scheißen und zu furzen und ihre hässlichen Haufen zu hinterlassen, in die man dann voll hineintrat. Doch hatte sein Vater zumindest dafür gesorgt, dass er die dämlichen Kreaturen, wenn auch nicht liebte, so doch beherrschen konnte, ohne sich vollends zum Narren zu machen.

Und da war er nun, an Bord eines durchaus annehmbaren kleinen Braunen, und trottete gemütlich durch den leichten Nebel auf Wells zu, gerade wie ein einfältiger Landjunker auf dem Weg zum frühmorgendlichen Sonntagsgottesdienst. Er hatte das Tier gemietet, statt den *Racer* zu nehmen, die reguläre Postkutsche von Portsmouth nach Bath, und von dort aus nach Wells weiterzureisen, weil ihm danach war, seine Geschwindigkeit selbst zu bestimmen, statt in einem voll gestopften, schwankenden Kasten einem betrunkenen, geldgierigen Kutscher ausgeliefert zu sein. Wie widerspenstig das Pferdchen auch sein mochte – er, Bartholomew Hoare, saß im Sattel und gab die Befehle. Nun musste er dem kleinen

Braunen nur noch klar machen, dass Meuterei üble Folgen haben würde.

Das Tier nibbelte an einem Stein. Hoare zog am Zügel und zwang seinen Kopf hoch, so als helfe er der *Alert* durch eine Bö im Solent vor Cowes. Der kleine Erfolg ließ ihn selbstzufrieden lächeln: Zum ersten Mal war er Kapitän Joel Hoare dankbar dafür, dass er ihn Morgen für Morgen auf die Biester gezwungen hatte, nur um von ihren Rahen zu purzeln.

Das Pferd stapfte durch eine Pfütze, blieb auf einmal darüber stehen und pisste ohne Ende. Genau dieses Verhalten war es, was Hoare so ärgerte; kein Schiff würde auch nur daran denken, von sich aus mitten in der Fahrt beizudrehen.

Das Wasserlassen des Pferdes brachte Hoares Blase auf eine Idee. Er stieg ab und hielt die Zügel des Braunen, derweil er seinen eigenen, viel dünneren Strahl beisteuerte.

Erneut begann es zu regnen. Er zog ein Schutztuch aus geöltem Kattun über seinen zweitbesten Hut, stieg auf und setzte das Tier wieder in Trab. Nicht zum ersten Mal auf dieser Reise nach Wells fragte er sich, was er hier tat. Wenn er bedachte, warum er überhaupt aufgebrochen war, dann deshalb, weil er hoffte – selbstverständlich inbrünstig und fromm –, dass der Katechismus, dem er den künftigen Pastor, Reverend Arthur Gladden, zu unterziehen gedachte, Früchte tragen würde. Schließlich und endlich kostete ihn die Reise nach Wells und zurück vier volle Tage der Zeit, die ihm zur Verfügung stand. Zum Ausgleich würde er zwangsläufig auf ebenso viele Tage der Entspannung verzichten müssen, die er sonst zu See auf der *Alert* verbracht hätte.

Es dämmerte schon, als Hoare durch den Nebel in Wells einritt. Die ersten dickeren Tropfen fielen auf die Vorhand des Pferdes und auf seinen Hut. Ein paar Passanten, die er fragte, wiesen ihm den Weg zum *Mitre Inn*, den sein Wirt in Portsmouth, Hackins, empfohlen hatte. Hoare wies den Stalljungen an, sein Pferd gut zu versorgen und alles für die Rückreise am nächsten Tag vorzubereiten. Genauere Befehle gab er nicht, noch bot er an, sich selbst um das Tier zu kümmern, wie das Hoare Senior zufolge jeder anständige Reitersmann zu tun hatte: Es war nicht sein Pferd, nur ein Mietgaul, und der Stalljunge würde viel besser wissen, was für Futter und Pflege das Tier brauchte.

Hoare musste am nächsten Morgen niemandem nach dem Weg zur Kathedrale von Wells zu fragen, denn ihr Turm ragte hoch über die Häuser des alten Städtchens hinaus, wie ein Dreidecker über eine Flottille von Schaluppen. Außerdem schlugen ihre großen Glocken sanft die Stunde, viel zu früh am Tag, wie Hoare fand. Er hatte Glück, dass der Küster und Wächter an der Tür zum Kirchhof der Kathedrale Arthur Gladden kannte und dass er den früheren Leutnant selber erblickte, wie er durch den Kreuzgang, der ihn vor dem Regen schützte, nachdenklich auf ihn zuschritt, den Kopf über ein kleines schwarzes Buch gebeugt und alles um sich vergessend. Der – Vikar? Ordinand? – trug schon die Uniform seines neuen Dienstherren. In seinem Talar schien er sich wohler zu fühlen als im Marinerock – er wirkte eher heilig als gehetzt, fand Hoare. Und gewiss waren die Kniehosen unter dem Talar auch nicht besudelt.

Gladden sah auf, da er den Weg versperrt fand, blinzelte und lächelte dann, als er Hoare erkannte. Er fasste seine Hand mit dem weichen Griff eines Geistlichen.

»Mr. Hoare! Ich hatte kaum zu hoffen gewagt, dass Sie sich Ihren Pflichten in Portsmouth entziehen könnten, aber ich habe gebetet, Sie mögen kommen, und siehe da, meine Gebete wurden erhört!«

Hoare hätte nie erwartet, jemanden tatsächlich einmal »siehe da« sagen zu hören. Welche Herde dieser Hirte demnächst auch leiten würde – Hoare hoffte für die Schafe, Gladden möge nach seiner Weihe weniger frömmeln.

»Um die Wahrheit zu sagen, Gladden, bin ich nur hier, um Ihnen ein, zwei Fragen zu stellen, wenn Sie nichts dagegen haben.«

»Fragen Sie nur, Mr. Hoare, fragen Sie, was Sie wollen. Schließlich verdanke ich Ihnen mein Leben. Kommen Sie, setzen Sie sich hier auf die Bank an meiner Seite!«

Hoare tat, wie ihm geheißen. »Ich fürchte, zuerst habe ich eine schlechte Nachricht für Sie. Haben Sie gehört, dass die *Vantage* vor ein paar Tagen in die Luft geflogen und gesunken ist? Dass sie bis auf vierundzwanzig Mann alle an Bord mit hinabgerissen hat?«

»O mein Gott!« Gladden erbleichte; selbst seine Lippen wurden weiß. »Nur zwei Dutzend wurden gerettet? Wer? Wie das?«

»Aus irgendeinem Grunde ist sie explodiert, eine halbe Stunde nach Segelsetzen. Von meinem Boot aus hab ich alles mit angesehen.«

Gladden senkte den Kopf – zum Gebet, wie Hoare in Anbetracht seines Berufes vermutete. Erstaunt sah er zwei Tränen auf den Talar tropfen, wo sie einen Augenblick lang in der Sonne glitzerten, bevor sie in das fein gesponnene schwarze Wolltuch sickerten.

Endlich hob Gladden den Blick. Er holte ein Taschentuch aus der Tasche seines Talars und schneuzte sich lautstark.

»Pardon, Sir«, sagte er. »Wenn es hart kommt, bin ich seit jeher nahe am Wasser gebaut. Außerdem kann ich zwar nicht behaupten, ich hätte unter den anderen Vantages Busenfreunde gefunden, doch waren sie trotzdem meine Bordkameraden und Christenmenschen wie ich. Mr. Wallace von der Marineinfanterie?«

»Tot.«

»Mr. McHale? Mr. Courtney? Hopkin? Der kleine Prickett?«

»Tot ... Allesamt tot.«

»Nach Mr. Kingsley frage ich nicht – ich hatte gehört, dass er gefasst wurde und tot ist. Möge Gott seiner Seele gnädig sein.« Hoare sah, wie Gladden sich schüttelte wie ein nasser Hund. »Aber Sie wollten mir Fragen stellen, Mr. Hoare?«

»Ja, und zwar zu eben diesem Kingsley. Sie sind der einzige Überlebende aus der Achterwache der *Vantage*, und nur Sie können mir einen Eindruck von ihm geben.«

»Was wollen Sie wissen?«

»Alles, was Ihnen in den Sinn kommt.«

»Es fällt mir nicht leicht, von ihm zu sprechen, Mr. Hoare«, sagte Gladden. »*De mortuis nihil nisi bonum*, wissen Sie. Ich kannte ihn schon, bevor wir beide auf die Fregatte abkommandiert wurden. Er hatte die nötige Erfahrung, um einen guten Offizier abzugeben, denke ich, doch widmete er sich seinen dienstlichen Pflichten viel zu wenig. Wie er es anstellte, dass ihm der Kommandant so oft Landgang gewährte, hab ich nie verstanden. Schließlich wurde das Schiff gerade ausgerüstet und seeklar gemacht. Ob Mrs. Hay ihren Mann überredet hat? Wie Sie sicher wissen, war er nämlich ein unersättlicher Schürzenjäger und Frauenheld.

Aber er hat sich um die Kapitänleutnants und Kapitäne der Schiffe vor Spithead nicht weniger bemüht als um ihre Liebsten und Gattinnen, fast so, als habe er sich selbst zum Botschafter des guten Willens ernannt, um die Neuankömmlinge im Namen des Admirals zu begrüßen – wenn ein Schiff Seiner Majestät sein Erkennungssignal gesetzt hatte, segelte binnen Stunden Mr. Kingsley in seiner gemieteten Schaluppe hinaus und brachte Geschenke. Warum nur, hab ich mich oft gefragt. Vielleicht ... Er verfügte kaum über Beziehungen, so viel steht fest, und er wusste, was dieses Manko für seine Karriere bedeuten konnte. Manche in unserer Offiziersmesse verachteten seine liebedienernde Art, sein Stiefellecken bei jedem Vollkapitän, dessen er habhaft werden konnte. Privat war er wollüstig, in der Öffentlichkeit zügellos; er katzbuckelte in Gesellschaft, doch seine Untergebenen trat er ... Möge Gott mir vergeben, aber ich mochte ihn nicht. – Mehr kann ich Ihnen nicht sagen, Mr. Hoare. Die Fregatte war gerade in Dienst gestellt worden, ihre Offiziere kannten sich zumeist noch gar nicht. Kingsley war einer sündhaften Selbsttäuschung verfallen. Mehr kann ich nicht sagen.«

»Wussten Sie von Mrs. Hays Liaison mit Kingsley?«

Der künftige Pastor spitzte die Lippen. »Genau wusste ich's nicht, doch muss ich zugeben, dass ihr beider Verhalten so etwas vermuten ließ. Tatsächlich hatte ich ... aber nein, das sicher nicht.«

»Was denn?«, drängte ihn Hoare.

»Ich hatte mich schon gefragt, ob Kapitän Hay Bescheid wusste. – Tut mir Leid, wenn Sie für meine winzigen Brosamen Wissenswertes so weit reisen mussten, aber ich hoffe, das bedeutet auch, dass Sie den morgigen Gottesdienst besuchen? Nach der Zeremonie wird es einen kleinen Empfang geben.« Beinah schüchtern blickte er zu Hoare auf.

»Mit dem größten Vergnügen, Sir«, flüsterte Hoare. Gladdens kühle und doch verständnisvolle Analyse des Charakters seines verstorbenen Bordkameraden könnte bedeuten, dachte Hoare, dass er letztlich doch das Zeug zum Pastor hatte.

Die Ordinationszeremonie war neu für Hoare, der kaum zur Kirche ging. Er verfolgte sie voller Interesse. In den Worten des seligen Mr. Kingsley, so dachte er, wäre der Bischof vielleicht der Hauptdarsteller gewesen, doch wurde er von einem Chor und nicht weniger als vier weiteren Geistlichen unterstützt. Als alle Fünf die Hände auf Mr. Gladdens gesenktes Haupt legten, dann auf die Köpfe der beiden anderen Ordinanden, musste sich Hoare ein Lächeln verkneifen: Auf Gladdens Kopf ging es zu wie auf dem Kanonendeck eines Vierundachtzigers während der ersten Nacht im Hafen, wenn die Frauen der Seeleute das Schiff geentert hatten. Zumindest waren diesmal keine Frauen beteiligt, und so fehlte auch das rhythmische Keuchen und die spitzen Schreie der Männer und ihrer Gäste in den doppelt bestückten Hängematten.

Hoare hatte sich ein bescheidenes Plätzchen im hinteren Teil der Kathedrale gesucht, dort wo ihr eigentümlicher Gewölbebogen ihn von dem Geschehen am Altar abschottete, sodass die Gebete, Psalmen, Kirchenlieder und alles, was sonst noch da vorne geschah, nur schwach an sein Ohr drangen. Aber er hatte reichlich Gelegenheit, die ganze fromme Mannschaft in Augenschein zu nehmen, als sie in doppelter Reihe an ihm vorbeimarschierte und dabei zu dem tiefen Dröhnen der Orgel den gemessenen Auszugschoral sang. Hoare traten die Tränen in die Augen. Orgelmusik und Chorgesang mit oberstimmigem Sopran rührten ihn immer zu Tränen. Vielleicht ging er deshalb nicht mehr zur Kirche.

Es schien ihm, als liege auf dem Gesicht des frisch geweihten Reverend Arthur Gladden eine ganz eigene Entrückung, wie es dort über einem brandneuen, bestickten, über seine Schultern drapierten Seidenschal strahlte. Wie hieß das Ding noch gleich? Ein Alb? Eine Stele? Das Wort wollte Hoare beim besten Willen nicht einfallen. Nur eines wusste er:

Wenn es um Pomp und Prunk ging, konnte selbst die Marine noch viel von der anglikanischen Kirche lernen. Allerdings hatte sie damit, wie er sich sagte, auch schon einige Jahre mehr Erfahrung als die Königliche Marine.

In diesem Sinne äußerte er sich auch zu dem früheren Dritten Offizier der *Vantage*, als er auf dem Hof vor der Kathedrale an die Reihe kam, ihn zu beglückwünschen. Gladden lächelte nichts sagend und wandte sich an das ältere Ehepaar neben ihm.

»Papa? Mama? Darf ich euch meinen Erlöser vorstellen?«

Lady Gladden machte große Augen. Hatte ihr Sohn wirklich gerade »Erlöser« gesagt?

»Ich meine natürlich meinen Retter, Mr. Bartholomew Hoare, der unseren Namen vor Schande und mich vor dem Tode bewahrt hat.«

Hoare machte seinen Diener und beugte sich über Lady Gladdens dargebotene Hand. »Ein Verlust für die Marine, doch gewiss ein Gewinn für die Kirche«, flüsterte er. An dem zuckersüßen Lächeln, das sie ihm schenkte, wäre selbst eine Honigbiene erstickt.

Sir Ralph Gladden war ein wohlhabender Müßiggänger, ein Kapitän auf Halbsold, der bequem an Land saß und darauf wartete, die Leiter zum Admiral der Gelben hinaufzurutschen. Er war ein strammer, stattlicher Vertreter seines Standes, ein preisgekröntes Vollblut von einem Landedelmann, weizenblond wie seine Söhne. Sir Ralph nahm Hoares Rechte in beide Hände und drückte sie kräftig. Dann räusperte er sich, als sei er verlegen. »Darf ich Ihnen meine Tochter vorstellen? Anne – Mr. Bartholomew Hoare von der Königlichen Marine.«

Hinterher war Hoare seinen Göttern – wer sie auch waren – auf ewig dankbar, dass er sich nicht suchend nach der jungen Dame umgesehen hatte. Die Kränkung hätte er sich niemals verziehen. Zum Glück aber sah er stattdessen hinab, in ein Gesicht, aus dem unter einer Haube grünblaue Augen amüsiert seinen Blick erwiderten. Das junge Persönchen hätte noch in Mädchenhosen gehört; sicherlich war sie zu jung für eine Debütantin – aber nein: Die kleine Gestalt in dem blassblauen Glanztaftkleid besaß Brüste. Eine wohlgeformte junge Frau, kein Kind mehr. Doch sie war winzig.

Hoare beugte sich über die hochgestreckte, behandschuhte Hand. »*Enchanté*, Miss Gladden.«

»Meine Brüder haben mir beide erzählt, welchen Dienst Sie den Gladdens erwiesen haben, Sir«, sagte sie. »An diesem Tag sind wir nicht nur stolz auf Arthur, sondern auch voller Dank für Sie.«

Sir Ralph übernahm den Stab von seiner Tochter und fuhr mit den Danksagungen fort. Sie wollten gar kein Ende nehmen. Schon möglich, dass sie von Herzen kamen, doch Hoare wurden sie zu viel: Sobald der Junker Luft holen musste, entschuldigte er sich und ging.

Endlich frei, hatte Hoare gerade den Schinken und das Sillabub gefunden, als eine männliche Stimme leise an sein Ohr drang:

»So so, Sir, unser neu bekehrter Pastor glaubt also, ein *Whore* sei sein Erlöser? Oder – ketzerischste aller Ketzereien – sein Erlöser sei eine Hure? Ich konnte nicht verhindern mit anzuhören, was der Held unseres jüngsten kleinen Christspiels sagte.«

Es war der Bekannte der Graves aus Weymouth, Mr. Edward Morrow, so dunkel und sardonisch wie eh und je.

»Verzeihen Sie meine unfeine Bemerkung, Mr. Hoare, wie auch das höchst unziemliche Wortspiel mit Ihrem Namen«, fuhr Morrow fort. »Ich habe doppelt Schuld auf mich geladen und muss eine der ehrwürdigen Damen aus Bath bitten, mir die Beichte abzunehmen. Aber ich war so erfreut, Sie hier zu sehen, dass ich meine Zunge nicht im Zaum hatte. Würden *Sie* mir stattdessen die Absolution erteilen, Sir?«

Die Worte des Kanadiers begleitete ein seltsam gezwungenes Lächeln, wodurch der Mann noch geheimnisvoller wirkte.

Hinter Mr. Morrow sah Hoare Dr. Graves in seinem Rollstuhl sitzen, tief im Gespräch mit seiner Frau und der leicht zu vergessenden Miss Austen. Als der Leutnant Mrs. Graves erblickte, tat sein Herz einen unerklärlichen Sprung.

»Sie hier, Mr. Hoare? Das freut mich!«, grüßte ihn Dr. Graves. »Was hat Sie ausgerechnet nach Wells verschlagen?«

Hoare erklärte, er sei einer Einladung der Gladdens gefolgt. »Und Sie?«, wollte er wissen.

»Ich bin aus zwei Gründen hier«, hob der Doktor an. »Erstens waren wir sowieso zu Besuch in der Gegend, wenn auch in Bath, nicht in Wells. Miss Austen war so freundlich, unsere frühere Einladung an sie zu erwidern. Wir sind seit mehr als einem Jahr nicht mehr in Bath gewesen, und in Weymouth wurde es uns allmählich ein bisschen langweilig. Zweitens ist mir zu Ohren gekommen, dass ein Dr. Ellison hier einige Erfolge bei der Behandlung von Lähmungen wie der meinen erzielt hat, und ich wollte ihn zu Rate ziehen. Allerdings ist meine untere Körperhälfte anscheinend zu stark atrophiert, als dass seine Kur bei mir anschlagen könnte.«

»Außerdem war Mr. Morrow so freundlich, uns seine Kutsche anzubieten«, warf Eleanor ein. »Sie ist bequemer als unsere Kalesche. Als er sich überdies erbot, uns zu fahren, wie konnten wir da noch ablehnen?«

»Und da wären wir, Sir«, sagte Morrow.

Hoare begleitete seine Bekannten zu Mr. Morrows Kutsche. Miss Austen nahm seinen Arm. Unterwegs erklärte die Dame, sie habe den Doktor nebst Gattin am Morgen zu der Zeremonie geschleift, um kostenfrei und bequem zur Kathedrale fahren zu können. Lady Caroline Gladden war, wie sie sagte, eine Jugendfreundin ihrer seligen Mutter gewesen, und man hatte einst daran gedacht, Miss Austen mit Peter Gladden zu verkuppeln.

Hoare tat nur so, als höre er zu, denn eigentlich versuchte er, die drei vor ihm zu belauschen. Ihre Unterhaltung verwirrte ihn. Es klang so, als dränge Morrow den Doktor, etwas Bestimmtes zu tun, denn Hoare hörte den Doktor ziemlich gereizt sagen: »Nein, nein, Morrow. Ich kann nicht, genau wie beim letzten Mal, als Sie mir deswegen zugesetzt haben. So etwas kann ich nach wie vor nicht tun. Ich bitte Sie, Sir, seien Sie so gut und sprechen Sie nie wieder davon.«

Da Mrs. Graves' Dienstmädchen Agnes nicht mitgekommen war, half Hoare Morrow dabei, den Doktor in die Kutsche des Kanadiers zu hieven und den Rollstuhl außenbords zu verzurren. Mit dem Hut in der Hand schaute er seinen vier Bekannten hinterher, als sie nach Bath davonrollten. Der Stuhl hing hinten an der Karosse wie eine Jolle am Heckspiegel einer Brigg. Er holte sein Pferd und die Satteltaschen aus dem *Mitre* und machte sich auf den Rückweg nach Portsmouth. Mit Eleanor Graves hatte er kaum ein Wort gewechselt.

Während das Pferdchen geruhsam dahintrabte, schalt Hoare sich dafür, dass er überhaupt nach Wells geritten war. Die Reise hatte ihn vier Tage gekostet, und erfahren hatte er nur, dass Kingsley wie eine Pferdebremse gewesen war, immer auf der Suche nach einem Fleck, wo er landen und zubeißen konnte. Bei Frauen hatte er nach ihren Körpern gegiert, bei

Männern nach Einfluss und Beziehungen. Andauernd hatte er Geschenke verteilt, immer in der Hoffnung, eines der beiden Ziele zu erreichen.

Gewiss kein Mann, den man gern haben musste, aber trotzdem: Was hatte Kingsley getan, dass man ihn hinterrücks in den Kopf schoss, wenn er doch bereits so gut wie verurteilt war, von der Rah zu baumeln? Admiral Hardcastle hatte sich laut gefragt, welch wichtiges Geheimnis dieser lüsterne, liederliche Leutnant wohl gehütet haben mochte, dass jemand glaubte, ihn zum Schweigen bringen zu müssen. Bislang war Hoare einer Antwort keinen Schritt näher gekommen.

Seine Gedanken wanden und krümmten sich hin und her wie ein Haufen ineinander verschlungener Regenwürmer, doch sie führten zu nichts. Er zwang sie in eine andere Richtung, zu einem Problem, das zwar faszinierend war, mit dessen Lösung er jedoch offiziell gar nicht befasst war: dem Rätsel um Mrs. Graves und jene zwei geheimnisvollen Angreifern. In Wells hatte sie ihr Abenteuer wie auch den Tod eines der beiden Männer von ihrer Hand, der sie damals so sichtlich erschüttert hatte, mit keinem Wort erwähnt.

Morrow hatte eine merkwürdige kleine Gesellschaft nach Bath und weiter nach Wells gebracht. Merkwürdig war nicht zuletzt Morrow selber mit seiner Art, sich bei Mrs. Graves einzuschmeicheln, und der fast schon bösartigen Weise, wie er Hoare angegangen war. Womit hatte Morrow Dr. Graves so hartnäckig bedrängt, dass der Doktor ihn derart brüskieren musste?

Hoare, rastlos wie er war und unzufrieden mit sich selbst, beschloss, in Warminster, rund achtzehn Meilen weiter, einen Bissen zu essen, dort das Pferd zu wechseln und in der Nacht noch nach Portsmouth weiterzureiten.

Der neue Gaul war ein Fuchs, kein Brauner. Sein heimatlicher Stall musste in Winchester, wenn nicht in Portsmouth stehen, denn er hatte gar nichts dagegen, dass sein Schlaf gestört wurde. Wie er so vor sich hin trabte, griff Hoare die Fäden seiner früheren Gedankenspinnereien wieder auf. Er fühlte sich wie ein Webermeister, der versucht, die missglückte Arbeit eines Lehrlings aufzudröseln. Irgendwo in diesem Fall musste ein roter Faden zu finden sein – oder ein wiederholt auftretender Knoten.

Der Mord an Kapitän Hay ... Der Mord an Kingsley ... Er nickte ein, döste vor sich hin und träumte: von Mrs. Graves, von dem kleinen Ankerfass. Abwechselnd wach und halb schlafend, so wie er es sich während der langen, ereignislosen Nachtwachen auf See beigebracht hatte, ließ er sich vom Fuchs heimwärts tragen.

Vier Tage später kam Hoare des Morgens in das Marketenderamt und fand einen Brief auf seinem wackeligen Schreibtisch vor. Die Handschrift war ihm von jenem Abend vertraut, den er in Weymouth mit Dr. Graves und seiner Gattin verbracht hatte. Er spürte, wie sein Herz höher schlug. Was war nur los mit ihm?

Mein lieber Mr. Hoare [las er]:
Auch wenn es Sie als Marineoffizier kaum betrifft, bin ich so frei, Ihnen mitzuteilen, dass mein Mann in der vorletzten Nacht gestorben ist. Da man mir gesagt hat, Sie seien unter anderem ein fähiger Ermittler, lasse ich Sie das wissen und bitte Sie als meinen Freund, mir zu helfen, den oder die Mörder der gerechten Strafe zuzuführen.

Nachfolgend kurz die Tatsachen, so wie sie mir be-

kannt sind: Am Dienstagabend war ich zu Bett gegangen. Dr. Graves wollte noch seine Korrespondenz erledigen. Ein Knall draußen auf der Straße weckte mich; kurz darauf hörte ich von unten ein Krachen. Ich nahm die Kerze zur Hand, die stets auf meinem Nachttisch stand – für den Fall, dass mein Mann Hilfe brauchte –, und ging hinunter ins Erdgeschoss.

Ich fand meinen Gatten in seinem Arbeitszimmer vor, das zugleich seine Werkstatt ist. Er war in seinem Stuhl nach vorne gekippt. Sein Kopf war auf die Tischplatte vor ihm geschlagen, wodurch er sich eine Platzwunde an der Stirn zugezogen hatte. Er war tot, jedoch nicht durch den Schlag, sondern durch eine Kugel, die von hinten durch die Stuhllehne in seinen Rücken gedrungen war.

Ich habe unseren Diener, so schnell er laufen konnte, mit der Meldung von Simons Tod zu Sir Thomas Frobisher geschickt. Dieser traf binnen einer Stunde ein, kurz darauf folgte Mr. Morrow.

Beide Herren sind Friedensrichter; deshalb werden sie natürlich versuchen, den Mörder meines Mannes zu finden. Dennoch bin ich nicht sonderlich zuversichtlich, dass es ihnen nicht an Zeit oder Neigung mangeln wird, die Ermittlungen mit dem vollen Einsatz voranzutreiben, die sie zweifellos verlangen. Offen gesagt, hege ich nämlich den Verdacht, dass einer der beiden Herren – wer, weiß ich nicht – in der Angelegenheit nicht ganz uneigennützig handeln könnte.

Als mein Mann starb, saß er augenscheinlich über einem kleinen Schriftstück, das ich selbst unter seiner Hand liegen sah, aber nicht entziffern konnte. Jetzt ist es nicht mehr zu finden. Weder Sir Thomas noch Mr.

Morrow können sich an ein solches Papier erinnern; ja, Sir Thomas deutete sogar an, womöglich sei ich so tief erschrocken, als ich meinen Mann tot auffand, dass ich einer Wahnvorstellung erlegen sei.

Ich kenne mich, Mr. Hoare, und ich weiß, was ich gesehen habe.

Mr. Graves war ein gütiger, sanfter und hoch begabter Mann. Ich will seinen Mörder vor Gericht sehen, und ich werde nicht aufgeben. Daher wäre ich Ihnen überaus dankbar, wenn Sie mir ein weiteres Mal zu Hilfe kommen könnten – Ihrer trauernden guten Freundin und ergebensten Dienerin,

Eleanor Graves

Kapitel X

Hoare musste sich eingestehen, dass die Zündvorrichtungen und Sprengkapseln, die auf den Schiffen der Königlichen Flotte die Explosionen ausgelöst hatten, wahrscheinlich in Portsmouth an Bord gebracht worden waren. Aber er sagte sich, was er zuvor auch zum Admiral gesagt hatte: dass es Mrs. Graves möglicherweise doch noch gelingen könnte, die Botschaft zu entschlüsseln, an der Mr. Watt verzweifelt war. Sie hatte ein »kleines Schriftstück, das ich nicht entziffern konnte« auf dem Schreibtisch ihres Mannes liegen sehen, und nun war es verschwunden. Außerdem hatte er nicht vergessen, dass der geheimnisvolle Anker – das Fässchen, das zu dem Törn nach Lyme Regis geführt hatte – vor Portland Bill an Land gespült worden war. Der alte Dee hatte ihm das gesagt. Insofern konnte seine Entscheidung, den Bug der *Unimaginable* wieder einmal westwärts nach Weymouth zu richten, nur mittelbar mit dem Hilfsersuchen der Witwe zusammenhängen.

Er hatte das Haus des verstorbenen Doktors noch nie bei Tageslicht gesehen. Im hochsommerlichen Sonnenschein stand es vor ihm, ein anmutiger Backsteinbau, passend zu dem erfolgreichen Arzt, dem es gehört hatte. Die Haustür wie auch die Fenster im Erdgeschoss waren schwarz und purpurrot verhängt, ebenso Agnes, das Trauer tragende Dienstmädchen. Sie führte Hoare in den Salon, wo Dr. Graves sein Hörgerät vorgeführt hatte; wo er Hoare erst Hoffnung gemacht hatte, seine Stimme wiederzuerlangen, um sie ihm dann wieder zu nehmen. Mrs. Graves saß auf ihrem Kissen und erwartete ihn schon. An diesem Morgen sah sie in ihren glänzend schwarzen Trauerkleidern nicht wie ein Rebhuhn aus, sondern eher wie eine Krähe oder ein kleiner Rabe. Sie blickte noch grimmiger und gnadenloser drein als Sir George Hardcastle. Diesmal schlug sein Herz nicht höher, sondern ging vor Mitleid auf.

Mrs. Graves schnitt Hoares geflüsterte Beileidsbezeugungen ab, bevor er richtig begonnen hatte. »Ich danke Ihnen, Mr. Hoare, dass Sie auf meinen Brief hin zu mir gekommen sind,« sagte sie. »Und ich werde Ihre Zeit nicht mit Höflichkeitsfloskeln verschwenden. Sagen Sie mir, Sir, wie ich bei Ihren Nachforschungen helfen kann.«

»Erzählen Sie mir bitte ganz genau, was in der Todesnacht Ihres Gatten geschehen ist.«

»Aber das habe ich doch alles bereits in meinem Brief geschrieben, Sir.«

Hoare schüttelte den Kopf. »Nein, Mrs. Graves, das ist unmöglich. Selbst ein berufsmäßiger Beobachter könnte das nicht. So haben Sie mir zum Beispiel nicht gesagt, wie spät es war, als Sie der Schuss weckte. Wie war Ihr Gatte gekleidet? Wie war sein Arbeitszimmer beleuchtet? Und so weiter und so fort.«

Er hielt inne, gönnte seiner Flüsterstimme eine kurze Erholung und fuhr fort: »Eigentlich möchte ich Sie sogar bitten, wenn das nicht zu viel für Sie ist, das Geschehen am Tatort nachzuspielen.«

»Sollten Sie mit ›zu viel sein‹ meinen, dass es schmerzliche Erinnerungen wachruft, Mr. Hoare, dann habe ich nichts dagegen. Meine Erinnerungen an meinen Mann sind nicht an einen bestimmten Ort gebunden.«

Ihr stockte der Atem, doch sie fing sich wieder und fuhr fort: »Überdies habe ich keine Angst vor Geistern, und ich bin sicher, Simons Geist, wenn es denn Geister gibt, wäre sehr sanft – zumindest zu mir. Also gehen wir so vor, wie Sie es wünschen.« Sie erhob sich von ihrem Sitzkissen und ging voraus in die Diele.

»Sollen wir in meinem Schlafzimmer anfangen?«, fragte sie über die Schulter. »Denn dort war ich natürlich, als mich der Schuss weckte. Oder reicht es aus, wenn ich am Fuß der Treppe beginne?«

Hoare fand die Vorstellung, das Boudoir der Dame zu sehen, seltsam beunruhigend. »Wir können hier beginnen«, flüsterte er.

»Gut. Sie haben mich gefragt, wie spät es an jenem Abend war. Ich kann nur schätzen – die Standuhr hier unter der Treppe muss zwar die Stunde geschlagen haben, aber ich fürchte, ich war zu verwirrt, als dass ich darauf geachtet hätte. Als Sir Thomas kam, schlug es gerade vier, also würde ich denken, es war ungefähr drei Uhr morgens.«

Hoare nickte.

»Ich glaube, ich schrieb schon in meinem Brief«, fuhr sie fort, »dass mich ein Schuss weckte, dazu ein Geräusch, als wäre unten etwas umgefallen. Wenn mein Mann im Erdgeschoss arbeitet, lasse ich stets eine Kerze brennen, damit ich im Notfall nicht lange nach dem Feuerzeug suchen muss. Ich leuchtete mir mit der Kerze den Weg die Treppe hinunter. Aus dem Arbeitszimmer meines Mannes fiel ein Lichtschein in die Diele.«

Mrs. Graves ging in das Werkstatt- und Arbeitszimmer, das am anderen Ende der Diele schräg gegenüber vom Salon lag. Hoare sah es zum ersten Mal. Ein eigenartiger Raum, halb Bibliothek, halb Laboratorium. Auf einer Seite fanden sich auf niedrigen Borden die verschiedensten Instrumente und Gefäße, die mindestens Hoare gehörig beeindruckten. Er erkannte Retorten, Messbecher und Mikroskope. In einer Ecke wartete in einem glänzenden Mahagonikasten ein prachtvolles Herschel-Teleskop auf seinen dahingeschiedenen Herrn und Meister. Bei einigen Instrumenten konnte er sich nicht einmal vorstellen, wozu sie gebraucht wurden; einige waren, so fand er, von seltsamer Schönheit. Sie glitzerten im Sonnenlicht wie ein kleiner Schatz.

Auf einem separaten Tisch unter einem hohen Nordfenster standen viele kleine, saubere Instrumente, darunter auch eines, das Hoare für eine Miniatur-Drehbank hielt. In sauberen, weißen Porzellanschälchen lagen winzige Getriebe und Zahnräder – möglicherweise Produkte dieser Maschine, die nur zu einem Uhrwerk gehören konnten. Einige auf Ständer montierte Vergrößerungsgläser waren auf dem Tisch verteilt, dessen Mitte frei geräumt war, wie um dem Experimentator genügend Platz zu schaffen.

»Hat er an diesem Tisch seine Versuche durchgeführt?«, fragte Hoare.

»Nein. Der Tisch ist erst im letzten Vierteljahr dazu gekommen«, sagte Mrs. Graves. »Mein Mann hatte sich dem Studium von Mr. Whitneys Prinzip verschrieben, insofern als es sich auf die Uhrmacherei anwenden lässt.«

»Mr. Whitneys Prinzip?«

»Ein Amerikaner namens Eli Whitney, Mr. Hoare. Ich weiß über ihn nur, was mir Simon erzählt hat. Anscheinend hat er einen Weg gefunden, Musketenschlösser in großer Stückzahl zu produzieren – irgendwie hat er es fertig gebracht, identische Komponenten herzustellen. Ich weiß noch, wie Simon erzählte, der Mann habe eine Gruppe von Büchsenmachern in Erstaunen versetzt, indem er aus mehreren

Haufen von Einzelteilen komplette Schlösser zusammensetzte. Ehrlich gesagt, mehr weiß ich auch nicht.«

Die andere, sozusagen literarische Hälfte des Raumes kam
Hoare vertrauter vor. Reihen um Reihen von Regalen voller
Bücher reichten hinauf bis zu der schlichten Decke. Die Re-
gale jedoch waren alles andere als schlicht: Da der Doktor
nicht gehen, geschweige denn die in Bibliotheken üblichen
Rollleitern ersteigen konnte, hatte er ein paar Endlosketten
eingezogen; dazwischen hingen die Bücherregale an Kardan-
ringen, die dafür sorgten, dass die Bücher stets aufrecht standen.

Offenbar hatte der Doktor diese Ketten von seinem Stuhl
aus bedienen können, sodass er das Regal wählen konnte,
das er gerade benötigte. Hoare hätte den Mechanismus gerne selbst ausprobiert, doch war dies kaum die richtige Zeit
dafür.

Zwischen den beiden Hälften des Zimmers stand eine
niedrige Schwingkoje mit schimmernden Messingstangen,
die der Doktor greifen konnte, wenn er sich aus dem Rollstuhl in sein Bett schwang oder umgekehrt; außerdem sein
Schreibtisch, auf dem nur ein Vergrößerungsglas und das üb-
liche Schreibzeug lagen. Rund drei Fuß davor stand der leere
Rollstuhl des Doktors. Spuren seines Herzblutes fanden sich
auf dem Boden zwischen Stuhl und Tisch; weiteres Blut be-
fleckte die Oberfläche des Schreibtisches.

»Ich fand Simon zusammengesunken in seinem Rollstuhl
vor«, fuhr Mrs. Graves fort. »Er war vornüber gefallen und
mit der Stirn auf den Tisch geschlagen. Blut aus einer Stirn-
wunde war auf seine Papiere getropft. Ich wusste sofort, dass
er tot war. Doch die Wunde auf seiner Stirn war nicht die Todesursache: Wie ich gedacht hatte, war es ein Schuss gewesen, der mich geweckt hatte. Jemand draußen in der Gasse

hinter dem Haus musste meinen Mann aufs Korn genommen haben, als er mit dem Rücken zum offenen Fenster an seinem Schreibtisch saß, und einen einzelnen Schuss auf ihn abgefeuert haben. Die Kugel hat die Stuhllehne durchschlagen – hier sehen Sie das Loch – und ist in seinen Rücken eingetreten. Die Wucht des Einschlags hat ihn mit dem Kopf auf den Tisch schlagen lassen. – Ich bin dann nach hinten in die Diele gerannt und habe um Hilfe geschrien, um die Diener zu wecken. Dann habe ich mich neben meinen armen Mann gehockt und seinen Kopf in meine Arme genommen.«

»Sie erwähnten eine Botschaft?« Hoare gab ihr das Stichwort.

»Sie stammte nicht von Simons Hand. Ich erinnere mich, dass die Schriftzüge sehr gleichmäßig wirkten. Daneben lag das Blatt, das Simon beschrieben hatte, als er getötet wurde, mit einem Tintenklecks, dort wo ihm die Feder aus der Hand gefallen war. Aber um die Wahrheit zu sagen, Mr. Hoare, habe ich zu der Zeit kaum wahrgenommen, was auf dem Schreibtisch lag. Ich war mit den Gedanken ganz woanders. Als die Diener kamen, habe ich unseren Tom losgeschickt, Sir Thomas und Mr. Morrow zu benachrichtigen. Die beiden trafen kurz nacheinander ein.«

»Welcher Gentleman kam zuerst?«, wollte Hoare wissen.

Mrs. Graves schüttelte den Kopf. »Ich fürchte, Sir, das weiß ich nicht mehr. Beide werden wohl das Richtige gesagt und getan haben, doch mittlerweile war ich nicht mehr ganz bei mir. Einer von ihnen – vermutlich Sir Thomas, als der dienstältere Friedensrichter – hat dann die Sache in die Hand genommen. Er muss auch dafür gesorgt haben, dass Simons Leichnam fortgetragen und anständig auf seinem Bett aufgebahrt wurde.

Zu meiner Scham muss ich gestehen, dass ich mich von da

an bis zum nächsten Morgen – das war der Mittwoch – an nichts mehr erinnere. Ich bin in meinem Bett erwacht und wusste nicht mehr, wie ich dorthin gekommen war – ja, ich hatte sogar einige Schwierigkeiten, mich an irgendetwas zu erinnern, das sich in der Nacht zuvor zugetragen hatte. Anscheinend hat Agnes, die es sicher nur gut meinte, mir einen Trank verabreicht, ohne zu wissen, dass Mr. Morrow dies bereits getan hatte.«

»Mr. Morrow? Woher hätte er denn …«

»Mr. Morrow kennt sich in der Werkstatt meines Mannes mittlerweile recht gut aus. Ich glaube, das ist *Ihre* Schuld, Mr. Hoare.«

Das wollte Hoare nicht auf sich sitzen lassen. »Ich verstehe nicht, was Sie meinen, Ma'am!«, widersprach er.

»Simon hat mir über das Projekt, an dem er mit Mr. Morrow arbeitete, kaum etwas verraten«, sagte die Witwe. »Er hat schon immer nur selten erzählt, womit er sich beschäftigte, sei es als Arzt, sei es als Naturforscher oder Handwerker – nennen Sie es, wie Sie wollen. Aber er gab mir zu verstehen, dass die beiden mit nichtmedizinischen Anwendungen des Hörgerätes experimentierten, das Mr. Morrow so faszinierte, als er und Sie vor zwei Wochen bei uns zum Dinner geladen waren.«

Die Erklärung war auch nicht schlechter als andere. Hoare war das Interesse des Amerikaners an dem Instrument nicht entgangen. Er ging zu der Frage über, die ihn gerade am meisten beschäftigte.

»Und die Botschaft? Wann haben Sie bemerkt, dass sie fehlte?«, flüsterte er.

»Als ich am Mittwochmorgen wieder zu mir kam«, erwiderte Mrs. Graves. »Ich bin dorthin zurückgekehrt, wo wir jetzt stehen, um meinen toten Gatten zu sehen. Die Diener hatten Erbarmen mit mir gehabt, denn sein Leichnam war gewaschen und ordentlich auf dem Bett aufgebahrt worden. Ich habe mich wiederum für ein Weilchen zu ihm gesetzt, ein paar letzte Erinnerungen mit ihm geteilt. Dann rief die Pflicht, und ich bin an seinen Schreibtisch gegangen, um die ersten Briefe an die Menschen zu schreiben, die davon wissen sollten – an seine Söhne natürlich, an einige entfernte Verwandte. Und da fiel mir auf, dass jenes Schriftstück, welches Sie so interessiert, vom Tisch verschwunden war. Ebenso das Blatt, das Simon gerade beschrieben hatte. Andererseits lag die Bibel noch genau an ihrem jetzigen Ort.«

»Die Bibel, Ma'am?«

»Hab ich Ihnen das nicht erzählt? Hier.« Sie nahm das vertraute schwarze Buch zur Hand und reichte es Hoare, der es durchblätterte.

»Aber das ist ja Französisch!«, rief er.

»Was die Sache noch merkwürdiger macht«, sagte sie. »Im Allgemeinen las Dr. Graves die Bibel überhaupt nicht, erst recht nicht auf Französisch. Ich fürchte, er war nicht frommer als ich. In St. Ninian's sind wir nicht gerade gut angesehen. Ehrlich gesagt, hat es mich überrascht, dass Reverend Witherspoon für ihn beten wollte. Nichtsdestotrotz war mein Mann genauso bibelfest wie ein Bischof, und er spricht – er sprach – genauso gut Französisch, wie Sie oder ich Englisch sprechen.

Wie dem auch sei, jedenfalls schien es mir wichtig zu wissen, was Simon in den letzten Minuten vor seinem Tode beschäftigt hatte. Also habe ich bei der Beerdigung die Gelegenheit genutzt, Mr. Morrow und Sir Thomas zu fragen, ob sie etwas über die Schriftstücke wüssten. Keiner der beiden Herren konnte mir weiterhelfen, und Sir Thomas deutete sogar an, sie seien nur meiner Vorstellung entsprungen. Er erinnerte mich ganz behutsam daran, dass mein Geist bereits verwirrt gewesen und dass ich deshalb ohnmächtig geworden sei. Mr. Morrow – die beiden Herren waren gemeinsam dort – teilte diese Vermutung. Mr. Hoare, ich bin nicht ohnmächtig geworden. Ich werde niemals ohnmächtig. Ich wurde betäubt.«

»Betäubt, Ma'am?«

»Jawohl. Wie ich vorhin sagte, hatte Mr. Morrow mir bereits einen beruhigenden Trank verabreicht, den er in den Regalen meines Mannes gefunden hatte, und meine wohlmeinende Agnes tat es ihm nach. Ich – bin – nicht – ohnmächtig – geworden!«

»Verstehe, Ma'am.« Hoare gab sich Mühe, sein tonloses Flüstern so besänftigend wie möglich klingen zu lassen.

Zu seiner Überraschung lächelte Mrs. Graves. Zum ersten Mal seit jenem ersten Abend, hier in diesem Haus, als sie ihre Schreibkünste vorgeführt hatte, sah er ihre Grübchen wieder.

Sie musterte ihn fragend. »Hat Ihnen schon mal jemand gesagt, Mr. Hoare, dass Sie ein Vermögen auf der Bühne machen könnten? Ihre Mimik, ja die Gestik Ihres gesamten Körpers, zeichnen ein erstaunlich klares Bild von Ihrem Geisteszustand. Vielleicht ist das eine unauffällige Methode, anderen das mitzuteilen, was ein Flüstern wie das Ihre nicht mitteilen kann … gewissermaßen als Ausgleich, verstehen Sie?«

Hoare sagte nichts.

»Verzeihen Sie mir, Sir«, fuhr sie fort. »Ich verliere allmählich die Geduld mit Männern, die annehmen, dass ich ›bloß‹ eine Frau sei … nicht nur körperlich schwach, sondern auch geistig. Ich bin keines von beiden. – Um auf die Botschaft zurückzukommen: Auch wenn Sir Thomas und Mr. Morrow das Gegenteil behaupten, lässt sich eindeutig beweisen, dass zum Zeitpunkt des Todes meines Mannes Papiere auf seinem Schreibtisch gelegen hatten, die verschwunden waren, als ich diesen Raum wieder betrat. Sehen Sie, hier!« Sie zeigte auf den Tisch. »Man hat die Blutspritzer vom Tisch abgewischt, doch zuvor haben sie diese Flecken im Holz hinterlassen. Im Kerzenlicht waren sie wohl auf dem polierten Mahagoni nur schwer auszumachen, aber da sind sie. Sehen Sie, was ich sehe?«

Hoare nickte. Nun da Mrs. Graves ihn darauf stieß, erkannte er, dass einige der dunklen Flecken keine runden Kreise bildeten, sondern Halbkreise, so als sei ein Teil des Blutes auf etwas anderes gefallen, das später weggenommen wurde. Die gespenstischen Umrisse zweier Schreibblätter erstanden so deutlich vor seinen Augen, als lägen sie noch auf dem Tisch.

»Wollen Sie wissen, Mr. Hoare, was ich glaube?«, fragte Mrs. Graves.

Wiederum nickte Hoare.

»Ich glaube, einer meiner beiden Besucher in jener Nacht könnte seine Gründe gehabt haben, die Botschaft zu beseitigen. Und da Edward Morrow am meisten mit meinem Mann zu tun hatte, verdächtige ich jetzt am ehesten ihn, der Übeltäter zu sein. Warum er so etwas Hinterhältiges tun sollte, darüber kann ich nur spekulieren, doch hängt es möglicherweise mit den Experimenten zusammen, die er und mein Mann gemeinsam durchgeführt haben. Vielleicht stand die Botschaft im Zusammenhang mit einer wertvollen Entdeckung, und Mr. Morrow hat an Ort und Stelle beschlossen, sie mit niemandem zu teilen. Aber wie ich schon sagte, das ist reine Spekulation, und indem ich solche Verdächtigungen vorbringe, schade ich womöglich dem Ruf eines untadeligen Mannes.«

Hoare machte sich im Geiste einen Vermerk: Schon vor einiger Zeit hatte er beschlossen, sowohl Mr. Morrow als auch Sir Thomas zu befragen. Zumindest bei der Vernehmung von Mr. Morrow hatte er nun mehr in der Hinterhand.

»Reicht Ihre Hexenkunst mit der Feder soweit, die Botschaft zu beschreiben?«, fragte er.

»Ich kann nicht hexen, Mr. Hoare«, antwortete Mrs. Graves betrübt. »Mich könnte kein Besenstiel tragen; ich bin zu untersetzt dafür.«

Wieder einmal schaffte es die Witwe, Hoare mit einer unverblümten Bemerkung die Sprache zu verschlagen.

»Aber ich will es dennoch versuchen«, sagte sie. »Wenn Sie so freundlich wären, mir einen Stuhl zu bringen … Nein, nein, Mr. Hoare – nicht den Rollstuhl meines Mannes. Nehmen Sie einen anderen, ich bitte Sie.«

Als sie sich an den Schreibtisch setzte, glänzte ihr Haar im Licht der Sommersonne. Hoare bemerkte ein paar graue Strähnen mehr als bei ihrer ersten Begegnung auf Portland Bill. Sie nahm ein leeres Blatt und begann zu schreiben.

»Der Sinn dieser Wörter bleibt mir verborgen«, sagte sie. »Ja, ich zweifle sogar, dass es Wörter im herkömmlichen Sinne sind, denn sie kamen mir merkwürdig gleichförmig vor.«

Hoare sah über ihre Schulter die »Wörter« Gestalt annehmen: Dieselben Buchstabengruppen hatte er vor nicht allzu langer Zeit auf den Seidenpapieren gelesen, die Mr. Watt so erfolglos untersucht hatte.

»Ich konnte nur das letzte Wort entziffern – dieses hier«, bemerkte Mrs. Graves und schrieb weiter.

»Jehu!« Hoares triumphierender Ausruf klang wie ein ersticktes Schnauben.

»Haben Sie gerade geniest, Sir?«

Hoare musste lachen. Eine Frau, die er kannte, hatte sein

Lachen einmal mit dem Geräusch einer zu Boden fallenden Augenwimper verglichen. »Nein, Ma'am. Ich sagte ›Jehu‹, just als Sie das Wort schrieben.«

»Ja, Jehu«, sagte sie. »Sie wissen schon, der wilde Wagenlenker. Zweites Buch Könige, Kapitel 9, Vers 20, wenn ich nicht irre.«

»Ich hab es Ihnen nicht erzählt, Mrs. Graves, aber eine Reihe von Schriftstücken mit eben dieser Unterschrift ist unter zweifelhaften Umständen in meinen Besitz gelangt. Sagen Sie, besitzen Sie auch die Gabe, Geheimschriften zu entschlüsseln?«

Sie schüttelte den Kopf. »Nein, Sir.« Sie hielt kurz inne. »Aber natürlich!«, rief sie. »Das Schreiben war eine verschlüsselte Botschaft, und Simon hatte begonnen, sie zu entschlüsseln, damit man sie lesen konnte!«

»Ich glaube in der Tat ...«, begann Hoare, doch Mrs. Graves hörte sein Flüstern gar nicht. Sie reichte ihm ihre Version der verschlüsselten Botschaft, und er steckte sie ein.

»Warum, um Himmels willen, sollte Mr. Morrow sie entwenden? Und wie kam es überhaupt, dass Simon sie in den Händen hielt?«

Hoare zuckte mit den Achseln. »Zurzeit können wir nicht einmal raten, Ma'am. Schauen wir mal, wie sich die Dinge entwickeln.«

»Das ist noch nicht alles, Mr. Hoare. Gehen wir hinüber in meinen Salon; dort haben wir es bequemer, und die Erinnerungen tun nicht so weh.«

Als Mrs. Graves auf ihrem Sitzkissen Platz genommen hatte, fuhr sie fort: »Da Sie nicht nur Marineoffizier sind, sondern offenbar auch von Zeit zu Zeit mit geheimen Angelegenheiten betraut werden, habe ich beschlossen, dass England kein Schaden entsteht, wenn ich Ihnen von einer Tätigkeit berichte, die mein Mann zum Wohle unseres Landes aufgenommen hatte. Er war zur Geheimhaltung verpflichtet; ich folglich auch.«

Hoare beugte sich vor.

»Vor einigen Monaten ist ein Agent des englischen Nachrichtendienstes an Simon herangetreten. Ihm war zu Ohren gekommen, dass Simon nicht nur ein renommierter Arzt war, sondern auch das Talent besaß, neuartige wissenschaftliche Apparate zu entwickeln – Standuhren und Taschenuhren mit ungewöhnlichen Eigenschaften, aber auch Planetarien, zum Beispiel, und ähnliche mechanische Geräte. Er fragte meinen Gatten, ob er einen robusten und doch genau gehenden Apparat konstruieren könne, der zu einer bestimmten Zeit eine kleine Signalglocke ertönen lasse und bis zu einem Jahr im Voraus eingestellt werden könne. Er sagte, das Instrument würde dazu dienen, die auf herkömmliche Weise berechnete geographische Länge eines Schiffes zu überprüfen. Ich muss zugeben, dass ich nicht verstehe, wie das angehen soll, aber ich bin ja auch kein Seefahrer. Ihnen wird das gewiss unmittelbar einleuchten, Mr. Hoare.«

»Durchaus nicht, Ma'am, doch das will nichts besagen. Ich habe mich nie ernsthaft um die Wissenschaften bemüht. Wie jeder Fähnrich zur See musste auch ich lernen, den Standort meines Schiffes mit Uhr, Quadrant und Peilung zu bestimmen, aber das war auch schon alles. Und sogar diese Erfahrungen liegen fast zehn Jahre zurück.«

»Wie dem auch sei, jedenfalls hat Simon erst ein Versuchsmodell gebaut, dann eine zweite, verbesserte Version – ich glaube, alles in allem hat er fünf oder sechs Modelle konstruiert.«

»Wissen Sie den Namen dieses englischen Agenten?«, fragte Hoare.

»Nein. Simon hat ihn für sich behalten, und ich habe meinem Mann nie hinterherspioniert.«

»Natürlich nicht.« Hoare sank das Herz. »Ich danke Ihnen für Ihre Auskünfte. Ich werde sie so vertraulich behandeln, wie sie es verdienen.«

Auf sein Ersuchen rief Mrs. Graves nun die übrigen verfügbaren Zeugen – die wenigen Diener des Hauses – in der Werkstatt zusammen und zog sich dann wieder in den Salon zurück, sodass er sie befragen konnte, ohne dass ihre Herrin anwesend war, was sie möglicherweise verwirrt hätte. Schnell fand er heraus, dass Agnes, das Dienstmädchen, wie auch Mrs. Betts, die Köchin, außer tränenreichen Worten nichts beizutragen hatten.

Tom, der Diener der Graves, wusste da schon Interessanteres zu berichten.

»In der Nacht denk ich so bei mir, ich hör was wie 'n Schuss, Sir, aber ich war so müde, war ich, dass ich mich glatt rumgedreht und weiter gepoft hab, bis wo die Misses mir geweckt hat, weil sie hinten die Treppe rauf gebrüllt hat. Na also, ich rein in Hosen und Schuhe, Sir, und die Treppe runter zum Zimmer vom Doktor. Da seh ich die Misses mittendrin auf'm Boden sitzen un dem Doktor sein Kopp inne Arme halten. ›Schnell, Tom‹, sagt sie, ›laufen Sie los und holn Sie mir Mr. Morrow un Sir Thomas.‹ Ich also rüber zu Sir Thomas, wo im Bett lag, un dann den Berg rauf zu Mr. Morrow, un dann wieder zurück.«

»Mr. Morrow lag auch im Bett?«

»Hatte Hemd un Hosen an, Sir, also weiß ich's nich.«

»Vielen Dank, Tom. Sie haben genau das Richtige getan«, flüsterte Hoare.

Er verließ die Werkstatt des Doktors hinter Tom und ging hinüber in den Salon.

»Ich denke, ich habe hier nichts mehr zu tun, Ma'am«, sagte er. »Mir bleibt nur noch, kurz bei Mr. Morrow und Sir Thomas vorbeizuschauen sowie den Leichenbeschauer zu befragen … Dr. Olney, richtig?«

»Mr. Olney, Sir«, erwiderte sie. »Er ist nur ein Wundarzt, vergessen Sie das nicht, kein gelehrter Doktor. Was die beiden Herren betrifft, so gestatten Sie mir ein warnendes Wort?«

»Aber bitte.«

»Mr. Morrow ist ein äußerst gerissener Mann und stolz obendrein. Er hat aus seinem kleinen Erbe ein Vermögen gemacht, und er ist nicht der Erste, der entdecken musste, wie sehr unser englischer Landadel Geld verabscheut, das durch Handel gewonnen wurde – wie bei ihm, der sich seinen Wohlstand erarbeitet hat, statt reich zu erben. Deshalb ist er stolz darauf, dass er es geschafft hat, von unserer bescheidenen ländlichen Gesellschaft aufgenommen zu werden, und wird sich wahrscheinlich allem widersetzen, was seine hart erkämpfte Stellung gefährden könnte.

Sir Thomas kenne ich schon länger als Mr. Morrow. Er ist nicht weniger stolz auf seine Vorfahren als Mr. Morrow auf seine Leistungen. Ich glaube, er hält sein Blut für blauer als das einiger Männer, die in Windsor und Whitehall unser Volk regieren, und bildet sich ein, man verweigere ihm den höheren Rang, der ihm deswegen gebühre. Er wird keine Einmischung in seine Regentschaft über Weymouth und Umgebung dulden. Aber was rede ich – das sind bloß Vermutungen. Sie werden mich auslachen.«

»Das sind nicht bloß Vermutungen, Ma'am. Für mich klingt das eher nach scharfsinnigen Erkenntnissen.«

»Ich danke Ihnen, Mr. Hoare«, sagte sie. »Dann sagen Sie mir geradeheraus: Sind Sie bereit, mir zu helfen, den Mörder meines Mannes zu jagen?«

»Soweit meine dienstlichen Pflichten das zulassen, Ma'am. Die verschlüsselten Botschaften, um die es hier geht, bringen mich auf den Gedanken, dass es sogar eine Verbindung zwischen Ihrem verstorbenen Gatten und einigen eher zwielichtigen Gestalten in Portsmouth geben könnte.«

Hoare bereute seine Worte augenblicklich, denn Mrs. Graves bedachte ihn mit einem eiskalten Blick. »Ganz gewiss nicht, Sir. Mein Mann war nicht nur ein Krüppel, er war auch, trotz seines Studiums in Frankreich, ein höchst ehrenwerter Engländer und Patriot. Bitte erklären Sie sich!«

»Ich wusste nicht, dass Dr. Graves in Frankreich studiert hat.«

Mrs. Graves' Stimme war nun alles andere als herzlich. Von Grübchen keine Spur. »In Lyon, Toulouse und an der Sorbonne. Er war ein Kommilitone von Dupuytren und Laënnec, wie Sie bereits wissen. Das ist ja allgemein bekannt. Aber ich fürchte, hier liegt ein Missverständnis vor: Ich hatte gehofft, Sie würden mir helfen, den Mörder meines Mannes aufzuspüren – stattdessen wollen Sie seinen Namen als treuen Untertanen der britischen Krone in den Schmutz ziehen. Ich denke, Sie finden allein hinaus. Ihnen einen guten Tag, mein Herr.«

Hoare konnte es nicht dabei belassen. Er konnte nicht einfach davonschleichen. »Ich verstehe Ihre Besorgnis, Ma'am«, flüsterte er. »Auch ich glaube nicht, dass er sich wissentlich an etwas beteiligt hätte, das gegen England ging. Aber die verschlüsselte Botschaft, die Sie auf seinem Schreibtisch gesehen haben – die mit ›Jehu‹ unterschrieben war –, bringt ihn eindeutig mit dem verstorbenen Leutnant Kingsley in Verbindung, auf welche Weise auch immer. Und dieser Kingsley war nicht gerade ein ehrenwerter Mann.«

Er räusperte sich schmerzhaft.

»Tatsächlich sieht es jetzt so aus, als sei Kingsley, den ich nur für einen lüsternen Wüstling halte, viel mehr gewesen: Unter Umständen war er in eine Art Verschwörung verwickelt. Möglicherweise hat sich jemand seiner bedient, und vielleicht hat dieser Jemand unter Vorspiegelung falscher Tatsachen auch die Talente Ihres Gatten missbraucht.«

Mittlerweile war auch Mrs. Graves aufgestanden. Das war kein Rebhuhn; das war ein Falke, der Hoare da so unerbittlich von unten in die Augen sah.

»Sollten Sie Ihren Auftrag erfolgreich zu Ende führen, ohne Simons guten Namen zu beschmutzen, dann umso besser, mein Herr. Ich werde tief in Ihrer Schuld stehen. Wenn Sie aber seinen Namen durch den Dreck ziehen, bekommen Sie es mit seiner Witwe zu tun. Dann haben Sie mich zum Feind. Lassen Sie sich nicht aufhalten. Guten Tag.«

Ihre Stimme versagte. Sie sank auf das Sitzkissen und vergrub ihr Gesicht in den Händen.

»Sie haben kein Recht dazu«, schluchzte sie, »nein, das haben Sie nicht. Seien Sie so freundlich und gehen Sie, Mr. Hoare – überlassen Sie mich meiner einsamen Trauer.«

»Gehen Sie jetz, Sir«, hallte es von Tom wider, dem Diener, der an der Tür stand. Mit versteinerter Miene sah er zu, wie Hoare betrübt das Haus verließ.

Kapitel XI

Tief beschämt, trottete Hoare eine lange Meile nach Norden aus Weymouth hinaus, vorbei an der Gloster Row und dem Royal Crescent. Am Schlagbaum bezahlte er seinen Penny und stapfte mühselig den steilen Abhang hinauf zu Mr. Morrows geräumigem Haus auf der Hügelkuppe. Vor der Tür wartete ein lahmer Klepper in der Sommersonne. Hoare wünschte, er hätte das Tier unter sich gehabt; er war fast eine Stunde lang nur bergauf gelaufen; sein Schweiß rann in Strömen, wenn er auch nicht außer Atem war. Er nannte dem Diener seinen Namen und wurde vorgelassen. Kurz darauf erschien Mr. Morrow in Reitstiefeln und Sporen. Hoare trug ihm sein Anliegen vor.

»Kurz gesagt, Sir«, versetzte Morrow, »ist es mir ein Rätsel, warum Sie überhaupt nach Weymouth gekommen sind, und erst recht, warum Sie Ihre neugierige Nase in meine Angelegenheiten stecken. Verzeihen Sie meine unverblümten Worte, aber haben Sie nichts Besseres zu tun, als friedliche Menschen zu belästigen, die sich lieber um ihre eigenen Angelegenheiten kümmern würden?«

»Ich behellige Sie nicht nur aus Neugier, Mr. Morrow«, antwortete Hoare in dem sanftesten Flüsterton, den er aufbieten konnte, »sondern in einer Frage, die für die Marine von erheblicher Bedeutung ist.«

Er saß da, schwieg und wartete.

Morrow wartete ebenfalls, aber vergeblich, ob Hoare sich genauer erklären würde. Schließlich sagte er: »Nun gut, Mr. Hoare, ich kann Ihnen wohl verraten, dass ich Dr. Graves gebeten hatte zu überlegen, ob das Hörgerät, mit dem er uns bei unserem ersten Treffen unterhalten hat, in meinem Steinbruch eingesetzt werden könnte. Seit langem weiß man, dass fehlerhafter, brüchiger Stein anders klingt, wenn man darauf schlägt, als makelloser Marmor, der sich weiter verarbeiten lässt. Ich war auf die Idee verfallen, dass meine Männer mit dem Apparat des Doktors ihre Werkstätten, wo sie den Marmor abbauen, besser auswählen könnten.«

»Dann sind Sie wohl auch mit der Werkstatt des Doktors vertraut, Sir?«, fragte Hoare.

»Ein bisschen schon, mein Herr.«

»Mrs. Graves hat mir erzählt, sie habe einige Schriftstücke auf dem Arbeitstisch ihres Mannes liegen sehen, als sie den Raum in jener Nacht erstmals betrat – und als sie am Morgen darauf wieder in das Arbeitszimmer kam, seien sie verschwunden gewesen.«

»Aha, also daher weht der Wind, wie?«, versetzte Mr. Morrow kalt. »Die Witwe beschuldigt mich, eine Entdeckung des guten Doktors eigennützig entwendet zu haben. Ich zumindest halte das für die Erklärung, mein Herr, und ich glaube nicht, dass die Anschuldigung von Ihnen kommt. Denn ich hoffe doch, ich kann mich darauf verlassen, Sir, dass Sie als Offizier und Ehrenmann nicht andeuten wollen, ich …« Er schwieg bedeutsam.

»Ich zweifle weder an Ihrem Wort noch an Ihrer Aufrichtigkeit, Mr. Morrow.« Noch nicht, du bissiger, überempfindlicher Hundesohn, fügte Hoare still hinzu.

Morrow starrte ihn streng an, als wolle er ihn aus der Fassung bringen. »Dieses Gespräch dauert länger, als ich gedacht hatte, Sir. Wenn Sie mich für einen Augenblick entschuldigen wollen – ich muss dem Steinbruch eine dringende Nachricht zukommen lassen. Bitte, machen Sie es sich bequem.«

Morrow hielt Wort, denn er kam binnen Minuten zurück. »Ehrlich gesagt«, fuhr er verbindlicher fort, so als wäre er gar nicht weg gewesen, »fürchte ich, dass mich in der Tat eine gewisse Mitschuld an Mrs. Graves' Wahnvorstellung trifft. Als ich nämlich die tiefe Trauer sah, die von ihr Besitz ergriffen hatte, habe ich eigenmächtig das Laudanum aus dem Apothekerregal des Doktors geholt, zwei Dutzend Gran abgefüllt und ihr verabreicht. Das Opium führte bei ihr zu einer merklichen Verwirrung des Geistes. Später erfuhr ich zu meiner Bestürzung, dass Agnes, das Dienstmädchen, so dumm gewesen war, es mir nachzutun, womit sie die Dosis verdoppelte und dafür sorgte, dass die arme Frau für einige Stunden das Bewusstsein verlor. Glücklicherweise verflog die Wirkung jedoch bald, und es hat ihr nicht weiter geschadet – bis auf ihre wirre, fixe Idee, ich hätte geheime Aufzeichnungen ihres Gatten gestohlen. Es dürfte Sie vielleicht interessieren, dass Sir Thomas Frobisher meine Einschätzung teilt.«

Mit diesen Worten stand Mr. Morrow auf und bedachte Hoare mit einem bedeutsamen Blick. Ihm blieb nichts anderes übrig, als sich ebenfalls zu erheben.

»Und jetzt, mein Herr«, sagte der Kanadier, »muss ich Sie bitten, mich zu entschuldigen. Wie ich schon sagte, ist im Steinbruch etwas passiert, um das ich mich dringend und unverzüglich kümmern muss. – Vergessen wir nicht, dass wir verabredet haben, unsere Jachten gegeneinander laufen zu lassen, Mr. Hoare«, fügte er hinzu, schon an der Tür. »*Marie Claire* und ihre Mannschaft sind bereit, wann immer es Ihnen passt. Sehen Sie? Dort unten liegt sie.«

Stolz schwang in Mr. Morrows Stimme mit. Berechtigter

Stolz, dachte Hoare: Die Jacht, geriggt wie ein Schoner und um die Hälfte länger als die *Unimaginable*, lag strahlend schön an einer Muringstonne dicht vor dem Land, von Morrows Haus auf dem Hügel bestens zu sehen.

»Nächstes Mal, Sir«, erwiderte Hoare. »Ich werde ein oder zwei Mann an Bord brauchen, wenn mein Boot sich nicht unter Wert schlagen soll.«

Hoare musste nun auf demselben Wege in das Städtchen zurückkehren, das wie ausgebreitet vor ihm lag. Der Hafen glitzerte in der Sonne. Sir Thomas Frobishers Domizil hätte auch unter den vornehmen Häusern von Londons Mount Street nicht fehl am Platze gewirkt. Offenbar verfügte es auch über die entsprechende Zahl an Dienern, denn die große Haustür wurde von einem livrierten Lakaien mit Perücke und pickligem Gesicht geöffnet. Hoare nannte dem Mann seinen Namen, gab ihm seinen Hut und ließ sich in einen großen Raum links vom Vestibül führen, der nach der neuesten französischen Mode eingerichtet war. Außerdem war er ziemlich verstaubt.

Hoare hatte reichlich Zeit, die gemischte Galerie der Ahnenporträts an den Wänden zu betrachten, die dem wartenden Besucher die Zeit vertreiben sollten: Die männlichen Frobishers ähnelten fast ausnahmslos fetten Fröschen, die weiblichen klapprigen Bohnenstangen.

»Pat Sprat, die aß kein Fett, ihr Mann, der aß das nur …«, summte er leise in Abwandlung des Kinderliedes, das der Doktor auf seine Frau und Hoare gemünzt hatte.

Gerade stand er vor einem Frobisher im Kettenhemd – bei der Schlacht von Naseby? Wenn ja, auf welcher Seite? Royalisten oder Puritaner? –, als Sir Thomas höchstselbst den Raum betrat.

Wie Hoare bald feststellte, war sein Gastgeber noch weniger willig, Auskunft zu geben, als Mr. Morrow es gewesen war. Ob der Kanadier wohl einen Mann mit der Nachricht geschickt hatte, dass Hoare wahrscheinlich vorbeikommen würde?

Sir Thomas bot ihm keine Erfrischung an, ja er ließ ihn sich nicht einmal setzen. Stattdessen stand er in der Tür und schaffte es trotz seines kleineren Wuchses, ihn von oben herab eiskalt zu mustern. Hoare fiel nichts anderes ein, als sich auf die gleiche Förmlichkeit zu verlegen.

»Sir Thomas, ich bin gekommen, um Nachforschungen über das kürzliche Ableben von Dr. Simon Graves anzustellen.«

»Was? Sprechen Sie lauter, Mann, ich verstehe Sie nicht.«

Hoare wiederholte seine Worte, so laut er nur konnte.

»Wieso das?«

Hoare spürte, wie er rot wurde. »Die Admiralität hat Grund zu der Vermutung, Sir, dass …«

»Was? Lauter, hab ich gesagt!«

»Ich denke, Sie haben mich schon gehört, Sir. Die Admiralität …«

»Hat nichts mit mir zu schaffen. Genauso wenig wie ich mit ihr.«

»Befehl der Admiralität, Sir.« Hoare ließ nicht locker. »Im Auftrag Seiner Majestät. Ich ersuche Sie um Ihre schriftliche Ermächtigung, den Leichenbeschauer zu befragen, der mit Dr. Graves' Tod befasst war.«

»Ist das alles, Bursche?« Sir Thomas' Stimme troff vor Verachtung. »Dann warte hier. Solltest du noch einmal mein Haus betreten müssen – der Lieferanteneingang ist hinten.« Er wandte sich zum Gehen.

Hoare geriet nur selten wirklich in Rage. Wenn es geschah,

wurde er weiß vor Wut. In diesem Augenblick musste er stark an sich halten, um den Baronet nicht in dessen eigenem Haus bei der Schulter zu packen. Es wäre sein Unglück gewesen.

Stattdessen steckte Hoare zwei Finger in den Mund und pfiff Sir Thomas gellend schrill ins Ohr. Der Pfiff musste den Mann fast betäubt haben, denn er fuhr herum, nun seinerseits in Zorn entbrannt. Aber in Hoares Gesicht, das drohend über ihm aufragte, erblickte er den blanken Tod, worauf sich seine Wut in fast etwas wie Furcht verwandelte.

»Die schriftliche Ermächtigung, Sir Thomas. *Sofort.*«

Der Baronet mochte aussehen wie ein Frosch, doch er verteidigte seine Stellung ebenso heldenhaft wie Hoare. »Ich hielt dich schon damals für einen widerlichen, unverschämten Naseweis, Bursche, als du Eleanor Graves dazu verleitet hast, dich mir vorzustellen, und ich nicht vermeiden konnte, deine Bekanntschaft zu machen. Ich habe meine Meinung nicht geändert. Denk daran, nächstes Mal nimmst du den Lieferanteneingang, oder ich lasse dich von meinen Männern auspeitschen.«

Damit verließ Sir Thomas den Raum, wobei er ein merkwürdiges, mahlendes Geräusch von sich gab. Hoare hatte von Menschen gelesen, die mit den Zähnen knirschten, aber noch nie hatte er jemanden es wirklich tun hören. Selbst im Aufruhr seiner eigenen Wut fand er noch Freude an diesem Geräusch.

Danach hatte Hoare wiederum – und zwar lange, sehr lange – Gelegenheit, zu Atem zu kommen, sich zu beruhigen und seine Bekanntschaft mit den Ahnen des Baronets zu vertiefen. Er war bei einer flachbrüstigen Jungfer von zwanzig Jahren angelangt, gemalt im Stil Mr. Gainsboroughs, als ein Lakai das Zimmer betrat – ein anderer als jener, welcher Hoare in die Ahnengalerie geführt hatte, denn seine Pickel waren rosarot statt purpurrot und verunzierten sein Gesicht an anderen Stellen.

»Da«, schnarrte er, drückte Hoare einen versiegelten Brief in die Hand und wandte sich zum Gehen. »Hier geht's lang«, setzte er über die Schulter hinzu.

Hoare folgte ihm. Im Gehen öffnete er den Umschlag: Das dürfte reichen. Wenigstens etwas.

Die Livree des Lakaien war fadenscheinig und viel zu groß, stellte Hoare still vergnügt fest. An der Tür wies der Mann nach links, wo das Rathaus lag.

»Da geht's lang«, sagte er und gab Hoare einen kleinen Schubs. Der Leutnant legte all seine aufgestaute Wut in den Fausthieb, der den Diener im Bauch traf. Die Wucht des Schlages schleuderte ihn durch die offene Tür ins Haus zurück.

Als Hoare die Straße hinabging, kochte er vor Wut. Zweimal, das wusste er, hatte er sich zum Narren gemacht: Trotz Mrs. Graves' Warnung hatte er überhaupt nicht vorhergesehen, wie Sir Thomas auf die Invasion seines herrschaftlichen Hauses reagieren würde. Der Baronet musste gewarnt worden sein, dass er kommen und was er wollen würde, und hatte sich in aller Eile eine Strategie zurechtgelegt, um Hoare in die Schranken zu weisen. Wenigstens das war ihm nicht gelungen.

Außerdem war sich Hoare bewusst, dass ihn der Angriff des Baronets auf seine Behinderung völlig unvorbereitet getroffen hatte. So wie die Dinge standen, musste er schon froh sein, seinen Schrieb bekommen zu haben. Natürlich hatte er sich damit auch Sir Thomas Frobishers Feindschaft zugezogen.

Schließlich, und das war das Unverzeihlichste, hatte er Mrs. Graves ohne vernünftigen Grund tief gekränkt.

Hoare hätte es nicht überrascht, wenn Sir Thomas' Speichellecker ihm aus einer überschießenden Bösartigkeit heraus, die er von seinem Herrn und Meister übernommen hatte, den falschen Weg gewiesen hätte. Insofern war er erleichtert, als er in Steinwurfweite vom Rathaus ein heruntergekommenes, halb mit Holz verkleidetes Häuschen fand, über dessen Tür ein Schild hing mit der Aufschrift:

JOSIAH OLNEY
ARZT UND APOTHEKER
ENTFERNUNG VON KRÖPFEN,
GESCHWÜLSTEN UND GRÜTZBEUTELN

Selbstverständlich hatte Sir Thomas hinter Olney gesessen, als der Leichenbeschauer die gerichtliche Untersuchung des Mordes an seinem Kollegen leitete – weisungsgemäß hatten die Geschworenen geurteilt, es handele sich um »Mord, begangen von einem oder mehreren Unbekannten« –, doch musste Hoare sich an Olney wenden, wenn er aus berufenem Munde etwas über den Mord erfahren wollte.

Er rechnete schon damit, dass Sir Thomas ihn nicht nur aus bloßer Böswilligkeit hatte warten lassen, sondern auch, um den Leichenbeschauer zu warnen, damit der sich aus dem Staub machen konnte. Aber nein, dort saß Mr. Olney in einem spinnwebverwobenen Winkel und faulte still vor sich hin. Er erhob sich zur Begrüßung seines Besuchers, wobei er hastig den Schnupftabak von seiner Weste klopfte. Hoare konnte seine Gedanken lesen: *Könnte das ein Patient sein? Womöglich gar einer mit Geld*?

Hoare hegte den Verdacht, Mr. Olney sei früher Schiffsarzt gewesen – ehrbar genug, um zum Leichenbeschauer am Landgericht von Weymouth bestellt zu werden; jedoch konn-

te er dem seligen Dr. Simon Graves, seines Zeichens Medizi-
ner, Erfinder sowie Korrespondent von Laënnec und Dupuytren, beruflich bestimmt nicht das Wasser reichen. Trotzdem war der Mann besten Willens, Hoare zu helfen, so gut
er nur konnte. Dieser brauchte ihm nicht einmal Sir Thomas'
Ermächtigung zu zeigen. Also hatte er sich grundlos einen
neuen Feind gemacht.

»Ich habe Sie aufgesucht, Sir«, flüsterte Hoare, »um Sie zu
den Umständen zu befragen, unter denen Dr. Graves zu Tode
kam.«

Olney war sichtlich enttäuscht zu hören, dass Hoare nicht
als Patient gekommen war, aber er zeigte sich gefällig. Zuerst
fasste er die Untersuchungsverhandlung zum Tod von Dr.
Graves zusammen, was nichts Überraschendes ergab. Der
Wundarzt wüsste nicht, dass die Behörden besondere Anstrengungen unternommen hätten, den Mörder seines Kollegen zu ergreifen. Ganz gewiss hatte Sir Thomas niemandem irgendwelche Anweisungen in Zusammenhang mit dem
Mord erteilt.

Nahm sich Sir Thomas zu wichtig, als dass er sich darum
kümmern wollte? Der Baronet war doch allem Anschein
nach ein guter Freund von Dr. Graves und dessen Gattin gewesen. Warum hatte er dann nichts unternommen, um den
Mörder des Arztes aufzuspüren? Und warum war er eigentlich Hoare vom ersten Moment an so überaus feindselig begegnet? Hoare fürchtete, der Grund dafür könne in seinem
vorschnellen Scherz mit den Fledermäusen bei ihrer ersten
Begegnung liegen.

»Ach, verzeihen Sie, Sir«, sagte Olney gerade, »ich habe
gar nicht daran gedacht, Ihnen etwas anzubieten. Um diese
Tageszeit nehme ich für gewöhnlich ein Schlückchen Portwein. Würden Sie mir wohl Gesellschaft leisten?«

Als Hoare nickte, langte Olney hinauf, öffnete einen Schrank und entnahm ihm eine Karaffe sowie zwei Gläser. Er bemerkte, dass eines angestaubt war, wischte es mit einem großen, gepunkteten Taschentuch aus und schenkte ein.

»Wurde die Leiche obduziert, Sir?«, fragte Hoare.

»O je, Schande über mich!«, rief Olney und verschüttete ein wenig trüben Port auf seinem Schreibtisch. »Bei meiner Seel, das hatte ich glatt vergessen, jawohl. Natürlich habe ich ihn obduziert, meinen armen Kollegen. Ich wusste, er hätte das gewollt. Soll ich Ihnen davon berichten?«

»Ich bitte darum«, flüsterte Hoare.

»Nebenbei bemerkt, Sir: Wenn Sie wollen, hätte ich da einen ausgezeichneten lindernden *linctus* für Ihren Hals. Meine eigene Mixtur.«

Hoare erklärte so kurz wie möglich, was es mit seinem Flüstern auf sich hatte. Dann schwieg er, gespannt auf das Ergebnis der Obduktion wartend.

»Wie Sie vielleicht wissen«, begann der Wundarzt, »war die Prellung auf Dr. Graves' Stirn nicht die Todesursache. Diese Kontusion hat er sich zugezogen, als die Kugel in seinen Rücken drang und ihn die Wucht des Einschlags nach vorne gegen den Tisch schleuderte. Nein, die unmittelbare Todesursache war jene Kugel selbst. Sie hat die Holzlehne seines Stuhls durchschlagen, ist von hinten durch seinen Brustkorb gedrungen und in seinem Herz stecken geblieben. Auch hat sie ein paar Splitter vom Stuhl sowie einige Fäden vom Hemd des Doktors mit in die Wunde gerissen. Er trug keinen Rock, vermutlich wegen des warmen Wetters. Die Kugel hat ihn selbstredend auf der Stelle getötet. Hier ist sie.«

Er wühlte in einer Schublade herum und zog ein verformtes, immer noch schwarzrot verkrustetes Stück Blei hervor.

Hoare konnte es kaum erwarten. Er nahm die Kugel, zog

ein Klappmesser aus seiner Tasche und kratzte vorsichtig an der rötlichen Kruste herum.

»Das ist keine Musketenkugel, Sir«, verkündete er schließlich. Er zeigte sie Olney. »Wenn Sie genau hinschauen, werden Sie bemerken, dass sie erhabene Züge aufweist. Diese Kugel wurde aus einer Büchse mit gezogenem Lauf abgefeuert. Das ist das zweite Mal binnen drei Wochen, dass ich eine solche Kugel sehe.«

»Tatsächlich. Das hätte mir auffallen müssen. Es ist schon viele Jahre her, Sir, dass ich eine Büchsenkugel gesehen habe. Zu meiner Zeit waren sie in der Marine sehr selten. Aber das wissen Sie natürlich.«

»Dürfte ich sie behalten, Sir? Ich glaube, sie könnte sehr wichtig sein.«

»Aber sicher, Mr. Hoare. Es macht Ihnen hoffentlich nichts aus, mir den Empfang zu quittieren? Sir Thomas nimmt es peinlich genau mit dem Papierkram.«

»Ganz und gar nicht, Mr. Olney. Würden Sie mir Ihrerseits eine schriftliche Beschreibung geben? Etwa: ›Kugel aus gezogenem Lauf, entnommen dem Körper von Simon Graves‹ und so weiter.«

»Mit Vergnügen, Sir.« Der Wundarzt reichte Hoare eine Schreibfeder.

Die beiden saßen einträchtig nebeneinander, kritzelten drauflos und tauschten die Zettel aus. Dann stürzte Hoare den scheußlichen Port des Mannes hinunter, steckte die Gewehrkugel ein und verabschiedete sich von Mr. Olney. Er ließ eine halbe Guinee neben seinem leeren Glas auf dem überquellenden Schreibtisch liegen.

Eines blieb ihm noch zu tun: Er wollte mehr über den Fund des Fässchens erfahren, das bei Portland Bill angeschwemmt worden war und ihn zum ersten Mal nach Weymouth geführt hatte. War nur dieses eine Fässchen gefunden worden? Oder hatte man am selben Ort, zur selben Zeit, noch andere interessante Entdeckungen gemacht?

Die Küstenwachstation von Weymouth war nur einen kurzen Spaziergang entfernt. Er war daran vorbeigekommen, als er die *Unimaginable* an ihrem Hafenliegeplatz vertäut hatte und an Land gegangen war. Der Kutter *Walpole* lag vor dem Stationshäuschen. Hoare begab sich unaufgefordert an Bord, reichte der Ankerwache ein vorbereitetes Schreiben, das alles erklärte, und nahm den Kutter mit dem scharfen Auge eines Seemanns in Augenschein, während er auf einen Offizier wartete.

Die Küstenwache mochte die *Walpole* einen Kutter nennen, doch tatsächlich war sie eine Brigantine von rund hundert Tonnen, ein schneller Segler, bewaffnet mit mehreren niedlichen, harmlosen Vierpfündern. Die Galionsfigur zeigte mit ihrer Perücke, dass die *Walpole* ihren Namen zu Recht trug – allerdings war sie nicht nach dem gegenwärtigen Premierminister Seiner Majestät benannt, sondern nach William Walpole dem Älteren. Zum Glück war ihr Kommandant an Bord. Er kam selbst an Deck und lud Hoare ein, ihm nach unten in die Kajüte zu folgen. Der rothaarige Mr. Popham war ungefähr in Hoares Alter; klein, schlank und flink wie das Schiff, das er befehligte. Hoare beneidete ihn.

»Wir von der Küstenwache müssen unsere eigenen Schreiber sein«, erklärte Popham, derweil er einen Haufen Papiere von dem Tisch und dem zweiten Stuhl wegräumte.

»Sagen Sie mir, Sir, was Sie von diesem Burgunder halten. Ich hab ihn erst letzte Woche auf der *Rose* beschlagnahmt.«

Wie Hoare wusste, war Wein eine der stillen Errungenschaften der Küstenwache, und dieser war jeden Penny wert, den die Schmuggler für ihn bekommen hätten.

Sobald es die Höflichkeit zuließ, brachte Hoare das Gespräch auf den sandigen »Anker«, wobei er natürlich pflichtschuldigst zwischen einem Anker aus Holz und einem Anker aus Eisen unterschied: Dieser gab Halt, jener machte durch seinen Inhalt haltlos. Er stimmte mit Mr. Popham in das obligatorische Gelächter ein.

Mr. Popham erinnerte sich genau an das Fässchen. Er kannte auch Dickon Dee, den psammeophilen Fischer, und fand Hoares Schilderung ihres Treffens höchst amüsant.

»In der Tat ist der Anker genau an der Stelle angeschwemmt worden, die er Ihnen genannt hat«, bemerkte er. »Hätten Sie mich gefragt, hätte ich Ihnen das sagen können ... Andererseits glaube ich, Sie legten Wert darauf, Dickon Dee kennen zu lernen und seine Fähigkeiten auf die Probe zu stellen, nicht?«

Hoare lächelte zustimmend.

»Das war ein interessantes Fundstück«, fuhr Popham fort. »Haben Sie gesehen, was ich gesehen habe?«

Hoare blickte ihn fragend an und wartete.

»Natürlich bekommen wir immer wieder Erzeugnisse der französischen Böttcher zu sehen – Anker, Fässchen von fünf oder zehn Gallonen, Tonnen, sogar ab und zu ein großes 250-Gallonen-Fass. Sie werden an Land gespült oder an Land gebracht, wenn Sie verstehen, was ich meine. Aber man konnte an der Verblattung und Spundung erkennen, dass dies ein guter, solider englischer Anker war, keiner vom Franzmann. Die französischen Böttcher zimmern ihre Fässer anders, Mr. Hoare.«

»Das wusste ich nicht, Sir«, sagte Hoare.

»Aber, Sir«, fuhr Popham fort, »was ich nicht verstehe: Warum sollte ein *englischer* Anker ins Meer geworfen und aufgegeben werden, noch dazu mit diesem Inhalt, aus dem

Sie nicht schlau werden konnten? Und was halten Sie von der Botschaft?«

»Welche Botschaft meinen Sie?«, fragte Hoare.

»Die in dem Fässchen natürlich, an dem Uhrwerk.«

»In dem Fass war keine Botschaft … Zumindest nicht, als ich es in die Hände bekam. Wie lautete sie?«

»Sie war verschlüsselt, so wahr ich Popham heiße, und geschrieben auf grauem, wasserfestem Papier …«

Mr. Pophams Beschreibung passte sowohl auf die Botschaft, von der Mrs. Graves ihm berichtet hatte, wie auf die verschlüsselten Nachrichten, die Hoare mit eigenen Augen gesehen hatte. Ein weiteres Steinchen für sein Mosaik, doch wohin passte es?

»Teufel noch eins, Popham!«, entfuhr es Hoare. »Das sind *höchst* interessante Neuigkeiten. Ich bin Ihnen zutiefst verbunden – genau wie für den Burgunder. Aber jetzt muss ich gehen, sonst verpasse ich noch meine Tide.«

Popham stand auf, um seinen Gast von Bord zu geleiten. »Zehn Minuten bleiben Ihnen, in See zu gehen und die Flut im Kanal noch zu erwischen. War mir ein Vergnügen, Sir. Beehren Sie die *Walpole* mal wieder, wenn Sie in der Gegend sind.«

»Und kommen Sie auf ein Glas Madeira vorbei, Mr. Popham, sollten Sie in Portsmouth anlegen. Sie finden mich im *Swallowed Anchor*.«

Unter den langsam kreisenden Sternen des sommerlichen Nachthimmels bummelte die *Unimaginable* mit raumem Wind dahin. Ihr hohes Großsegel und ihr voll geriggter Klüver trugen sie sachte, mit kaum einem Knoten Fahrt, gen Portsmouth. Mit der auflaufenden Flut, schätzte Hoare, machte sie vielleicht vier Knoten Fahrt über Grund. Bei dieser Geschwindigkeit würde sie Tags darauf gegen Mittag ihren Heimathafen erreichen. Er seufzte, lehnte sich gegen die Heckreling und dachte über das Uhrwerk des Doktors nach. Hatte Dr. Graves denn über so viel Talent und freie Zeit verfügt, dass er nicht nur ein, sondern zwei Projekte gleichzeitig vorantreiben konnte – die Herstellung der Uhrwerke wie auch der Hörgeräte für Morrow? Was noch beunruhigender war: Dr. Graves könnte seine Uhrwerke tatsächlich, wie er seiner Frau erzählt hatte, für einen englischen Agenten konstruiert haben. Aber es wollte Hoare nicht in den Kopf, warum sich ein Engländer so schwer damit getan haben sollte, mit dem Doktor zu einer Vereinbarung zu kommen. Unwissentlich – oder gar wissentlich – könnte der Doktor für einen Mann gearbeitet haben, der bei den Franzosen im Sold stand. Wenn ja, hatte er es gewusst? War er womöglich selbst der Agent gewesen?

Diese Gedanken verwoben sich in Hoares Kopf mit Überlegungen zu den verschlüsselten Botschaften. Mittlerweile war er sich sicher, dass es eine Verbindung zwischen dem Fässchen voller Uhrwerke, Dr. Graves und dem verstorbenen Mr. Kingsley von der *Vantage* geben musste. Aber welche? Und warum waren diese beiden so verschiedenen Männer, mit ihren ganz unterschiedlichen Fähigkeiten und Berufen, ermordet worden?

Plötzlich zog Nebel auf, womit Hoare überhaupt nicht gerechnet hatte. Die Brise frischte um einen Hauch auf, die See gurgelte einmal unter dem Bug seines Bootes, dann verschwanden die Sterne, und mit ihnen erstarb der Wind. Die Pinasse verlor merklich an Fahrt. Hoares Blickfeld nach vorne schrumpfte auf wenige Yards. Binnen einer Minute konnte er kaum noch den Mast der *Unimaginable* ausmachen. Träge lag sie da; die Segel flappten über einer flachen, öligen, auslaufenden Dünung. Nun sah er nur noch den gedämpften Schein ihrer Fahrlichter.

Er stieg hinunter, um die Tritonsmuschel zu holen, die ihm als Nebelhorn diente. Wieder an Deck, kehrte er in seine Nische an der Heckreling zurück und blies einen langen, klagenden Heulton hinaus in das einförmige Grauschwarz. Ungefähr zu jeder Minute wiederholte er den Warnton; die Zeit nahm er mit seinem regelmäßig schlagenden Puls. Zwischen den Tönen lauschte er.

Er hörte nichts, nur einmal meinte er, ein schwaches Echo seines eigenen Warntons vernommen zu haben.

Da: achteraus, in der Dunkelheit, ein verwaschener Lichtschein. Er hielt die Muschel in die Richtung und blies hinein.

»Ahoi!«, ertönte ein leiser Ruf.

Weil er nicht antworten konnte, setzte er die Muschel ab, holte seine Bootsmannsmaatenpfeife hervor und trillerte einen Pfiff.

Ein Feuerschein, ein krachender Knall und ein betäubender Schlag auf seinen Hinterkopf: Die Sterne kehrten zurück, blitzten vor seinen Augen wie Feuerwerk. Er sackte zur Seite. Das also war der Tod, dachte er.

Länger als eine Minute konnte er nicht bewusstlos gewesen sein. Er konnte nicht denken, nicht sehen, sich nicht bewegen – aber er konnte fühlen, denn er spürte, wie etwas weich gegen die Backbordwand der *Unimaginable* schlug. Und er konnte hören – er vernahm, wie ein Mann etwas sagte. Doch er verstand nichts. Soweit er wusste, lehnte er an der Ruderpinne, das Gesicht nach oben, und starrte in den Nebel – oder ins Nichts.

Hoare spürte, wie sein Boot unter dem Gewicht eines Körpers nach Backbord krängte. Jemand war an Bord gekommen. Der Mann, wer er auch war – er konnte ihn *sehen*! –, beugte sich über ihn, fasste ihn unter die Achseln, zog ihn hoch und schüttelte ihn. Hoares Kopf schwang hin und her; ein stechender Schmerz durchbohrte ihn. Er hörte sein Blut langsam und stetig auf das Deck seiner Pinasse tropfen. Zum Teufel mit dem Kerl, lachte er in sich hinein, ich werde den verdammten Hurensohn dafür bezahlen lassen, dass er mit meinem verdammten Blut mein verdammtes Deck eingesaut hat.

»Mort. Bon.« Das verstand er ganz gut. »Aides-moi, louche. Mettons-le en bas.«

Ein zweiter Mann sprang an Bord. Gemeinsam schleiften die beiden ihn zum Niedergangsluk der *Unimaginable* und warfen ihn hinunter. Er landete mit dem Gesicht zuerst und schlug mit der Nase auf dem Kajütstisch auf. Dann hörte er, wie mindestens einer der Männer ihm unter Deck folgte, allerdings über die Niedergangsleiter, wie es sich gehörte. Ein Licht flammte auf, eine Faust griff in sein Haar, hob seinen Kopf hoch und ließ ihn auf die Bodenbretter fallen.

»Vous devez lui couper la gorge, monsieur, pour la sûreté«, bemerkte der zweite Mann. (»Sie sollten ihm die Kehle durchschneiden, Monsieur, um ganz sicher zu gehen.«)

»Non. Il était un officier et un gentilhomme. Viens; prends-toi les pieds. Vite, alors!« (»Nein. Er war ein Offizier und ein Edelmann. Los, fassen Sie seine Füße. Aber schnell!«)

Die beiden Männer sprachen französisch mit einem merkwürdigen Akzent, der Hoare auf unheimliche Weise vertraut war. Aber er war todmüde. Er beschloss, wieder ohnmächtig zu werden.

Hoare lag auf der rechten Seite im Wasser, die linke war kalt und nass. In seinem Hinterkopf hämmerte der Schmerz, und da er durch seine geschwollene Nase nicht atmen konnte, roch er auch nichts. Aber er konnte wieder sehen, ein Quadrat grauen Nebels: das offene Niedergangsluk, durch das ihn die Enterer hinabgeworfen hatten. Er konnte auch hören: das satte Schwappen des Meeres um ihn herum und das regelmäßige *Tock, tock, tock* eines Topfes oder dergleichen, der in der Bilge des Bootes herumtrieb und gegen den Rumpf schlug.

Und er konnte sich bewegen. Unter Schmerzen streckte er einen Arm in die Höhe, packte die Tischkante und zog sich so weit hoch, dass er den anderen Arm zu Hilfe nehmen konnte.

Ob die Enterer der *Unimaginable* ein Leck geschlagen hatten? Wenn ja, schwor er sich in seiner ohnmächtigen Wut, dann würde er ihnen eigenhändig die Eier abschneiden. Viel Wasser konnte sie jedoch noch nicht gemacht haben. Wenn er nur wüsste, wo er war … Er saß im Wasser – nicht auf den Bodenbrettern, die zugleich die anderen Namen seiner *Unimaginable* trugen, sondern darunter, genau in der Bilge. Der harte Gegenstand, der ihm ein zweites Loch in den Hintern bohren wollte, war ihr geöffneter Seehahn. Als kleines, dichtes Boot brauchte sie nur einen Hahn. Indem sich Hoare beinahe darauf aufspieße, hielt er die *Unimaginable* über Wasser, hinderte er doch den Hahn, das zu tun, was er eigentlich tun sollte, nämlich das Wasser des Ärmelkanals einströmen zu lassen. Er entschuldigte sich beim Seehahn, drehte ihn zu, erbrach einen halben Mund voll bitterer Galle, rollte sich auf die andere Seite und verlor in der Bilge erneut das Bewusstsein.

Als Hoare wieder zu sich kam, sah er in einen grauen Himmel, umrahmt vom Niedergangsluk. *Unimaginable* lag immer noch beigedreht und rollte schwerfällig mit der langen, öligen Dünung. Er nahm all seine Kraft zusammen, kletterte den Niedergang hinauf an Deck und kroch zur Lenzpumpe im Bug. Obwohl er sein kraftloses Lenzen immer wieder unterbrechen musste, um sich auszuruhen, gelang es ihm, einen dünnen, sporadischen Strahl Seewasser aus der Bilge über Bord zu pumpen.

Zweimal musste er wieder unter Deck gehen, weil im Wasser treibender Unrat den Pumpenseiher verstopfte. Beim zweiten Gang holte er sich einen Kanten Brot aus dem wasserdichten Spind über dem Herd. Er nahm einen klitschnassen Strumpf, wrang ihn aus und kehrte zurück an Deck. Dort wickelte er den Strumpf um seinen schmerzenden Kopf, setzte sich neben die träge hin- und herschwingende Pinne der *Unimaginable* und aß sein Brot. Als er aufgegessen hatte, fühlte er sich kräftig genug aufzustehen, die Backbordwanten zu greifen und sich umzuschauen.

Der Himmel war immer noch bleigrau, doch der Nebel hatte sich verzogen, und in einiger Entfernung, zwischen der Pinasse und Anvil Point, erblickte er Fischerboote. Durch den Dunstschleier am Horizont gerade voraus sah er die Felsspitzen der Needles ragen. Die *Unimaginable*, gelobt sei Gott, hatte ihn des Nachts heimlich, still und leise ohne seine Hilfe mit der auflaufenden Flut an den Strudeln vor St. Alban's Ledge vorbei mehr als die Hälfte des Weges nach Hause getragen.

Hoare fand die Kraft, die beiden stehenden Segel zu trimmen, und brachte die Pinasse mit der schwachen südlichen Brise auf östlichen Kurs. Sie hatte zwar immer noch mehr Atlantik im Bauch, als ihr lieb war, und schlingerte entsprechend stark, aber sie gehorchte.

Er fühlte sich erschöpft, schwindlig und schwach, also

ging er unter Deck und plantschte zwischen dem Treibgut herum, bis er eine halb leere Flasche *vin ordinaire* und eine dicke Scheibe angeschimmelten Schinkens ergattert hatte. Mit seiner Beute kehrte er an Deck zurück. Wieder klitschnass bis zur Hüfte, beschloss er, nicht mehr nach unten zu gehen, bis sein Boot trocken und sicher im Hafen lag. Der Ausflug hatte sich dennoch gelohnt, denn Fleisch und Wein gaben seinem Körper ein wenig neue Kraft. Er ging zum Bug und lenzte lustlos, während die Pinasse langsam auf den Solent zuhielt, getragen vom letzten Ende der Flut. Später, bei Stauwasser, kurz bevor die Tide umschlug, frischte der Wind auf, wie nicht selten in diesen Gewässern, bis das Kielwasser hinter der *Unimaginable* leise gurgelte. Hoares Geist erwachte aus seiner Totenstarre; er konnte allmählich wieder klar denken.

Offenbar kamen die beiden Männer, die sein Boot im Nebel geentert und ihn für tot liegen gelassen hatten, aus Frankreich oder von den Kanalinseln. Eher das Letztere, denn Männer von Guernsey und Jersey waren überall an der englischen Kanalküste zu finden, wo sie sich als Fischer, Gärtner, Schmuggler und Seeleute aller Art verdingten. Außerdem fand er, wenn er sein Gedächtnis bemühte, im Umkreis von einhundert Meilen nur einen einzigen Franzosen, der weder ein Kriegsgefangener war noch ein Offizier, der sich auf Ehrenwort frei im Lande bewegen durfte: Marc-Antoine de Chatillon de Barsac, *maître d'escrime*, dessen Fechtboden Hoare aufsuchte, wann immer er in Portsmouth war und die Zeit dazu fand. Aber de Barsac war ein Freund von ihm; außerdem wurde er auf See fürchterlich seekrank. Er hatte geschworen, nie wieder einen Fuß an Bord eines Schiffes zu setzen, bis er mit seinem König im Triumph nach Frankreich zurückkehren konnte. Der Fechtmeister würde Hoare selbst am helllichten Tag mitten im sonnigsten Juli kaum vor St. Alban's Head auflauern, geschweige denn in einer nebligen Nacht.

Anders die Männer von Guernsey und Jersey. Die meisten von ihnen waren zweisprachig. Mehr als ein Offizier der Königlichen Marine stammte von den Kanalinseln, so zum Beispiel Sir James Saumarez, der große Admiral. Ja, es war durchaus möglich, dass seine Angreifer von dort stammten.

Als die Sonne durch die Wolken brach, kehrten Hoares Lebensgeister langsam zurück; dennoch ließ er zumeist seine *Unimaginable* ihren Heimweg selber finden und steuerte nicht mehr als unbedingt nötig. Sie segelte, ihr Kommandant grübelte. In der späten Abenddämmerung eines Hochsommertages schlüpfte sie in das Inner Camber, immer noch leicht krängend und tief im Wasser liegend. Sie rollte und schlingerte wie eine Frau, die gerade niederkam. Mit Hilfe von Guilford, dem Wachtmann, machte Hoare sie fest und begab sich hinauf zum *Swallowed Anchor*. Dort nahm sich die rotbäckige Susan seiner an, verband ihm den Kopf und steckte ihn mit einem heißen Grog ins Bett.

Kapitel XII

»Erzählen Sie mir mehr von Kingsley«, sagte Hoare zwei Tage später an einem strahlenden Julimorgen zu Janus Jaggery. Die beiden sonnten sich im Garten hinter der Küche des *Bunch of Grapes*. Sie saßen auf einer Bank, außer Hörweite von Mr. Greenleafs anderen Gästen. Der Garten erstrahlte in voller Blütenpracht; der Duft der Blumen überlagerte den leichten Fäulnisgeruch der Küchenabfälle. Nicht weit von ihnen kredenzte die junge Jenny »Tee« für sich und die drei kleinen Puppen, die ihr Pa gerade geschickt aus Stroh gefertigt hatte, damit sie nicht allein war.

»Da gib's nix zu erzähln, Mr. 'Oare. Der Kerl war so einer, wo sich mit Geschenken bei Leuten einschleimen wollte. Hat jedem was gegeben, bei dem er dachte, dass der ihm die Leiter raufhelfen könnte. Das war 'n Arschkriecher, Euer Ehren, un mit der Penunze hat der nur so um sich geschmissen. Aber wo hat er seine Moneten hergehabt, das frag ich mich? Inner Marine war er bekannt wie 'n bunter Hund, also brauchte er's beim Landadel gar nich erst zu versuchen, un was wir so vertickt haben, das war 'n Fliegenschiss für ihn. Er war 'n Schinder, das war er. Un das hat mich vor allem an der Marine gestört, Mr. 'Oare – die Schinderei.«

»Was haben Sie sonst noch getan, um ihm zu helfen?«, fragte Hoare.

»Na ja«, zierte sich Jaggery, »manchmal hab ich ihm 'n

paar schöne Sachen vonner andern Seite vom Kanal zukommen lassen – 'ne Bahn Seide für seine Weiber, so was eben. Dann war da der Branntwein, un zwar fässerweise, 'ne Menge Anker. Die hat er selbs abgeholt un hat sich immer selbs drum gekümmert, da war er eigen. Zuerst durfte ich die nich mal anfassen.«

»Und wo haben Sie Ihre dunklen Geschäfte getätigt?«

»Ich hab 'nen Freund, Euer Ehren, wo Nachtwächter im Lagerhaus Arrowsmith is. Sie wissen schon – der Schiffslieferant? Er hatte nix dagegen, dass wir sein Lager benutzten, solang wie wir die Pfoten von Arrowsmiths Sachen ließen. Viel Platz ham wir ja gar nich gebraucht.«

»Ob viel oder wenig, Jaggery, das ist Diebstahl von Eigentum Seiner Majestät. Wenn man Sie schnappt, schickt man Sie dafür nach Botany Bay, bevor Sie Neu-Holland sagen können. Und was wird dann aus Ihrer kleinen Jenny?«

Bei Hoares Worten suchte Jaggery instinktiv den kleinen Garten nach seiner Tochter ab. Jenny war nicht zu sehen.

Ein schriller Schrei drang durch die Mauer hinter ihnen. Lautlos wie eine Katze sprang Hoare auf, zog den Kopf ein und riss die Tür auf, die in die Küche des Gasthauses führte: ein Schmerzensschrei, das Klirren von zerschlagenem Geschirr, das Fußgetrampel einer hastigen Flucht. Hoare stürmte in die Küche und fiel fast über Jenny, die zurück in den Garten flitzte.

»Ich hab ihn *gebissen*, Pa!«, schrie Jenny. »Ich hab ihn *gebissen*!« Ihre Augen funkelten in dem bleichen Kindergesicht wie schwarzes Feuer.

Für den Bruchteil einer Sekunde sahen sie den Schattenriss einer dunklen Gestalt in der Tür, die zur Schankstube führte. Wieder klirrte es, dann ein Wutschrei von Greenleaf. Hoare stürzte durch die Schankstube und die Vordertür hinaus auf das Kopfsteinpflaster der Gasse und sah den flüchtigen Mann, wie er sich durch die Menge schlängelte und wie ein aufgeschreckter Hase dem Wasser zurannte. Hoare lief ihm nach. Der Mann hielt etwas in der Hand. Als er mit dem Ding gegen eine Markisenstange stieß, ließ er es fallen und flüchtete weiter. Hoare hob es auf: ein spitz zulaufendes, biegsames Rohr, das dem Hörgerät glich, welches Dr. Graves an jenem Abend in Weymouth vorgeführt hatte.

Das Gerät weckte gewisse Erinnerungen in ihm: Morrows Interesse daran; die verschlüsselten Botschaften in Kingsleys Korrespondenz sowie die äußerlich ähnlichen Botschaften, die Mrs. Graves beschrieben hatte; Morrows Geburtsort, der seltsam vertraute Akzent der beiden Franzosen, die neulich sein Boot geentert und ihm so übel mitgespielt hatten; Janus Jaggerys Geständnis gerade zuvor, was Kingsleys »Branntwein«-Fässchen anging. Wenn er diese Mosaiksteinchen zum ersten Male zusammensetzte, ergaben sie ein eindeutiges Bild: Der Mann im Hintergrund dieser geheimnisvollen Vorgänge war Mr. Edward Morrow.

Hoare blieb stehen. Mit seinen dreiundvierzig Jahren konnte er nicht darauf hoffen, den Lauscher zu Fuß fassen zu können. Außerdem witterte er eine viel bessere Gelegenheit, die Flucht des Mannes zu verhindern, der seinem Herrn und Meister so schnell wie möglich Meldung machen wollte. Wenn er die Gelegenheit beim Schopfe ergreifen wollte, dann musste er sich beeilen – jede Minute zählte.

Aber wie sollte er vorgehen? Sicher, der Flüchtige *schien* zum Hafen zu laufen, was nahe legte, dass er übers Meer entkommen wollte. Er konnte allerdings auch nur eine falsche Spur legen, später den Kurs ändern und einen Treffpunkt im Landesinneren ansteuern, wo ein Pferd auf ihn wartete.

Hoare musste sich entscheiden: Sollte er die Verfolgung zu

Land aufnehmen? Er hatte keine Ahnung, wie lange ein Trupp Berittener von Portsmouth nach Weymouth brauchen würde, doch es mussten mindestens achtzig Meilen sein. Er bezweifelte, dass die Reiter in der Lage wären, unterwegs die Pferde zu wechseln, wie das ein einzelner Postreiter oder eine regelmäßig verkehrende Kutsche konnte. Zudem würden die Männer wohl kaum bei Nacht reiten wollen. Es könnte zwei Tage dauern, bis sie ihr Ziel erreichten – bis dahin hätte der Flüchtige Weymouth längst erreicht und Morrow alarmiert, denn er würde nur absteigen, um die Pferde zu wechseln. Wenn Hoare über Land reiste, war das Rennen verloren, bevor es begonnen hatte.

Nein, seine einzige Chance lag auf See. Da der Nordwind wahrscheinlich anhalten würde, konnte die *Inconceivable* den Törn in knapp einem Tag schaffen; allerdings konnte sie nur eine kleinere Streitmacht nach Weymouth bringen. Wenn Hoare bedachte, wie es zwischen ihm und Sir Thomas Frobisher stand, konnte er kaum darauf hoffen, in Weymouth oder Umgebung Verstärkung zu rekrutieren. Sollte aber seine *Inconceivable* ihre ganze Geschwindigkeit ausspielen, durfte sie höchstens zwei Mann zusätzlich an Bord haben. Nun gut, dann mussten diese beiden eben die besten Kriegsteerjacken von Portsmouth sein. Er eilte zum Stabsgebäude des Admirals, um sich seine unerhebliche Verstärkung zu holen.

Mit zwei erfahrenen, aufgeweckten Seeleuten im Schlepptau war Hoare gerade auf dem Weg durch die Stadt zum Liegeplatz der *Inconceivable*, als ihm der Gedanke kam, zuvor vom Common Hard aus den Hafen abzusuchen – vielleicht konnte er den Flüchtigen auf einem der Boote entdecken, die dort unterwegs waren. Er flüsterte eine Entschuldigung, entriss einem älteren Herren, dem man den ehemaligen Seefahrer ansah, das Fernrohr und machte sich daran, jede Jolle und Schaluppe, jedes Gig und jedes Fischerboot sorgfältig abzusuchen, das südwärts auf den Solent zu stand.

»Schau mal, Cyril!«, rief eine Frau neben ihm. »Sieh doch nur, wie der Wächter über unser Volk die kühne Adlerstirn in Falten legt, stets auf der Suche nach Feinden Seiner Majestät, um sich sogleich auf sie zu stürzen!«

Hoare konnte nicht anders, er musste sich nach der Sprecherin umdrehen, und erblickte eine schlicht gekleidete Frau ungefähr seines Alters, die sich zu einem vielleicht sechsjährigen Jungen hinabbeugte. Als sie bemerkte, dass sie Hoares Aufmerksamkeit erregt hatte, lächelte sie einfältig und ging weiter, nicht ohne ihm einen Blick über die Schulter zuzuwerfen, wie Witwen das tun. Hoare widmete sich wieder seiner Suche.

Tief unten über der Kimm im Süden hisste ein schlanker Schoner, der bald hinter Gosport verschwinden würde, seinen Außenklüver in der sanften nördlichen Brise. Für ein Fischerboot war er zu auffällig; seine Masten neigten sich verwegen nach hinten. Außerdem würde sich kein schlichter Fischer die Mühe machen, solchen Kleinkram wie den Außenklüver zu setzen. Hoare erkannte das Schiff wieder, das Morrow ihm stolz von der Schwelle seines Hauses über Weymouth gezeigt hatte: Es war seine *Marie Claire*.

Hoare ließ das requirierte Fernrohr zusammenschnappen und gab es seinem konsternierten Besitzer mit einem entschuldigenden, salbungsvollen Lächeln zurück. Er winkte seine beiden Männer heran und rannte quer über das Werftgelände. Wenn er die *Inconceivable* erreichte, würde die *Marie Claire* dreißig Minuten Vorsprung haben. Mit raumem Wind segelte sich der Schoner am besten. Und dennoch, dachte Hoare, als er keuchend zum Kai lief – bis Weymouth waren es über See mehr als neunzig Meilen, und bei dem niedrigen Seegang und dem günstigen Wind hatte die *Inconceivable* durchaus eine Chance. Es schien also, als würde Morrow – oder zumindest seine Jacht – sein Rennen doch noch bekommen. Aber jede Minute zählte.

Hoare hatte für eben diesen Fall, dass er andere Seeleute an Bord nehmen müsste, seine Pinasse von Bug bis Heck nach Art der Marine gerüggt. Jeder Vollmatrose konnte selbst in tiefster Dunkelheit ohne große Wuhling jede Leine finden, die an ihrer kleinen Nagelbank belegt war. Seine beiden Männer gingen ans Werk, als wären sie schon seit Wochen an Bord. Binnen weniger Minuten hatten sie mit Hilfe des Dockers und Wachtmannes Guilford sämtliche Leinen eingeholt und die *Inconceivable* klargemacht zum Auslaufen. Das hohe, dreieckige Großsegel gab der neuen Mannschaft einen Augenblick lang Rätsel auf; da aber selbst ein achtjähriger Knabe die gesamte Takelage im Handumdrehen begreifen konnte – von Seebären wie den beiden ganz zu schweigen –, nahm die Pinasse bald Fahrt auf. Ihre Bugwelle gluckste leise vor sich hin, als wüsste sie schon, wie das Rennen ausgehen würde.

Als sie den Solent erreicht hatte, stand die *Marie Claire* bereits weit auf Cowes zu. Hoare sah, wie sie etwas nach Backbord abfiel, den Schoten Lose gab und sich ein Stück weit aufrichtete. Sie lag gut und gerne drei Meilen vor der *Inconceivable*. Bei diesem Kurs und diesem Wind segelte sich der Schoner am besten, also würde es eine lange Heckjagd geben, ohne irgendwelche Segelmanöver, es sei denn, der Wind drehte nach Westen zurück, was aber unwahrscheinlich schien.

Hoare musterte unauffällig seine frisch angeheuerte Mannschaft. Zwar war der eine eher rot im Gesicht und der andere pechschwarz, dennoch waren beide aus demselben Holz geschnitzt: harte Burschen mit schwieligen Händen und geflochtenen Seemannszöpfen in sauberen Matrosenjacken. Beide hatten ihre schweren Schnallenschuhe abgestreift, kaum dass sie das Deck betreten hatten, und zeigten nun ihre großen Füße, die so schwielig waren wie ihre Hände und fast wie Greifinstrumente wirkten. Sobald die drei einfachen Segel der *Inconceivable* zu Hoares Zufriedenheit zogen, gingen die beiden daran, ihr sowieso schon makellos sauberes Deck zu schrubben. Hoare winkte sie zu sich an die Ruderpinne.

»Ich heiße Hoare«, flüsterte er. »Ersparen Sie sich das Lachen – ich habe schon manchem Mann das Lachen weggepustet, und den Rest seines Kopfes dazu.« Er lächelte zum Zeichen, dass es ihm nicht allzu ernst war, worauf die beiden Männer sich merklich entspannten. »Auf diesem kleinen Boot ist kein Platz für Förmlichkeiten, Männer, also machen Sie sich's gemütlich. Ich kann nur flüstern, deshalb haben Sie am Besten ein Auge auf mich und eines auf unsere *Inconceivable*.«

Er holte kurz Luft und fuhr fort.

»Und noch ein Auge auf diesen herausgeputzten Schoner gerade voraus. Ich will ihn kapern, wenn ich kann, oder versenken, wenn nicht. Er hat mindestens drei Franzmänner an Bord, vielleicht auch mehr. Ich denke, das sind die Kerle, die in letzter Zeit so viele Schiffe Seiner Majestät gesprengt und versenkt haben. Zumindest glaube ich das, und der Admiral glaubt das auch. Mehr brauchen Sie also eigentlich nicht zu wissen. Aber ich will ein bisschen mehr dazu erzählen. Haben Sie Geduld mit mir, wenn ich zwischendurch ab und zu meine Kehle anfeuchten muss.«

Darauf erläuterte Hoare ihnen, was er vermutete. Als er

216

bei dem Hörgerät angelangt war, das der Mann hatte fallen lassen, fragte er sie:

»Und jetzt sagen Sie mir, wer Sie sind – Name und Dienstgrad.«

»Ich bin Bold, Sir«, sagte der Schwarze. »Bootsteurer von Sir Georges Barkasse. Bold heiß ich, un so bin ich auch. Ha, ha, ha. Un dieser fixe Bursche hier is Stone. Is gerade Schlagmann geworden. Un wer *Sie* sind, das wissen wir auch: Sie sind der Gentleman, wo all die Fähnriche vonner *Amazon* gefunden hat.«

»Genau«, bemerkte Stone. »Un Sie ham mich mit Ihren eigenen Händen an Bord von diesem kleinen Kahn hier gehievt, Sir, wie die *Vantage* neulich inne Luft geflogen is. Dafür dank ich auch schön, Sir.«

»Welchen von Ihnen sollte ich für diesen Törn zum Steuermann machen und welchen zum Stückmeister?«

»Tja, Sir, auf der *Vantage* war Stone Stückführer vonner Karronade, jawoll.«

»Dann wäre das klar: Bold, Sie sind Steuermann, und Stone, Sie sind Stückmeister. Wechseln Sie sich ein bisschen an der Pinne ab und machen Sie sich mit ihr vertraut. Am liebsten würde ich Sie einmal rund um den Kompass segeln lassen, aber wir haben keine Zeit dafür, wenn wir die *Marie Claire* da vorn einholen wollen.«

Als Stone seinen Törn hinter sich hatte, schickte Hoare Bold ans Ruder der *Inconceivable* und ging mit dem Stückmeister unter Deck. Er wollte ihr seltsames Waffenarsenal auf Vordermann bringen.

»Zunächst einmal, Stone, entladen Sie sämtliche Waffen. Hier ist ein Rohrkratzer. Die Ladungen müssen allesamt nass geworden sein, als ich vor einiger Zeit Wasser im Boot hatte. Dann laden Sie alle neu, von diesem Fass hier.«

Stone krempelte die Ärmel hoch und machte sich an die Arbeit. Hoare stieg wieder an Deck.

Kurze Zeit später stand Stone unten im Niedergang und blickte zu ihm herauf. Er trug das Pulverfässchen im Arm.

»Hat keinen Zweck, Sir. Das Ding hat 'n Leck am Boden. Klitschnass von oben bis unten.«

»Alles Pulver nass?«, fragte Hoare entsetzt.

»Durch un durch, Sir. Die ganzen zwanzig Pfund. Schaun Sie, dieser Klumpen hier is genau aus der Mitte vom Fass.«

»Was ist mit den Pistolen? Mit der Drehbasse?« Hoare klang jämmerlich. »Und der Armbrust?«

»Weiß nich, was mit der Armbrust is, Sir. Hab sowas noch nie nich gesehn. Aber wie Se schon sagten, das Pulver in den andern Feuerwaffen is alles feucht geworden.«

»Und die Granaten?«

»Kann ich nich sagen, Sir. Sin alle versiegelt, wissen Se. Aber die Zünder ...«

Stone verschwand wieder unter Deck, wo Hoare ihn herumwühlen hörte.

»Hat keinen Zweck, Sir. Die Zünder sind auch alle nass!«, rief er schließlich.

Hoare hätte seinen Kopf gegen den Mast der *Inconceivable* hämmern können. Kaum hatte er an jenem Morgen vor zwei Tagen sein voll gesogenes Boot in den Hafen gesegelt und trockengelegt, hatte er sie so schnell wie möglich neu ausgerüstet. Er hatte Schiffszwieback und Brot übernommen, er hatte sich vergewissert, dass die Kohle für den Kombüsenherd trocken war, ebenso Zunderbüchse und Kienspäne. Er hatte darauf vertraut, dass sein kleines Fass roten, grobkörnigen Schießpulvers und sein Fläschchen Zündpulver vor Nässe sicher waren. Doch er hatte sich nicht vergewissert. Er hatte sein Pulver nicht trocken gehalten. Wie aber sollten drei

Mann von der *Inconceivable* ohne Feuerwaffen die *Marie Claire* kapern? Schon die Frage verbot sich. Der Schoner würde wenigstens ebenso viele »Franzosen« an Bord haben, und die dürften gut bewaffnet sein – mindestens mit Pistolen.

Eine kleine Ewigkeit lang überlegte Hoare, ob er die Jagd vorerst abbrechen und nach Portsmouth zurückkehren sollte, um sie von dort aus konventioneller fortzusetzen. Endgültig aufgeben würde er sie gewiss nicht. Er warf einen Blick voraus auf den Schoner. Selbst wenn der Flüchtige und die anderen an Bord nur Morrows Stiefelknechte waren – einen von ihnen wollte er mindestens erwischen. Sollte Morrow an Bord sein, umso besser.

Als er bedachte, wie ehrerbietig der eine – und nur der eine – der beiden Männer gesprochen hatte, die sein Boot in jener Nebelnacht zu später Stunde geentert hatten (ungefähr dort, wo sie jetzt waren, dachte Hoare), wurde ihm klar, dass der andere Mann Morrow gewesen sein musste. Dafür sollte er bezahlen. Hoare dachte nicht mehr daran umzukehren.

Er hatte gesehen, wie die *Marie Claire* einen weiten Bogen um die Landspitze vor Cowes segelte, damit sie nicht auf die gefährlichen Felsen lief, die dicht vor dem Land unter Wasser lauerten. Ihre Segel schimmerten elfenbeinweiß in der Nachmittagssonne, bis sie hinter der kleinen Landzunge verschwand, auf der Cowes lag. Sie war nicht nach Süden in die schmale Bucht von Newport entwichen; demnach sprach viel dafür, dass sie auf kürzestem Wege Weymouth erreichen wollte.

Also kannte Morrow, oder wer immer das Schiff führte, das Hoare jagte, die Gewässer in dieser Gegend. Er selbst würde *Inconceivables* Kielschwert halb hieven und haarscharf an den Felsen vorbeischrammen. Die zusätzliche Leetrift, die das bedeutete, nahm er in Kauf, würde er doch dadurch eine Kabellänge aufholen. Die Ebbe hatte gerade erst eingesetzt.

Als die Felsen hinter ihr lagen, kam die *Marie Claire* wieder in Sicht. Sie stand auf die Needles zu, krängte weniger als zuvor und schnitt verächtlich durch die kleine, kabbelige Dünung unter dem Land. Ihre Gaffeltoppsegel waren gesetzt. Das wird ihr wenig nützen, dachte Hoare: Das schlichte Großsegel der *Inconceivable* überragte die Großmarsstenge des Schoners um gute zwei Fuß.

Morrow mochte ein Verräter sein, dennoch hatte er ein gutes Auge bei der Wahl seiner Jacht gehabt. Wie sie so unter Vollzeug dahinglitt, golden in der Nachmittagssonne glänzend, und gelegentlich einen Regenbogen aus Gischt über ihren langen Bugspriet warf, war die *Marie Claire* ein schönes Schiff. Und der stete nördliche Wind versprach einen leichten Lauf über Durlston Head, das in der Ferne deutlich zu sehen war, vorbei an St. Alban's Head bis in die Bucht von Weymouth hinein. Selbst wenn Morrow sie nicht führte, war es wenig wahrscheinlich, dass sich die »französische« Mannschaft jene groben Schnitzer leisten würde, welche *Marie Claire* in Reichweite der Fänge seiner *Inconceivable* bringen könnten. Außerdem musste Hoare zu seiner Schande gestehen, dass diese Fänge fast zahnlos waren.

»Ich glaub, wir kommen auf, Sir«, sagte Bold hinter ihm. »Ich kann ihre Mannschaft sehn – jedenfalls 'n paar davon.«

Durch sein Glas meinte Hoare, vier Gestalten ausmachen zu können. Er reichte es Bold zur Bestätigung.

»Sieht mir nach vier Mann aus, Sir. Un wir holn schön auf, Hand über Hand, wie ich schon sagte. Dies irre Rigg, wo Sie haben …«

»Trotzdem«, sagte Hoare, »es kann dunkel sein, bis wir sie erreichen. Und wir sind nur zu dritt. Wollen wir sehen, ob es

stimmt, dass eine echte britische Teerjacke es mit drei Frosch-
fressern aufnehmen kann?«

»Ha, ha, ha!«, lachte Bold.

Sein Kamerad war weniger wortkarg: »Hab auf der *Vantage* all meine Kameraden verlorn«, knurrte Stone. »Wenn
Sie richtig liegen mit dem Verdacht, wo Sie haben, dann werd
ich's dem Arschloch heimzahln, un zwar mit Vergnügen.«

»Nun denn«, sagte Hoare, »wir werden Folgendes tun …«

Die *Marie Claire* hatte die Landspitze der Needles passiert;
ihre Silhouette hatte sich kurz gegen die sinkende Sonne ab-
gehoben, als Hoare und seine Mannschaft herausfanden,
dass sie sich in Pistolenschussweite des Gegners befanden.
Die Kugel schlug harmlos gerade oberhalb des kleinen Na-
gelbretts gegen den Mast der *Inconceivable*, fiel an Deck und
rollte in die Speigatten. Hoare schlug seinen Männern vor,
hinter ihrem niedrigen Kajütsaufbau Deckung zu suchen.

»So viel Kugeln werden die nie nich haben, was, Sir?«, bemerkte Stone. »Wenn wir sie doll genug ärgern, verschießen
se ihr Pulver vielleicht, bis wir so nah sind, dass wir sie fertig
machen können.« Damit stand er auf, schwenkte seinen Hut
und stieß einen Furcht erregenden Schrei aus. Ein zweiter
Schuss vom Schoner schlug Stone den Hut aus der Hand, worauf er sich, wie seine Gefährten, hinter den Kajütskasten
duckte.

»Ha, ha, ha«, bemerkte Bold neben ihm.

Hoare fühlte sich ungerecht behandelt, von sich selbst oder
vom Schicksal. Fuß für Fuß, langsam, ganz langsam, schloss
die *Inconceivable* zur *Marie Claire* auf – und konnte doch
nicht mehr zubeißen. Die Silhouette des Gegners stand
schwarz gegen die untergehende Sonne im Westen. Das Heck

des Schoners war so breit, dass vier Franzosen Seite an Seite an der Reling lehnen konnten, um ihrem Verfolger mit stetem Feuer das Leben schwer zu machen. Ein fünfter Mann stand todesmutig am Ruder. Der Feind musste schon lange erkannt haben, dass die *Inconceivable* das Feuer nicht erwidern konnte, denn andernfalls hätte sie es längst getan.

Unaufhörlich ertönte das scharfe *Tock*, wenn die Pistolenkugeln gegen ihren Rumpf prallten, oder das sanfte *Plopp*, wenn sie ihr Segeltuch durchschlugen. Je näher die Pinasse dem Schoner kam, desto härter schlugen die Kugeln in ihr Holz. Hoare und seine Männer kauerten weiter in der Deckung, die ihnen der Kajütskasten der *Inconceivable* gewährte.

Langsam, ganz langsam senkte sich die Sonne auf die Kimm hinter der *Marie Claire*. Allmählich versank sie im Meer. Ein letztes, seltenes, grünliches Aufleuchten, und sie war verschwunden. Über dem Wasser erstarb der Wind beinahe völlig, bis auf das eine oder andere winzige Katzenpfötchen. Schoner wie Pinasse trieben fast ohne Fahrt auf der sanften Dünung. Ohne Ruderwirkung begannen beide, sich durch die Windrose im Kreis zu drehen. *Platsch*, eine Kugel schlug im Wasser neben Bold ein und warf ein bisschen Gischt auf – *tock*, eine andere traf die Vorderseite des Kajütskastens – *ping*, das dürfte der Anker gewesen sein. Hoare dachte, dass Eleanor Graves mittlerweile schon jeden Mann auf der *Marie Claire* mit ihrer Schleuder zu Boden gestreckt hätte. Aber er hatte keine Schleuder an Bord, und hätte er eine, dann wüsste er nicht mit ihr umzugehen.

Die Franzosen mussten bereits an die hundert Schuss bei ihrem sinnlosen Zielschießen vergeudet haben. Wie Stone schon vor Stunden gesagt hatte, dürfte ihnen allmählich die Munition ausgehen.

Anscheinend dachte der französische Skipper genauso.

»Feuer einstellen, Fortier!«, tönte es ruhig auf Französisch über das Wasser. »Sie haben die ganze Zeit über nur Wind und Wasser getroffen.«

Hoare erkannte die Stimme sofort. Edward Morrow war an Bord und führte seine Jacht selbst.

»Geben Sie mir Ihre Pistolen. Sie können für uns das Laden übernehmen«, fügte er hinzu. Der Franzose jammerte irgendetwas.

Endlose lange Minuten verstrichen, doch der Abstand zum Schoner verminderte sich kaum. Wenn wir sie nicht bald einholen, sagte sich Hoare, verlieren wir sie in der Dunkelheit.

»Wir werden uns an sie heranskullen«, flüsterte er.

Stone erbleichte bei dem Gedanken, unter feindlichem Feuer aufgerichtet an den Langriemen der *Inconceivable* zu stehen. Hoare vermutete, Bold gehe es nicht anders; sicher konnte er allerdings bei der zunehmenden Dunkelheit und dem natürlichen Schwarz des Bootssteurers nicht sein.

»Ganz wie Sie wolln, Sir«, sagte Bold. »Aber is gut möglich, dass Sie einen von uns verliern. Das wär dann Ihre halbe Entermannschaft.«

Hoare schwieg, er wusste nicht weiter. Schließlich sagte er: »Wir werden Folgendes tun ...«

Hoare und Stone krochen unter Deck, um Hoares Plan in die Tat umzusetzen. Bold ließen sie in der Dämmerung am Ruder zurück.

Unter Deck wurde nun laut gehämmert und geklopft. Binnen weniger Sekunden durchstießen beide Amateurzimmerleute die dünnen Rumpfplanken der *Inconceivable*. Bald darauf ragten die Blätter ihrer Langriemen durch die Notbehelfs-Speigatten. Hoare zog seinen Uniformrock aus und leg-

te ihn ordentlich gefaltet auf seine Koje; die beiden Zimmer-
leute verwandelten sich in Galeerensklaven und ruderten an.

Der Gegner hatte immer seltener geschossen, je dunkler es
wurde. Nun aber verdoppelte er seine Anstrengungen, und
das Mündungsfeuer der Pistolen blitzte so nahe auf, dass es
die Segel der Pinasse beleuchtete.

»Mr. 'Oare will wissen, ob wir schon 'n Kielwasser ziehn«,
rief Stone herauf.

»Sag ihm: ›Grad man so‹, Jacob«, antwortete Bold mit ge-
dämpfter Stimme. »Wir machen vielleicht 'nen halben Knoten. Der Franzmann kommt nich vonner Stelle, so als würd
er vor Anker liegen.«

Kurz darauf rief Bold hinab: »Jetz bringt er auch Langriemen aus, Sir!«

»Mr. 'Oare sagt, die können aber nich gleichzeitig rudern
un schießen«, erwiderte Stone.

Nun zeigte der höhere Mast der *Inconceivable* Wirkung,
denn irgendwo oberhalb von *Marie Claires* Großmarssegel
regte sich ein Lüftchen, das sie nicht erreichen konnte.

»Ruder spricht wieder an, Sir!«, rief Bold.

»Gut. Ruder zwei Strich luvwärts vom Franzmann; wir
gehen längsseits, sobald wir querab sind. Luv an jetzt – recht
so!«

Bald darauf ruhten die Riemen der Pinasse und hoben
sich; in der Stille hörte man das Wasser von ihnen herabtrie-
fen. Dann wurden sie durch ihre grob gezimmerten Stück-
pforten binnenbords gezogen. Hoare streckte seinen Kopf
aus dem Niedergangsluk und kroch dicht an Deck zum Ruder. Er griff hinter sich, zog seinen Langriemen durch das
Luk und schob ihn Bold zu. Der Schwarze belegte die Ruderpinne, steckte den Langriemen in den Ruderpflock hinten am
Heck und begann, langsam und kraftvoll zu wriggen. Die

224

Marie Claire schien trotz ihrer ausgebrachten Langriemen nicht von der Stelle zu kommen. Da sie wahrscheinlich doppelt so viele Tonnen verdrängte wie die Pinasse, dürfte das Morrow nicht überraschen.

Hoare beugte sich zur Kajüte hinab und flüsterte, so laut er nur konnte: »Die Armbrust samt Bolzen an Deck, Stone!«

»Bolzen, Sir?«

»Die Pfeile für die Armbrust, Stone. Liegen neben ihr.«

Wieder hörte er, wie herumgewühlt wurde.

»Hab sie gefunden, Sir.« Stone reichte die Waffe samt Bolzen herauf und hievte sich mit einem einzigen Zug seiner kräftigen Arme an Deck. Die Niedergangsleiter verschmähte er. »*Du* hättest an dem Riemen da stehn solln, Zuckerpüppchen, nich Mr. 'Oare«, sagte er.

»Ich tu, was mein Leutnant mir sagt, Jacob.«

»Bist 'n faules Schwein, jawohl, das biste«, versetzte Stone. Er zog einen Enterhaken zu sich herauf und band ihn an das eine Ende einer Leine.

Trotz des lästigen, sporadischen Feuers des Gegners schwärzten Hoare und seine Männer ihre Hände und Gesichter mit Ruß vom Kombüsenherd der *Inconceivable*. Hoare nahm die gespannte Armbrust unter den Arm und kroch mit der Bolzentasche im Schlepp ganz nach vorn in den Bug, im Schutze der Dämmerung und der Reling seiner Pinasse.

Er hatte die Armbrust erst vor einem Jahr erworben, als er in einem Gasthaus vor den Ruinen von Corfe Castle eingekehrt war. Die Waffe musste Jahrhunderte alt sein. Obwohl er sie aus einer Laune heraus gekauft hatte, fühlte er sich verpflichtet, sie auszuprobieren. Dafür hatte er eine Wiese vor Portsmouth gewählt, wo er wenigstens geringe Aussichten hatte, die Bolzen wiederzufinden.

Er merkte sofort, dass die Waffe nicht nur noch gebrauchstüchtig, sondern sogar überraschend schlagkräftig war. Sein erster Schuss ging zwar ins Blaue, irgendwo nördlich des anvisierten Baumes, aber sein zweiter Bolzen, den er aus hundert Yards Entfernung abgefeuert hatte, grub sich so tief in den Stamm, dass er ihn nicht herausziehen konnte. Er beneidete die Krieger in ihren stählernen Rüstungen durchaus nicht, die sich diesen Waffen ausgesetzt hatten, und er verstand, warum sowohl die Ritterschaft wie auch die Kirche Armbrüste geächtet hatten.

Außerdem hatte er gelernt, dass die Armbrust sich nur sehr langsam laden ließ – noch langsamer als seine verloren gegangene Kentucky-Büchse, für die er schon doppelt solange gebraucht hatte wie für eine seiner Pistolen oder für eine Muskete mit glattem Lauf. Um die Armbrust zu spannen, musste er aufrecht stehen, seinen Fuß in eine Verbindung aus Schulterstütze und Steigbügel stecken und mit aller Kraft einen Stahlhebel herunterdrücken. Die Vorstellung, diese Prozedur zu absolvieren, derweil die Franzosen auch nur sporadisch auf ihn schossen, ließ ihn erschaudern. Zudem würde er lächerlich ungenau treffen.

Hoare suchte hinter dem Klüver der *Inconceivable* Schutz, setzte die Armbrust an die Schulter und vergewisserte sich, dass ihm das Klüverstag nicht in die Quere kam. Mittlerweile stand der Schoner keine hundert Yards vor ihnen, einige Strich Backbord voraus. Hoare hatte Bold befohlen, von Luv her aufzukommen, sodass er dem Gegner mit seinem hohen Großsegel den Wind nehmen konnte. Er hob die Waffe und wartete, dass sich ihm ein Ziel bot.

Lange brauchte er nicht zu warten. So lautlos hatte die *Inconceivable* den Schoner verfolgt, dass dessen Mannschaft überzeugt sein musste, die Pinasse könne nicht über Feuerwaffen verfügen – was ja auch stimmte. Mittlerweile war sie so nahe herangekommen, dass Hoare die Männer an Bord selbst in der Dämmerung mit bloßem Auge unterscheiden konnte. Er zählte nicht weniger als fünf. Wenn er nicht auf übermenschliches Heldentum oder ganz außergewöhnliches Glück vertrauen wollte, musste ein Enterversuch die Männer geradewegs ins Verderben führen. Und höchstwahrscheinlich auch ihn, Bartholomew Hoare.

Zwei Männer der gegnerischen Besatzung standen auf der Heckreling des Schoners. Der eine lud seine Pistolen neu, der andere legte gerade an. Auch Hoare zielte sorgfältig, hielt den Atem an und drückte auf den seltsamen, langen Abzug der Armbrust.

Die Armbrust schnappte scharf zurück und schlug gegen Hoares Schulter. Sein anvisierter Mann stieß einen erstickten Schrei aus, griff sich ans Bein und fiel nach hinten, wobei er den Rudergänger umwarf, der am Steuerrad des Schoners stand. Die *Marie Claire* trieb anmutig in die sanfte Brise, dwars zum Bug der *Inconceivable*, und hätte die Pinasse der Länge nach mit mörderischem Feuer bestreichen können, wenn sie mit Kanonen bestückt gewesen wäre.

Jetzt, rief Hoare sich zu. Er trillerte einen aufsteigenden Pfiff, wie eine irische Todesfee. Sofort raste Stone nach vorn und stellte sich neben ihn. Er schwang seinen Enterhaken wie ein Senkblei – *oder wie eine Schleuder*, schoss es Hoare durch den Kopf. Die drei Inconceivables wappneten sich gegen den Aufprall, indem sie jedes Holz und jede Schot griffen, die sich ihnen bot.

Stone schleuderte seinen Enterhaken. Statt sich im Rigg des Schoners zu verfangen, blieb er in den Kleidern eines zweiten Franzosen hängen, der wie ein Lachs an der Angel zappelte. Stone zog an der Leine des Enterhakens. Der Mann an der Angel griff nach einem Wanttau, verfehlte es aber und stürzte kopfüber in die See des Ärmelkanals. Stones Enterhaken riss aus.

Die *Inconceivable* rammte die *Marie Clare* just achtern der Steuerbord-Großwanten. Ihr Bugspriet stieß quer über das Deck des Schoners, kurz unter dessen Großbaum, verfing sich dann aber knirschend in den Wanten. Der Schoner holte stark nach Lee über. Unter Deck krachte es – vielleicht Morrows bestes Schiffsporzellan, hoffte Hoare. Die Pinasse wurde von der vorwärts drängenden *Marie Claire* mitgerissen und schwang gegen den Schoner. Der im Wasser treibende Mann wurde zwischen den beiden Bordwänden wie ein Maiskolben zerquetscht. Er stieß einen schrillen Schrei aus, ruderte kurz mit einem Arm durch die Luft, dann schloss sich die schmale Kluft, und er wurde in das wartende Wasser hinabgesogen.

Der Stoß, den der Schoner mittschiffs erhalten hatte, musste einen weiteren Franzosen auf dem falschen Fuß erwischt haben, denn er verlor das Gleichgewicht und ging auf der Leeseite, die der Pinasse abgewandt war, über Bord. Die anderen beiden waren flinker auf den Füßen. Einer durchtrennte mit einer Axt das Klüverstag der *Inconceivable*, das sich in den Großwanten des Schoners verfangen hatte, gerade als Hoare in die gegenüberliegenden Wanten griff. Die Pinasse schoss zurück. Hoare, nun seinerseits auf dem falschen Fuß erwischt, spürte, wie sie unter ihm davonglitt. Er hing in den Wanten der *Marie Claire*, erst nur mit einer, dann mit beiden Händen, während der Schoner von seiner geliebten Pinasse wegdriftete, seinem ersten und einzigen Kommando.

Hinter ihm rauschte der Klüver der *Inconceivable* herab und begrub Bold und Stone unter sich. Wieder knirschte es. Auch ohne sich umzudrehen, wusste Hoare, dass der Schoner freigekommen war.

Als sich Hoares Männer unter den Lagen des Segels hervorgearbeitet hatten, glitt die *Marie Claire* mit ihrem blinden Passagier wider Willen schon mindestens eine Kabellänge entfernt mit Kurs auf Weymouth davon. Nun war sie kaum noch aufzuhalten.

Lange musste Hoare nicht hängen. Zwei von Morrows Männern holten ihn aus den Wanten des Schoners und schleiften ihn auf das kleine Achterdeck, wo ihr Gebieter stand und ihn erwartete.

Kapitel XIII

»Wie sind Sie mir auf die Spur gekommen, Mr. Hoare?«, fragte Morrow. »Antworten Sie in aller Ruhe, gönnen Sie Ihrer Stimme eine Pause, so oft Sie wollen. Der Wind hat noch nicht aufgefrischt; wir müssen mehrere Stunden totschlagen, bis die *Marie Claire* den Hafen erreicht. Und was Ihre lustige kleine behelfsmäßige Rudergaleere angeht ...«

Morrow zeigte auf Hoares Pinasse. Reglos lag die *Inconceivable* kaum eine Kabellänge entfernt, ein Schatten in der Dämmerung. Ihr Vorrigg mit dem gekappten Vorstag und Klüverfall war eine einzige Wuhling; ihr hohes Großsegel hing ungetrimmt schlaff herab; die Langriemen schlackerten in den grob gezimmerten Löchern hin und her, die Hoare und Stone in ihre dünnen Bordwände geschlagen hatten. Sie wirkte wie ein schwimmendes Wrack. Hoare ging das Herz auf, als er sie so sah. Unterdessen füllten sich die Segel des Schoners wieder; er hatte Fahrt aufgenommen, glitt langsam auf Weymouth zu und ließ die kleinere Pinasse zurück.

Morrow sah, was Hoare für ein Gesicht machte. »Vielleicht komme ich morgen zurück, nehme sie ins Schlepptau und schlage sie meiner Flotte zu. Schließlich haben Sie mit ihrer Hilfe gerade einen meiner Männer getötet, Lecompte. Sie schulden mir etwas – ihr Angelsachsen nennt das ›Wergeld‹, nicht?«

Lächelnd schlug er Hoare mit der flachen Hand ins Gesicht. Hoare wollte instinktiv zurückschlagen, doch die kräftigen Männer hielten seine Arme mühelos fest.

»Bitte, setzen Sie sich«, sagte Morrow. Auf sein Zeichen hin warfen die Männer ihn mit solcher Wucht an Deck, dass ihm Hören und Sehen verging.

»Noch einmal: Wie sind Sie mir auf die Schliche gekommen?«

»Ich musste nur zwei und zwei zusammenzählen, Mr. Morrow«, erwiderte Hoare.

Morrow beugte sich hinab und schlug ihm erneut ins Gesicht, diesmal mit der geballten Faust.

»Sie sprechen meinen Namen nicht richtig aus, Mr. Hoare«, zischte er. »Mein Name ist Moreau – getauft wurde ich Jean Philippe Edouard Saint-Esprit Moreau.«

»Ein reichlich langer Name für einen *métis*, den Mischlingssohn eines Pelzhändlers, Monsieur Moreau.«

Zack, wieder ein Faustschlag.

»Sagten Sie Pelzhändler? Mein Vater war kein Pelzhändler. Er hätte sich niemals die Hände mit Handel schmutzig gemacht. Nein, nein. Mein Vater war Jean-François Benoît Philippe Louis Moreau, der Neffe des Erzbischofs und Seigneurs von Montmagny. Seine Lehensherrschaft reichte vom St. Lawrence gen Süden bis nach St. Magloire und gen Osten bis nach St. Damase des Aulnaies – viele, viele *arpents* Land, M'sieur. *Als Monseigneur mon père* das Zeitliche segnete, habe ich die Hälfte jenes Landes geerbt. Es gehört mir immer noch. – Lecompte, den Sie gerade umgebracht haben, und Dugas, den ich zum Schweigen bringen musste, nachdem Madame Graves ihn verletzt hatte, und schließlich Fortier hier, die sind alle mit mir aufgewachsen«, fügte er stolz hinzu, »beinahe wie Brüder. Sie dürfen mich sogar mit ›Monsieur‹ anreden, statt mit ›Monseigneur‹. Nur sie allein genossen – genießen – dieses Vorrecht. Und nun zum dritten Mal: Sagen Sie mir, wie Sie auf mich gekommen sind.«

Zack.

»Eigentlich war ich nach Weymouth gesegelt«, flüsterte Hoare, als sein Kopf wieder klar war, »wegen der Höllenmaschine, die der Zoll zu Lande nicht weit von dort gefunden hatte. Und dann fiel mir auf, wie sehr Sie sich für des Doktors Steckenpferd, die Uhrmacherei, interessierten. Übrigens hat mich der simple, klug gewählte Grund beeindruckt, den Sie Dr. Graves genannt haben, als Sie ihn baten, Uhrwerke herzustellen – ›für den *englischen* Nachrichtendienst‹ – ein starkes Stück!«

Er wappnete sich für einen weiteren Fausthieb. Als der ausblieb, erkühnte er sich, seinerseits eine Frage zu stellen.

»Warum haben Sie Ihre Ländereien überhaupt verlassen?«

»Weil ich, wie Sie ja schon sagten, ein Mestize bin. Den Bauern in Québec ist es gleich, ob ein Mann Indianerblut in den Adern hat. Mein Bessac hier ist ein Viertel Naskapi und genauso stolz darauf, wie ich es bin, der Sohn einer Häuptlingstochter vom Stamme der Cree zu sein. Aber die Grandseigneurs – ah, das ist eine andere Geschichte. Für die zählt nur das Blut. Nein, ich wurde nicht empfangen in den umliegenden Herrenhäusern der Seigneurs, und ich durfte auch ihren Töchtern nicht den Hof machen.«

Morrow – Moreau – sprach jetzt mit deutlich französischem Akzent. »Und als dann erst die Engländer kamen – ach, M'sieur Hoare, erst ihr Engländer habt unser Leben unerträglich gemacht! Ihr verachtet die Heilige Kirche, ihr habt unseren Handel an euch gezogen, ihr habt unsere Frauen verführt.«

Hoare konnte kaum an sich halten: Er hatte seine liebe, selige Antoinette nicht »verführt«, er hatte sie umworben und ihr Herz gewonnen, wie es sich für einen Gentleman gehörte.

»Es kam noch schlimmer«, fuhr Moreau fort, »als *Monsieur mon père* beschloss, dass die Engländer Kanada nicht mehr verlassen würden und dass daher einer seiner Söhne – ich als der Jüngere – wie ein Engländer erzogen werden sollte. Er schickte mich auf die englische Schule in Québec. Ihnen als englischem Offizier brauche ich nicht mehr zu sagen: die Schläge, die Schinder, die Schikanen – kein Gentleman sollte so etwas erdulden müssen. Ich aber habe es erduldet, M'sieur! Ich lernte, so englisch zu sein wie jeder Mylord! Sogar Sie haben mich für einen Engländer gehalten, nicht wahr?«

Aber niemand, so sagte sich Hoare, hatte daran gedacht, dem jungen Moreau die Abzählreime und Kinderlieder beizubringen, die englische Kinder in jungen Jahren lernten. Deshalb hatte Moreau so verständnislos dreingeschaut, als Dr. Graves seinen harmlosen Vers über »Jack Sprat, der aß kein Fett« vortrug, während er seine Gäste zu Tisch führte, an jenem Abend, da Hoare Eleanor Graves kennen gelernt hatte. Damals hatte Hoare erstmals den Verdacht gehegt, Edward Morrow könnte nicht der sein, als der er sich ausgab.

Und ihm wurde klar, dass er, Bartholomew Hoare, schon an jenem Abend begonnen hatte, sich in die Gattin seines Gastgebers zu verlieben.

»Ich hätte Ihren Akzent erkennen müssen, sobald ich Sie französisch sprechen hörte«, sagte er.

Zum ersten Mal war Moreau verblüfft. »Französisch? Wann haben Sie mich denn französisch sprechen hören?«

»Als Sie und Ihr Mann – Bessac? – mein Boot geentert haben und dachten, Sie hätten mich getötet, noch dazu mit meiner eigenen Büchse«, sagte Hoare nicht ohne Bitterkeit. Er beschloss, die Gunst der Stunde zu nutzen und noch einen

Schritt weiter zu gehen. »Wie Sie richtig vermuten, bin auch ich auf eine englische Schule gegangen. Ich kann Ihnen versichern, Sir, dass ein Junge mit meinem Namen es dort ebenfalls nicht leicht hat. Und dennoch, obwohl Sie uns Engländer so sehr hassen, haben Sie sich dafür entschieden, mitten unter uns zu leben?« Mit dieser Frage verstummte er.

Wenn die Leute erfuhren, dass Hoare nicht sprechen konnte, schlossen viele daraus fälschlicherweise, dass er auch nicht hören könne, und redeten miteinander, oder auch mit ihm, als wäre er ein nützliches Möbelstück – der Beistelltisch mit dem Dessert etwa. Hoare fand diese Einschätzung manchmal nützlich, wenn auch kränkend, und bestärkte die Leute darin. So auch jetzt, indem er beharrlich schwieg und versuchte, als ein Teil der *Marie Claire* zu erscheinen, als eine Nagelbank vielleicht oder ein Schwabber.

Moreau biss an und schluckte den Köder.

Im Jahre 1794, erzählte er, waren Gesandte der jungen Französischen Republik heimlich nach Kanada geschleust worden. Dort fanden sie in dem jungen Moreau mit seinem Hass auf die Engländer einen Mann, der sich bereitwillig rekrutieren ließ. Alles, was dem Ziel diente, die verlorenen Gebiete Neu-Frankreichs zurückzugewinnen, war in seinen Augen eine gute Sache, für die er bereit war zu sterben. Diese Bereitschaft sowie sein perfektes Englisch empfahlen ihn für die Rolle als Geheimagent in England. Also wurde aus Jean Philippe Edouard Saint-Esprit Moreau Edward Morrow, und er begab sich nach England.

Wie Hoare schon von Dr. Graves, dessen Frau und sogar von Moreau selber wusste, hatte Mr. Morrow mit seinen finanziellen Mitteln und guten Manieren keinerlei Schwierigkeiten, in die feine Gesellschaft von Dorset aufgenommen zu werden.

Mitten in seinem Monolog hielt Moreau inne, zog das Feuerzeug aus der Tasche und zündete die Lampe im Kompasshaus an. Er machte ein verträumtes Gesicht.

»Und Kingsley?« Hoare riss ihn aus seinen Erinnerungen.

»Kingsley?« Moreau schwieg für einen Moment, lächelte dann ironisch und zuckte mit den Achseln. »Ach ja, der leichtlebige Leutnant.« Wie er sagte, hatte er Peregrine Kingsley in einer von Portsmouths Spielhöllen kennen gelernt, lange bevor der Offizier auf die *Vantage* abkommandiert wurde. Damals saß er noch auf Halbsold an Land. Moreau hatte gesehen, wie sich Kingsley mit seinen Karten gewisse Freiheiten herausnahm. Seine eigenen Ermittlungen ergaben weiter, dass der Leutnant außerordentlich ehrgeizig und gewissenlos war, dazu hoch verschuldet und tief verstrickt in Affären mit mehreren Frauen zugleich, Frauen von niederem wie von hohem Stande. Moreau wusste, dass er Kingsley in der Tasche hatte und sich seiner bedienen konnte, wenn es soweit war.

Ungefähr zur selben Zeit hatte Moreau des Doktors erfinderisches Talent entdeckt und nutzbar gemacht: Er wiegte Dr. Simon Graves in dem Glauben, seine Uhrwerke hülfen der Königlichen Marine, die Standorte ihrer Schiffe genauer zu bestimmen, während sie tatsächlich Moreau halfen, die Schiffe in die Luft zu sprengen. Weil er mit dem Doktor nicht immer unter vier Augen sprechen konnte, weihte er ihn in den Kode ein, den ihm die Franzosen gegeben hatten.

»Graves nannte ihn einen Substitutionsschlüssel«, erinnerte sich Moreau. »Ein *temurah* oder so ähnlich. Das Wort stammt aus der jüdischen Kabbala, wenn ich mich recht erinnere. Zum Glück konnte er, genau wie …« Er brach ab.

Aber natürlich: Das erklärte, dachte Hoare, warum Dr. Graves eine französische Bibel neben sich liegen hatte, als er ermordet wurde. Und es erklärte vielleicht auch, wieso es Mr.

Watt nicht gelungen war, die verschlüsselte Botschaft zu entschlüsseln – der Klartext war nicht englisch, sondern französisch. Aber was hatte Moreau sagen wollen, als er so plötzlich verstummte? »Er, genau wie ...« – so hatte er begonnen. Genau wie wer oder was?

Moreau fuhr fort: Als aber Dr. Graves sich weigerte, mehr von diesen baugleichen Uhrwerken anzufertigen, hatte der Kanadier begriffen, welche Gefahr der Arzt darstellte. Um den Nachschub zu sichern, hatte er einen der Apparate in einem englischen Fässchen nach Frankreich geschickt – wie er dachte –, in der Hoffnung, eine große Zahl genau gleicher Nachbauten zurückgesandt zu bekommen. Durch diesen nahe liegenden Schachzug war ihm die ganze Sache, um im Bild zu bleiben, um die Ohren geflogen.

»Ich denke, Mr. Hoare, es war ein verständlicher Fehler. Was die Herren Schmuggler betrifft, so *verlassen* Fässer britischen Boden nicht, sondern sie werden samt ihres kostbaren Inhalts in Ihr merkwürdiges Land *hereingebracht*.«

Demnach war der Anker mit den Uhrwerkexemplaren, die der Doktor unwissentlich für Uhrmacher auf dem Festland angefertigt hatte, bereits auf dem Rückweg im Binnenland unterwegs gewesen, als einer der Schmuggler auf den Gedanken verfallen war, seinen Inhalt zu überprüfen. Die Männer fanden aber nicht den Branntwein, den ihre Kunden erwarteten, sondern ein Durcheinander aus Federn, Getrieben und Zahnrädern; daher mussten sie beschlossen haben, das Fass einfach wegzuwerfen.

»Und Dr. Graves? Mrs. Graves?«, flüsterte Hoare.

»Ich musste mehr Macht über den Krüppel gewinnen, wollte ich ihn so kontrollieren, wie es erforderlich war. Außerdem hatte ich noch keine andere Quelle für meine Uhrwerke gefunden; ich brauchte ihn also lebend, damit er mich weiterhin versorgte. Ich habe Dugas – meinen guten Dugas – mit einem örtlichen Schläger losgeschickt. Sie sollten sich die Frau schnappen, wenn sie so dumm war, allein am Strand von Portland Bill herumzulaufen. Natürlich hätte ich ihr kein Haar gekrümmt. Ich schätze die Dame sehr, wenn sie auch dick ist. Nein, ich wollte sie einfach einsperren, entweder in meinem Steinbruch oder hier an Bord der *Marie Claire*, und sie als Geisel gefangen halten, damit mir der Doktor weiter zu Diensten wäre. Aber ich hatte sie falsch eingeschätzt: Sie war nicht sanft, sondern gewalttätig. Mit ihren verdammten Steinen hat sie dem armen Dugas das Gesicht zerschlagen; dann haben Sie sich eingemischt, um ihr zu helfen, und gemeinsam haben Sie ihn gefesselt, sodass er den Engländern in die Hände fiel. Selbst Frobisher … aber egal, jedenfalls wusste Dugas zu viel, als dass er dem Feind ausgeliefert bleiben durfte. Er musste zum Schweigen gebracht werden. Dafür muss ich büssen, ebenso für den Tod des ehrbaren Doktors. Auch er hatte die besten Absichten …«

»Mais qu'est-que vous dîtes, monsieur?«, unterbrach ihn Fortier entsetzt. Moreau verstummte für einen Augenblick.

»So«, bemerkte er dann, »ich habe Ihnen all das erzählt, damit Sie es in Ihrem Herzen bewegen können, während Sie ertrinken. Über Bord mit ihm. Sofort.«

Zwei muskelbepackte Männer packten Hoare an Armen und Beinen. Aus ihrem festen Griff gab es für einen Mann von Hoares Alter und körperlichem Zustand kein Entrinnen. Er wurde von zwei Paaren starker Arme hin und her geschwungen. Moreau half noch mit einem sanften, verächtlichen Schubser; dann wurde Hoare über die niedrige Reling des Schoners geworfen, konnte gerade noch Luft holen und schlug auf dem Wasser auf.

Kapitel XIV

»Irische Wimpel« – die losen Leinenenden, die achtlose Seeleute gelegentlich vergaßen, sodass sie über die Bordwand eines Schiffes ins Wasser hingen – waren in Hoares Augen stets ein Zeichen schlampiger Seemannschaft gewesen. Wie seine Offizierskollegen hatte auch er sie bekämpft, wo immer er sie fand, so als wären sie Symptome widernatürlicher Unzucht. Nun aber dankte er der Vorsehung, dass sich zumindest Moreau keinen Deut um sie scherte. Gute drei Faden einer Halbzoll-Leine hingen von einer Klampe unter *Marie Claires* winziger Heckgalerie herab und schlängelten sich in ihrem Kielwasser. Eine von Hoares wild um sich schlagenden Händen fand ihr bitteres Ende. Vielleicht war es die Fangleine eines Skiffs, das sich unbeobachtet losgerissen hatte, denn das Ende war zerfasert, nicht mit Garn betakelt. Was es auch gewesen sein mochte, für Hoare war es ein Segen.

Er streifte seine Schuhe ab. So leise er konnte, zog er sich in der Dunkelheit die Leine entlang und hievte sich so weit aus dem Wasser, dass er die Reling der Heckgalerie greifen konnte. Das Schnitzwerk war nichts als ein Schnörkel, den Moreau wohl nur angebracht hatte, damit sein kleiner Schoner größer wirkte. Es war stabil genug, einen Teil seines Gewichts zu tragen, doch als Hoare versuchte, sich so lautlos wie möglich aus dem Wasser zu ziehen, knarrte es leise entgegen dem Rhythmus des arbeitenden Schiffes.

Seine vorsichtig tastenden Füße stießen gegen ein senkrechtes Holz: das Ruder des Schoners. Seine Zapfen knarrten leise in der Öse, als der Rudergänger den Kurs korrigierte. Dort hockte Hoare nun; gerettet, aber von gelegentlichen Kälteschauern geschüttelt, wartete er im Dunkel der Nacht, was das Schicksal für ihn bereithielt.

Über sich konnte er die Männer französisch sprechen hören. Er verstand nur Fetzen ihrer Unterhaltung.

»Ich muss ... London, so schnell wie ... zu Ende bringen ... Sie müssen ... Jaggery in Ports ... erledigen ...« Die Stimme Moreaus.

»... in London, Sir? ... Louis...?«

Einer von Moreaus Leuten. Hoare, der angestrengt die Ohren spitzte, schien es, als nenne der Franzose einen Namen, vielleicht den von Moreaus Kontaktmann – oder Vorgesetzten? – in London. »Louis«. Wie qualvoll, den Rest des Namens nicht zu verstehen.

»Ist gleich, wer das ist. Kümmern Sie sich um Ihren eigenen Kram. Nach vorn, Sie Tolpatsch, und das Vorstagsegel getrimmt ...« Moreaus Worte waren klar und deutlich zu vernehmen. Ja, der andere hatte tatsächlich einen Namen genannt. Verdammt.

An Deck wurde es still. Hoare fügte sich in seine Lage, derweil sich sein Schicksal entschied. Die *Marie Claire* glitt weiter auf Weymouth zu. Er klammerte sich fest, schmiedete Pläne und döste vor sich hin.

»Hier!« Nach der langen Stille schlug Moreaus gebellter Befehl scharf an sein Ohr. »Nein, wir ankern nicht. Ich muss an Land, und da Sie so dämlich waren, unser Skiff zu verlieren, müssen Sie mich am Kai absetzen. Dort drüben, neben dem lästigen Zollkutter. Dann gehen Sie wieder in See. Ich schicke zwei, drei Mann in einem Skiff hinaus. Stehen Sie vor Portland Bill auf und ab, bis ich Signal gebe. Es kann drei oder vier Tage dauern. Wenn Sie bis Mittwoch mein Signal nicht gesehen haben, nehmen Sie Kurs auf Douarnenez und melden sich bei Rossignol. Wiederholen Sie meine Befehle!«

Unverständliches Gemurmel.

»Gut. Wahrschau, Bessac, luven Sie an, oder wollen Sie den Kutter mit unserem Bugspriet durchbohren?«

Das Ruder schwang nach Backbord. Hoare nutzte die Gelegenheit, da alle an Bord der *Marie Claire* damit beschäftigt waren, Moreau an Land zu setzen, und verabschiedete sich. Lautlos glitt er ins Wasser und schwamm zum Strand, so leise er konnte, um sich der Gnade Eleanor Graves' anzuvertrauen. Der Osten färbte sich rot.

»Tja, Mr. Hoare, und was jetzt?«

Eleanor Graves hatte genug von Hoares geflüsterter Geschichte gehört.

Zuvor hatte sich Tom, der Diener, schließlich und endlich davon überzeugt, dass die durchnässte Gestalt ohne Rock und ohne Schuhe auf ihrer Türschwelle, die ihn aus dem Schlaf geholt hatte, wahrhaftig Mr. Hoare war. Tom hatte seine Herrin geweckt und Agnes, das Dienstmädchen, angewiesen, mit dem Koch zusammen ein zeitiges Frühstück vorzubereiten. Nun saß er stumm wie ein Fisch in einer Ecke des Salons, der vom frühmorgendlichen Sonnenlicht erhellt wurde, und hielt Wache.

Eleanor Graves hockte auf ihrem Kissen. Unter einem praktischen, geschlechtslosen Flanellnachthemd schauten zehn kleine, gerade, blässliche Zehen hervor. Hoare musste bei ihrem Anblick an frisch geschlüpfte, neugierige Küken denken. Am liebsten hätte er sie gestreichelt, doch stattdessen antwortete er der Dame.

»Es wäre sinnlos«, sagte er, »auch nur zu versuchen, Sir Thomas Frobisher zu überreden, mir seine Männer für die Jagd auf Moreau zur Verfügung zu stellen.«

Eleanor Graves schnaubte verächtlich. »Lieber würde er *Sie* jagen, in einen seiner Kerker werfen und dort zu Tode foltern. Mr. Morrow – jetzt sollte ich ihn wohl Moreau nennen – dürfte ihm mittlerweile ein bestrickendes Garn über Sie gesponnen haben. Und Sir Thomas wird sich gerne einwickeln lassen. Er hat eine tiefe Abneigung gegen Sie entwickelt, wissen Sie. Jeder Landsturm, den er auf die Beine stellt, wird sich an Ihre Fersen heften, nicht an Moreaus. Also?«

Hoare hatte keinen Plan zur Hand. Er entschuldigte sich vor seinem Gewissen damit, dass er schließlich die ganze Nacht wach gewesen war, entweder im Schlepptau der *Marie Claire* wie ein Haifischköder oder an ihrem Heck hängend wie ein sechs Fuß großer Affe. Und nicht zuletzt war er dreiundvierzig Jahre alt.

»Denken Sie ein Weilchen nach, Mr. Hoare, derweil ich meinen unziemlich gekleideten Körper Ihren Blicken entziehe und mich so weit in eine Dame verwandele, wie mir das möglich ist. Agnes wird Ihnen sogleich das Frühstück bringen.«

Eleanor Graves erhob sich von ihrem Sitzkissen und begab sich nach oben. Ihre Zehen nahm sie mit. Hoare blieb allein mit Tom zurück.

»Sie könnten sich inner Kutsche der Misses verstecken un so entkommen«, ließ sich Tom vernehmen.

Hoare erwachte aus seinem Halbschlaf. »Ich kann keine Kutsche lenken. Sie etwa?«

»Nee, Euer Ehren, ich nich. Ich war kein Ackerknecht, bevor ich beim Doktor in Dienst trat, un auch kein Pferde-knecht. Ich war 'n Schornsteinfegerjunge. Der Doktor hat meine Eier gerettet, jawohl, das hat er.«

Hoare verstand. Während seiner Erkundungsfahrten hat-te er gelernt, dass der teerhaltige Ruß von den Kaminen, die diese Jungen auf Geheiß ihrer Meister hinaufklettern muss-ten, das kindliche Skrotum dieser Waisenknaben mit einer Schicht überzog, die sich zwischen den Bädern zumeist einen Monat lang oder länger in die Haut fressen konnte. Die Kin-der starben in der Regel noch vor der Geschlechtsreife an bösartigen Geschwüren, und sie starben als kleine Eunuchen.

Die folgende Stille wurde von Agnes, dem Dienstmädchen, unterbrochen, die eine Schüssel dampfenden Haferbrei und einen Teller knusprig gebratenen Speck brachte – Hoares Frühstück. Sie stellte das Tablett auf dem Sitzkissen ihrer Herrin ab.

»Da is 'n Mann an der Küchentür«, verkündete sie. »Sieht aus wie 'n Seemann. Er fragt nach Mr. 'Oare.« Sie errötete keusch, als sie das unkeusche Wort aussprach. »Sagt, sein Name wär Stone.«

Stone?

»Könnten Sie ihn sich mal ansehen, Tom?«, flüsterte Hoa-re. »Fragen Sie ihn, wie Bold aussieht. Dann kommen Sie zu-rück und sagen mir, was er geantwortet hat.«

Tom nickte und verließ den Salon, gefolgt von Agnes. Zu spät begriff Hoare, was er gerade getan hatte: Wer der Mann an der Tür auch sein mochte, nun würde er wissen, dass Hoa-re im Haus war. Zur Hölle mit seinem übermüdeten Verstand.

»Er sagt, Bold is kohlrabenschwarz.« Tom stand in der Tür. Er schien verwirrt.

»Dann immer herein mit ihm, Tom. Er steht auf meiner Seite und auf der Ihrer Herrin.«

Stones Miene erhellte sich, als er seinen Leutnant erblickte. Er grüßte, indem er die Knöchel seiner Faust an die Stirn führte. Der Leutnant war ziemlich sicher, dass es seiner Miene nicht anders erging.

»Welcher günstige Wind hat Sie hierher verschlagen, Stone?«, fragte er.

»Tja, Sir, ich un Bold, wie wir Sie so an Bord von dem Schoner sehn, da sagen wir zu uns, wir sagen: ›Mr. 'Oare, der geht mit dem Franzmann nach Weymouth, un wir, wir haben wenich Wasser unterm Kiel un segeln mit Land in Lee.‹ Also, wir die Pforten für die Langriemen verstopft, wo Sie un ich grad in Ihrn Kahn geschlagen haben, un nehm wieder Fahrt auf. Nu wollten wir nich kackfrech in den Hafen von Weymouth einlaufen, wie wenn er uns gehörn täte, nich wenn der Schoner vom Franzmann schon angelegt hat, also setzen wir lieber 'n Kurs auf die Bucht von Ringstead ab. – Ich komm nämlich aus der Gegend«, fügte er hinzu.

»Ach, dann müssen Sie dem Jonathan Stone sein kleiner Jacob sein!«, rief Agnes. »Ich bin Agnes Dillow. Wissen Se noch? Ihre Mama un meine, die warn ganz dicke!«

»Aber sicher, Miss!« Stone grüßte erneut, die Faust zur Stirn führend. Agnes lächelte einfältig.

»Und dann?«, fragte Hoare. Dies war nicht die Zeit für Liebeleien, weder für Hoares Untergebenen noch für Hoare selber.

»Na ja, Sir, wir also sie bei Ringstead auf 'n Kies gesetzt, sicher wie in Abrahams Schoß, un dann streiten wir uns 'n bisschen, wer nach Weymouth gehn soll. Ich sag, ich sollte gehn, aber er will auch gehn, jawoll. Aber dann sag ich zu ihm, ein Neger in Weymouth, der sticht doch raus wie 'n Ei in 'ner Kohlenschütte – da kann er nix mehr dagegen sagen un steht nun Wache vor Ihrer Jacht, 'nen ganzen Tag lang schon. Wenn Sie oder ich dann nich aufkreuzen tun, bringt er sie zu Wasser, segelt nach Portsmouth un macht dem Admiral Meldung. Un da bin ich jetz, Sir. Hoffe, wir ham das Richtige getan.«

»Allerdings, Stone, das haben Sie. Gott segne Sie. Sagen Sie, können Sie vielleicht zufällig eine Kutsche lenken?«

»Klar, Sir, keiner besser wie ich. Und ich fädel Ihnen 'nen Vierspänner durch 'n Nadelöhr, grad wie 'n feiner Pinkel von Kutscher in London.«

Als Eleanor Graves wieder herunterkam, waren die drei Männer – Hoare, Stone und Tom – bereits darauf verfallen, wie die ersten beiden Sir Thomas' Leuten ein Schnippchen schlagen konnten, die Stone zufolge bereits wie die Bienen in Weymouth ausgeschwärmt waren. Anscheinend hatte niemand glauben wollen, dass Hoare ihnen den Gefallen getan hatte, auf See zu ertrinken. Hoare wunderte sich darüber, bis er einen Blick auf seine aufgerissenen, blutverkrusteten Hände warf: Sobald die Mannschaft der *Marie Claire* den scharlachroten Beweis für seinen geheimen Ritt im Schlepptau des Schoners gesehen hatte, musste sie ihrem Herrn und Gebieter an Land Meldung gemacht haben. Und Moreau dürfte mit dem Wissen sogleich zu seinem Spießgesellen Sir Thomas gelaufen sein.

Mrs. Graves vollendete ihre Scharade.

»Stone wird den Boten von meiner Freundin Mrs. Haddaway in Dorchester spielen. Er kommt mit einer dringenden Bitte von ihr, dass ich ihr helfen soll. Er fährt uns in der Kutsche hin, und ein Ersatzpferd folgt uns an der Leine. Wir sagen, auf diesem Pferd sei Stone nach Weymouth gekommen. Sie, Mr. Hoare, verstecken sich unter meiner Wenigkeit. Unter dem Sitz ist reichlich Platz. Wenn wir Weymouth hinter uns haben, fahren wir erst einmal nach Ringstead, setzen Mr.

Hoare und Stone ab und suchen uns einen Burschen aus dem Ort, der uns nach Dorchester bringt.«

»Dann wär's nich schlecht, Ma'am, wenn Sie mir den vollen Nam Ihrer Freundin nennen täten«, sagte Stone. »Un mir sagen, wie sie aussieht. Wenn ich als Postilljon reiten soll, kann's sein, dass mir wer Fragen stellt.«

Mrs. Graves nickte. »Aber natürlich. Haddaway, Mrs. Timothy Haddaway. Emily heißt sie mit Vornamen. Sie ist ein echtes Original, Stone, zweimal so groß wie ich, und zwar überall ... Sie hat zwei Kinder, den kleinen Timothy, einen Säugling, und Arethusa.«

Außerhalb des Städtchens hieß der Ritter und Baronet mit seiner unangenehm knarzenden Froschstimme die Kutsche anhalten. Hoare hielt den Atem an. Er lag einigermaßen bequem, wenn auch wie eine Schlange zusammengerollt, unter der Frau, in die er sich verliebt hatte.

»Sieh mal an, Sir Thomas!«, rief Mrs. Graves. »Was machen Sie und Ihre Männer denn hier? Das sieht ja aus wie der Landsturm, bei Gott!«

»Nicht von ungefähr, meine liebe Eleanor. Mr. Morrow hat mich benachrichtigt, dass Ihr Bekannter, dieser Hoare, von der königlichen Gerichtsbarkeit gesucht wird, weil er einen von Mr. Morrows Männern ertränkt hat. Gestern Abend erst wurde er hier in der Gegend gesichtet. Wir sind unterwegs, um ihn aufzugreifen. Haben Sie ihn gesehen, Eleanor?«, fragte Sir Thomas streng.

»Seit Ewigkeiten nicht, Sir Thomas. Nicht seit wir uns getroffen haben, nachdem der arme Simon ...«

»Lassen Sie sich's geraten sein, Eleanor: Sollten Sie ihn zu Gesicht bekommen auf Ihrer Fahrt nach ...«

»Dorchester, Sir Thomas. Emily Haddaway – natürlich kennen Sie Emily – hat mich wissen lassen, dass ihr armer kleiner Timothy Diphterie hat und dass sie gerne meinen Rat einholen würde. Warum sie gerade auf mich verfallen ist, weiß ich wirklich nicht«, sprudelte es aus Eleanor Graves hervor.

»Sie sind eine kluge, weise Frau, Eleanor«, sagte Sir Thomas. »Nach der gebührenden Anstandsfrist hoffe ich, Sie ...«

Der angestrengt lauschende Hoare erfuhr nie, was Sir Thomas von Mrs. Graves erhoffte, denn Stone fiel ihm ins Wort: »'tschuldigung, Ma'am, aber wenn wir's nach Dorchester schaffen wolln, bevor dass es dunkel wird, müssen wir Fahrt aufnehmen.«

»›Fahrt aufnehmen‹, Mann? Wie denn, du klingst mir nach einem Seemann, nicht nach einem Kutscher!«

»Ich war auch 'n Seemann, Sir, bevor ich den Seemannsberuf an den Nagel gehängt hab un bei Mr. Haddaway in Dienst getreten bin. Aber 'tschuldigen Sie, Sir, wir ...«

Hoare wurde tüchtig durchgeschüttelt, als die Kutsche plötzlich losfuhr und verspätet ihren Weg zur Pinasse fortsetzte. Er weidete sich still und diebisch an dem Bild von der Kutsche mit Stone auf dem Bock, wie sie Sir Thomas Frobisher auf seinem Posten stehen ließ.

Als man in Portsmouth die *Inconceivable* sichtete, wie sie vorsichtig über die Untiefen von Spit Sand kroch – ihr Kielschwert hatte sie voll eingezogen –, wurde das Sir George Hardcastle unverzüglich gemeldet. Der Admiral zeigte sich so gnadenlos wie eh und je: Hoare sollte sich sofort im Büro des Admirals melden und Sir George über den Fortschritt seiner Ermittlungen berichten, so es solchen zu berichten gab. Obwohl die zweitbeste Uniform und der zweitbeste Hut, die Hoare an Bord seines Bootes getragen hatte, zerknittert und zerknautscht waren, mussten sie genügen, wenn er den Admiral überzeugen wollte, dass er nicht grundsätzlich saumselig beim Befolgen von Befehlen war. Das gelang ihm allerdings nicht.

»Wieder einmal spät, Hoare. Und dreckig dazu«, bemerkte Sir George. »Ich muss schon sagen, meine Geduld mit Ihnen hat allmählich ein Ende.«

Hoare gab seinem Vorgesetzten eine kurze Zusammenfassung seiner langsamen Jagd auf die *Marie Claire*, seiner kurzen Gefangennahme durch ihren Eigner sowie seiner Flucht aus Weymouth. Mit jeder Sekunde blickte der Admiral grimmiger drein.

»Das reicht für's Erste, Sir«, knurrte er schließlich. »Sie werden diesen Mann aufspüren und gefangen nehmen, und zwar tot oder lebendig. Jede Minute zählt.«

»Darf ich Verstärkung anfordern, Sir, um ihn zu verhaften?«

»Ich habe meinen Sekretär Talthybios schon etliche Male mit dem einen oder anderen Auftrag zu Ihnen geschickt, mein junger Herakles«, versetzte Sir George. »Ich erteile Ihnen diese Aufträge, weil ich darauf vertraue, dass Sie sie zu meiner Zufriedenheit ausführen. Ich möchte nicht, dass Sie jedes Mal jammern und mich fragen, wie Sie eine Aufgabe erledigen sollen. Ich habe nämlich weder Zeit noch Lust, Sie wie eine Glucke zu bemuttern. Ich habe eigene Aufgaben zu erledigen, und genau deshalb erteile ich Ihnen überhaupt diese Aufträge. Gehen Sie, Sir, und tun Sie Ihre Pflicht.«

Auch wenn ihn der Admiral schon mit Worten gegeißelt hatte, so musste Hoare sich noch einmal selber züchtigen, bevor er bereit war, dessen Befehlen Folge zu leisten – er musste Jaggery aufgreifen. Hatte er Jaggery, das wusste er, dann konnte er die Untersuchung abschließen, mit der Sir George Hardcastle ihn betraut hatte.

Jaggery war im *Bunch of Grapes* nicht zu finden. Mr. Greenleaf glaubte, er könne bei der Arbeit sein, in Arrowsmiths Lagerhaus. Er wies Hoare den Weg. Um zum Lagerhaus zu gelangen, musste Hoare an dem Gasthaus vorbei, in dem er logierte.

Das Lagerhaus bestand nur aus einer Reihe miteinander verbundener Schuppen, die sich von der Eastney High Street bis zum Ufer hinzogen. Hoare fand niemanden in den ersten beiden Schuppen und drückte sich durch einen engen Durchgang in den dritten. Er zog seine Bootsmannsmaatenpfeife hervor und pfiff »Alle Mann!«, in der Hoffnung, dass Jaggery, falls er anwesend war, darauf instinktiv reagieren würde.

Der Mann tauchte tatsächlich in dem schiefen Türrahmen am Ende der überdachten Lagerhalle auf. Er schien durcheinander.

Was er zu Hoare gesagt haben mochte, wurde von einem Donnerschlag hinter seinem Rücken übertönt – einer Explosion, die Jaggery nach vorne warf und Hoare nach hinten. Eine feurige Wolke folgte der Explosion auf dem Fuße. Hinter Jaggery stürzte das Schuppendach ein; die Flammen griffen auf die Trümmer über. Jaggery lag reglos mit dem Gesicht nach oben, halb unter Schutt begraben.

Der erstickende Pulvergestank einer Schlacht hing in der Luft. Hoare hustete und nieste; Tränen strömten über sein Gesicht, während er sich über die herabgestürzten Deckenbalken zu dem Mann durchkämpfte.

Jaggery lag auf dem Rücken und blickte dorthin, wo zuvor die Decke gewesen war. Von der Hüfte abwärts war er unter einem dicken Träger begraben, der fast so tief wie die Backsteine des Schuppenbodens lag. Er atmete schwer. Aus dem eingestürzten Schuppen drang das gedämpfte Grollen des um sich greifenden Feuers an Hoares Ohr.

»Helfen Sie mir auf, Euer Ehrn. Irgendwas drückt auf meine armen schwachen Beine, ich kann sie nich bewegen. Können Sie's nich wegnehm'?«

Hoare zog einen leichteren Balken aus dem Schutt und suchte nach einer Stelle, wo er seinen Hebel ansetzen konnte. Er fand sie, schob das Ende des Balkens unter den Träger und stemmte sich mit seinem ganzen Gewicht auf den Balken. Doch wie verzweifelt er auch drückte, der Träger rührte sich keinen Zoll. Von draußen hörte er das Läuten einer Feuerwehrglocke. Der schwache Strahl der Feuerspritze und die Eimerkette würden hier genauso wenig ausrichten wie zwei alte Männer, die um die Wette pinkelten.

In den Trümmern gab es eine zweite, kleinere Explosion. Die züngelnden Flammen des Feuers spiegelten sich in Jaggerys weit aufgerissenen Augen, in denen die nackte Angst stand.

»Los, Mann, legen Sie sich ins Zeug. Hiev an!«, stöhnte er. »Hiev an!«

Er rang nach Luft und packte Hoares Schulter mit seiner freien Hand. Es war die zerquetschte Hand, aber sie hielt Hoare dennoch so fest im Griff wie ein Ladeblock.

Fünf Minuten später versengte die Hitze des Feuers bereits Hoares Haare. Vor Jaggerys Mund stand eine rosarote Blase. Sie platzte in Hoares Gesicht, als er sich schwer atmend zu ihm hinabbeugte.

Jaggery bekam kaum noch Luft. »Ich bin 'n toter Mann«, röchelte er. Hoare konnte dem nicht widersprechen. Er legte seine Hand auf die Schulter des Mannes.

»Sie sind 'n anständiger Kerl, Euer Ehrn«, sagte Jaggery schließlich. »Hab keine … keine Lust, bei lebendigem Leibe gebraten zu werden … Sir, geben Sie mir den Gnadenschuss?«

»Wenn Sie mir sagen, wer dieser ›er‹ ist. Morrows Vorgesetzter.«

»Gott is mein Zeuge, Euer Ehrn, das weiß ich nich. Morrow is der Einzige, wo seinen Namen weiß.«

»Warum hat Kingsley eines von Morrows Fässchen an Bord seines eigenen Schiffes gebracht?«, flüsterte Hoare. »Ebenso gut hätte er sich selber eine Kugel durch den Kopf schießen können.«

Jaggery schüttelte den Kopf. »Kingsley, Euer Ehrn? Nee, der hat kein Fass nich an Bord vonner *Vantage* gebracht. Ich war das. Dachte mir, ich würd für ihn Branntwein an Bord schmuggeln, wie sons auch. Den gab er dann an Offiziere weiter, wo Beziehungen hatten, damit dass sie auf seiner Seite warn.«

Die Hitze schlug Hoare ins Gesicht.

»Ers als Kingsley tot war un Morrow nich mehr in die Stadt kam, hab ich gewagt, eins von den Fässchen anzuzapfen. Hab mir gedacht, es könnt nun nix mehr schaden, ein bisschen von seinem Stimmungsmacher zu kosten. War ja, als würd das Zeug niemandem mehr gehörn, nu dass er tot war. Un was fand ich stattdessen? Na ja, ich war wohl entbehrlich, also wollte man mir eli… eli…«

»Eliminieren?«

»Aye. Das ist das Wort. O schnell, Sir, machen Sie schnell! Ich spür das Feuer schon an mein Zehn!« Mittlerweile war Jaggerys Stimme so schwach wie Hoares Flüstern.

Er konnte dem Manne nicht glauben, auch wenn er im Sterben lag. Mindestens eine Schale blieb noch von Janus Jaggerys Zwiebel.

»Sie lügen, Jaggery. Sagen Sie mir die Wahrheit, Mann, oder ich lasse Sie hier mutterseelenallein verbrennen!«

Jaggery stöhnte auf und verstummte. Dann seufzte er. Eine

hellrote Blase wuchs vor seinem Mund und platzte. »Na gut. Ich hab gleich gewusst, dass er nix Gutes im Schilde führt, un hab fix rausgefunden, was in den Ankern drin war. Un dann hab ich mir gedacht, na ja, die Marine, von der hab ich nie nich viel gehalten, un dann war da die Jenny, wo ich mir drum kümmern musste, also hab ich mitgemacht. Das is die Wahrheit, Euer Ehrn, die ganze Wahrheit und nix wie die Wahrheit, so wahr mir Gott helfe.«

Endlich klang er ehrlich.

»Kümmern Sie sich um meine Jenny, Euer Ehrn? Sie is 'n gutes Mädchen, jawoll, das is sie, un morgen wird sie Vollwaise sein.« Er sah ihm unverwandt in die Augen. »Wir wohnen bei Greenleaf im *Bunch of Grapes*.«

»Ich werde mich um sie kümmern«, erklärte Hoare. »Sie wird wie eine Dame erzogen.«

»'Ne Dame? Ach, Scheiß drauf, sie is Wet Megs Balg, jawoll, un wir warn nich verheiratet. Bringen Se ihr einfach nur Lesen und Schreiben bei, ja? Versprochen?«

»Versprochen, Jaggery.«

»Un geben Se ihr 'n Kuss von ihrm alten Pa. *Aaahhh.* Jetz tun Sie's schon. Hoffe, es wird nich so heiß sein, wo ich gleich hingeh. O Gott.« Noch eine hellrote Blase wuchs und barst.

Was er nun tun musste, entsetzte Hoare zutiefst. Er zog sein Messer, überprüfte die Spitze an seinem Daumen, beugte sich weg von Jaggery, sodass dessen Blut in das vorrückende Feuer spritzen würde statt auf seine Kleidung und rammte die Klinge zwischen Jaggerys Rippen. Der Mann gurgelte, er zappelte wie ein Lachs an der Angel. Kurz darauf, als das Feuer schon seine Uniform versengte, schloss Hoare dem Toten die Augen und zog sich aus den Trümmern zurück. Die Zeit drängte, doch seine neu übernommene Verpflichtung duldete keinen Aufschub.

Jenny Jaggery erinnerte sich an Hoare. Als er ihr sagte, dass ihr Papa tot war, stand sie für einen Augenblick da und dachte nach.

»Dann bin ich jetz wirklich 'ne Waise«, erklärte sie.

»Ich fürchte ja, mein Kind«, erwiderte Hoare.

Sie ging zu dem Strohlager, auf dem sie schlief, zog ein fadenscheiniges Portemonnaie unter dem Kissen hervor und zählte die Münzen darin. »Das reicht nich für die Miete«, sagte sie. »Also kann ich auch jetz gleich damit anfangen. Wie wolln Sie's mit mir machen, Euer Ehrn? Sein Sie sanft mit mir, ja? Ich hab's noch nie getan.«

»Du musst ›es‹ für niemanden ›machen‹, bis du erwachsen bist, Jenny, und auch dann nur, wenn du wirklich willst. Ich habe deinem Papa versprochen, auf dich aufzupassen, und das werde ich auch tun. So, jetzt pack deine Sachen, und dann gehen wir.«

Zuerst schien Mr. Greenleaf etwas dagegen zu haben, als Hoare Anstalten machte, mit dem Kind zu verschwinden; doch nachdem Hoare ihm die Umstände erklärt und versichert hatte, sie ziehe nicht weiter weg als in den *Swallowed Anchor*, wo er und seine gute Frau sich jederzeit überzeugen könnten, dass es ihr gut gehe, entließ er sie mit einem Lächeln und einem Halfpenny in Hoares Obhut.

Im Gasthaus übergab Hoare seinen pummeligen Schützling und das jämmerliche Bündel ihrer Siebensachen dem rotbäckigen Dienstmädchen Susan. Er wies sie an, der Kleinen zu essen zu geben und eine Ecke zu suchen, die sie ihr eigen nennen konnte. Jenny ergriff durchaus willig Susans Hand, warf aber Hoare über die Schulter einen langen Blick zu.

»Warte«, flüsterte er. »Fast hätte ich's vergessen. Dein Pa hat mir ein Paket voller Küsse für dich mitgegeben und gesagt, ich soll dir jeden Abend vor dem Zubettgehen einen davon geben. Der hier ist für heute Abend.« Er beugte sich hinab und küsste Jennys kühle, runde Stirn. Mindestens für ihn war es eine neue Erfahrung. »Und jetzt geh, mein Kind.«

Nach einer Weile kam Susan nach unten. »Sie schläft ganz friedlich, Sir«, berichtete sie Hoare. »Hatte nich mal 'ne Puppe, die Kleine, da hab ich ihr die gegeben, wo ich hatte, als ich so klein war wie sie, un mit der hat sie sich gleich ganz brav unter die Decke gekuschelt.«

Sie hielt kurz inne und sah auf Hoare herab.

»Verzeihn Sie mir die Frage, Sir«, fuhr sie fort, »aber was haben Sie mit ihr vor? Is 'n liebes kleines Würmchen, denk ich.«

»Ehrlich gesagt, Susan, habe ich das noch nicht gründlich durchgedacht. Sie ist Janus Jaggerys Tochter, wissen Sie.«

»Na, mag sein, dass Janus Jaggery kein guter Mensch war, doch 'n *schlechter* Mensch war er nich, wenn Sie wissn, was ich meine. Aber Sie wolln jetz nich wirklich ihr Vater sein, oder? Ich hab nie gedacht, dass Sie mal heiraten, un die Kleine sollte 'ne Mutter haben.« Susan blickte ihn prüfend an.

»Wir müssen sehen, was wird, Susan«, sagte Hoare nachdenklich. »Bis dahin passen Sie gut auf sie auf, ja?«

Da das nun erledigt war, fühlte Hoare sich bereit, Edouard Moreau der königlichen Gerichtsbarkeit zuzuführen. Auch bei diesem Unterfangen zählte jede Minute, wenn Hoare auch zugeben musste, dass er selbst mehrere kostbare Stunden vergeudet hatte, indem er sich um Jaggerys Kind kümmerte.

Moreau zu verhaften, wäre ihm ein Vergnügen, doch würde er seine Anweisungen überschreiten, wenn er den Befehl über die Truppe übernähme, die dazu allem Anschein nach erforderlich wäre. Neben seinen abtrünnigen Frankokanadiern konnte Moreau durchaus auch über andere englische

Renegaten verfügen, vielleicht sogar über irische Freiheits-
kämpfer, die darauf brannten, Wolfe Tones Tod zu rächen.
Doch ob es nun durch seine Befehle gedeckt war oder nicht:
Hoare wollte den Mann persönlich zur Strecke bringen. Der
Gestank des Massakers auf der *Vantage* stach ihm noch im-
mer in der Nase.

Wie sollte er es angehen? Ein taktvollerer Offizier als er –
einer, der freundschaftlich mit Sir Thomas Frobisher ver-
kehrte und ihn nicht beinah schon zum Feind hatte – könnte den Baronet einfach um einen Trupp seiner Wachmänner
bitten, unter den Augen von Moreau die lange Steigung von
Weymouth hinaufmarschieren, den Kanadier aus seiner rund
sechzehnköpfigen Entourage heraus verhaften und abführen.
Dabei hätte dieser taktvollere Offizier selbstverständlich keinerlei Schwierigkeiten, Moreau davon zu überzeugen, ihn
nicht mit der gestohlenen Kentucky-Büchse umzubringen,
wie er das mit mindestens zwei Opfern – Kingsley und Dr.
Graves – getan hatte.

Außerdem war es gut möglich, dass der Mann hinter Moreau – Fortiers und Jaggerys »er«, der Mann im Schatten dieses Falles – nicht weit war und mit Verstärkung zur Verteidigung seines Mannes anrückte. Vielleicht aber auch nicht.

Unterwegs fiel Hoare ein, dass zu der Division Marineinfanterie, die in Portsmouth kaserniert war, nicht nur fast
fünfzig Kompanien Infanterie und mehrere Batterien Artille-
rie gehörten, sondern auch eine Schwadron seltsamer Misch-
wesen, teils Soldaten, teils Seeleute, teils Kavalleristen, die
sich »berittene Marineinfanterie« nannten. Diese militäri-
schen Chimären dienten als Garde zu Lande weit draußen
vor Portsmouth. Auf ihren Patrouillen hielten sie ihre Augen
nach anderen Marineinfanteristen wie auch nach Matrosen
offen, die im Inland verschwinden wollten. Als militärische

Bastarde wurden sie verlacht und verachtet; seit Jahren kursierten zotige Lieder über sie.

Vor nicht allzu langer Zeit hatte Hoare zwei ihrer Offiziere kennen gelernt, darunter ihren Hauptmann, und hatte in einem Streit mit einigen Husaren, regulären Kavalleristen also, ihre Partei ergriffen. Nun begab er sich zu ihrer Kaserne im Hauptquartier der Marineinfanterie. Er hoffte, dass ihr Hauptmann – ein gewisser John Jinks, wenn er sich recht erinnerte – zugegen sein und seinem Gesuch auf Waffenhilfe entsprechen würde

Hauptmann Jinks war sowohl zugegen als auch zuvorkommend. »Ich werde den faulen Kerlen Bewegung verschaffen«, verkündete er. Minuten später ritt Hoare auf einem geliehenen Kavalleriepferd, das ihn ordentlich durchschüttelte, aus der Stadt. An seiner Seite trabte Hauptmann Jinks, gefolgt von seiner sporenklirrenden Schwadron berittener Seesoldaten.

Eineinhalb Tage später trottete die Schwadron durch kalten Nieselregen über einen Hügelkamm der Purbeck Downs vor Moreaus Steinbruch. Ein gutes Dutzend Männer mit den verschiedensten Waffen versperrte die schmale, gepflasterte Straße nach Weymouth, die Hoare zuvor schon hinauf- und hinuntergetrottet war, nur um von Moreau und Sir Thomas Frobisher beleidigt und brüskiert zu werden. An der Spitze des Trupps saß Sir Thomas höchstselbst auf einem ansehnlichen Tier – einem irischen Jagdpferd mit achtzehn Hand Stockmaß, schätzte Hoare. Ein zweiter Reiter hielt sich neben Sir Thomas.

»Sofort anhalten, ihr schäbigen Karikaturen richtiger Soldaten!«, rief Sir Thomas Frobisher. »Wie könnt ihr es wagen, ohne meine Erlaubnis Grund und Boden der Frobishers zu betreten?«

»Ich höre das gar nicht gerne, Sir, wie Sie meine Seesoldaten nennen«, gab Hauptmann Jinks zurück. »Wie dem auch
sei: Wir haben einen Haftbefehl für einen gewissen Edouard
Moreau, alias Edward Morrow, angeklagt des Hochverrats
und so weiter und so fort. Bitte geben Sie den Weg frei.«

»Zeigen Sie den Haftbefehl, mein Herr«, schnarrte Sir
Thomas. Seine krummen Froschbeine reichten kaum bis unter den Rumpf seines Pferdes.

Hauptmann Jinks wandte sich Hoare zu, ebenso Sir Thomas, dessen Blick tiefe Abscheu verriet.

»Du schon wieder, Bursche.« Seine Stimmte triefte vor
Verachtung. »Ich habe dir gesagt, dass ich dich durchpeit-
schen lasse, wenn du mir noch einmal auf meinem Land unter die Augen kommst.«

»Ich glaube kaum, Sir, dass Sie das tun werden«, flüsterte
Hoare. »Hier ist der Haftbefehl. Ich denke, Sie werden feststellen, dass alles seine Richtigkeit hat.« Er hielt das Schreiben in die Höhe.

»Und, Bursche? Bring es her!«, befahl Sir Thomas.

»Ich glaube kaum, Sir«, wiederholte Hoare. »Sie dürfen so
weit vorkommen, bis Sie es lesen können.«

»Was soll's«, sagte Sir Thomas. »Ich hab's nicht unterzeichnet, und mein Wort ist hier Gesetz. Fahr zur Hölle und
nimm dein gottverdammtes Schreiben mit.«

»Wie Sie klar und deutlich sehen, Sir, trägt der Haftbefehl
Namen und Siegel des Marquis von Blandford. Ich brauche
Ihnen wohl kaum zu sagen, dass er der Lord Lieutenant dieser Grafschaft ist.« Hoare hoffte, Sir Thomas würde aufhö-
ren zu streiten und sich entscheiden, ob er sich Hoares
Schwadron berittener Marineinfanterie widersetzen oder seinem Lord Lieutenant gehorchen wollte. Er konnte bald kaum
noch flüstern.

Sir Thomas murmelte etwas zu dem Reiter an seiner Seite. Der Mann gab seinem Tier die Sporen und stürmte in halsbrecherischem Tempo den Hang zum Städtchen hinab. Der Baronet bedeutete seinen Leuten widerwillig, den Weg freizugeben. Er selbst saß hoch zu Ross da und wütete still vor sich hin, derweil die Rotröcke einer nach dem anderen an ihm vorbeiritten, wie die blutrünstigen Teilnehmer einer Fuchsjagd, die vor ihrem obersten Jagdleiter zu Pferde paradierten. Nach dem letzten Soldaten kam Hoare, lüpfte seinen Hut vor dem Baronet und verbeugte sich schweigend im Sattel. Er war wund im Schritt und froh, dass sein Achtzigmeilenritt bald zu Ende war. Es hatte den ganzen Weg über geregnet.

Moreau war nicht im Büro seines Steinbruchs zu finden. An der Tür des Hauses am Ende der Serpentinenstraße, die hinunter nach Weymouth führte, stand Moreaus Diener. Er schüttelte den Kopf.

»Meinen Herrn finden Sie hier nich«, verkündete er. »Er is weg.«

»Das werden wir ja sehen«, versetzte Hauptmann Jinks grimmig. »Feldwebel MacNab!«

»Sah?«

»Nehmen Sie vier Männer. Postieren Sie einen an jedem Hauseingang. Durchsuchen Sie das Haus nach unserem Mann. Sie dürften sich an die Beschreibung erinnern, die Mr. Hoare Ihnen gestern Abend gegeben hat.«

»Sah!«

Einer aus der Schwadron konnte ein Feixen nicht unterdrücken. Feldwebel MacNab ging ihn an:

»Ruhe, Mann! Zwei Tage Stallausmisten für dich!«

Dann trabte die Schwadron vorsichtig hinter Hoare und ihrem Hauptmann die Landstraße hinab. Sie machten einen

Bogen um den entrüsteten Wächter in seinem Mauthäuschen und ritten weiter bis in das Städtchen hinein.

Agnes, das Dienstmädchen, stand in der Tür, als die Reiter sich trappelnd Mrs. Graves' Haus näherten, und wedelte ungestüm mit den Armen.

»Sie is weg, zum Strand, will 'n Auge auf Mr. Morrow haben!«, schrie Agnes. »›Sie finden ihn am Strand von Portland Bill‹, soll ich ausrichten, ›wo Sie und ich uns gemeinsam seiner Männer erwehrt haben‹!«

Kaum hatten sie die glatt gepflasterte Straße hinter sich gelassen und waren hinab auf den Kieselstrand geritten, als Jinks seiner Schwadron Trab befahl – aber nicht für lange, denn erst ein Pferd, dann ein zweites fiel den großen Steinen zum Opfer und begann zu lahmen.

»Ist immer das Gleiche: Ein einziger Stein tut dem Gaul mehr weh als die ganze gottverdammte Jagd«, bemerkte Hauptmann Jinks beiläufig zu Hoare.

Als sie einen kleinen Vorsprung der Landzunge umrundeten, erblickten die Führer der Schwadron Moreau, wie er, ganz allein, eine Schaluppe zum Wasser zog. Es mochte dieselbe Schaluppe sein, die Eleanor Graves an jenem Nachmittag vor ihren Angreifern geschützt hatte. Der östliche Wind wehte böig; die Wolken dräuten schwerer als damals. Vielleicht eine Viertelmeile vor der Küste lag die *Marie Claire* beigedreht. Sie hatte ihr Focksegel backgestellt und stampfte in den ersten Brechern. Hoare reichte Hauptmann Jinks den Haftbefehl: Das laute Rufen überließ er ihm.

Jinks ließ seine Männer absitzen. Eine Sturmbö mit heftigem Regen entzog den Schoner unvermittelt ihren Blicken und peitschte über die Wellen auf sie zu.

»Edouard Moreau, alias Edward Morrow!«, rief Jinks. »Ich habe hier einen Haftbefehl, ausgestellt auf Ihren Namen! Sie werden des Hochverrats beschuldigt. Kommen Sie näher und ergeben Sie sich!« Er bedeutete seinen Leuten, sich auf dem steinigen Strand zu verteilen und auf den Mann anzulegen.

»Zur Hölle mit Ihnen!«, schrie Moreau.

»Ergeben Sie sich oder wir schießen!«

Moreau zerrte weiter an seinem kleinen Boot. Die Regenbö fiel wie ein Vorhang, hinter dem der Schoner verschwand, fiel auch über die wartenden Soldaten, als wollte sie das Zündpulver der Karabiner netzen.

»Feuer!«, rief Hauptmann Jinks.

Zwei Karabiner feuerten; drei versagten mit einem schwachen, nassen *Klack*. Hoare stieg ab und stapfte über den Kieselstrand mühselig auf Moreau zu. Bei jedem dritten Schritt knickte er um.

»Du schaffst es nie durch die Brandung, du Narr!«, flüsterte er dem Halbblut zu, obwohl er nur zu gut wusste, dass der Wind seine Worte nach wenigen Zoll verwehen würde.

Moreau drehte sich nicht einmal um. Endlich hatte er die Schaluppe frei bekommen. Er wuchtete sie tiefer ins Meer hinaus, bis die erste Gischt der Brandung um seine Knie schäumte, zog sich hinein und zog die Riemen in ihre Dollen. Dann pullte er auf die *Marie Claire* zu, wobei er alle paar Schläge über die Schulter sah, um den Kurs zu halten. Der Kanadier ruderte so gut wie ein Mann von der Küstenwache.

Draußen sah Hoare zwei Männer über die Bordwand des Schoners in ein kleines Boot fallen und ablegen, ein dünnes Tau hinter sich her ziehend. Sie befanden sich noch jenseits der ersten Brecher.

Hoare griff in eine seiner tiefen Taschen und zog die erste Pistole hervor in der Hoffnung, dass sie nicht nass geworden war. Er nahm den linken Arm als Stütze, zielte sorgfältig auf den Mann an den Riemen und feuerte. Wo die Kugel einschlug, war nicht zu sehen. Er zog seine zweite Pistole, holte tief Luft, hielt den Atem an und zog den Abzug durch. Das Pulver zischte, der Schuss ging verspätet los, die Kugel schlug in einen Wellenkamm. Moreau pullte weiter und grinste ihn freudlos über die Riemen hinweg an.

Über ihm zischte etwas scharf durch die Luft. Ein Stein aus einer Schleuder kappte einen Wellengipfel hinter Moreaus Schulter. Hoare drehte sich um und erblickte Eleanor Graves auf der niedrigen Klippe über sich. Sie saß auf einem Pony von den Purbeck Downs, ohne Sattel, die Schenkel nass vom Regen, das Haar wie eins mit der zottigen Mähne des Pferdes. Ein neuer Stein lag in ihrer Schleuder.

Der zweite Stein schlug eine der Steuerborddollen der Schaluppe ab. Moreau fing mit dem Steuerbordriemen einen Krebs. Die Schaluppe brach aus und schlug quer, gerade rechtzeitig, um einen Brecher breitseits zu erwischen. Die See schäumte über ihr Dollbord. Sie lief voll und holte weit nach Lee über.

Moreau fiel über Bord in die brodelnde Gischt. Er hatte keinen Boden mehr unter den Füßen; sein Kopf verschwand unter Wasser. Er tauchte wieder auf, versuchte, das Dollbord zu greifen, und verfehlte es um kaum eine Fingerlänge. Eine Gegenströmung erfasste das Boot, das langsam davontrieb. Moreau mühte sich verzweifelt, es zu erreichen, verlor aber mit jedem Armzug ein paar quälende Zoll.

Hoare sah die verbrannten, zerfetzten Männer der *Vantage* vor sich, der *Scipio* und all der anderen Schiffe, die Moreau und seine Stiefelknechte versenkt hatten. Der Mann hatte mehr als tausend treuen englischen Seeleuten das Leben genommen. Hoare wollte verdammt sein, wenn er ihn friedlich ertrinken ließ. Er streifte seine Schuhe ab, watete hinaus in die Brandung, bis ihm das Wasser bis zu den Hüften stand, schlang sich die Leine seines Gürtelmessers um das Handgelenk und tauchte kopfüber in die Gischt. Seinen Hut trug der Wind in die Dunkelheit davon. Er zog das Messer an der Leine hinter sich her, sodass er die volle Kraft beider Arme in seine Schwimmzüge legen konnte.

Da Moreau bei seinen Bemühungen, den Schoner weiter draußen zu erreichen, Hoare den Rücken zuwandte, war er nicht darauf vorbereitet, als der Leutnant ihn plötzlich am Rock packte. Hoare warf sich auf seinen Rücken und drückte seinen Kopf unter Wasser.

Moreau drehte sich in Hoares Griff, packte ihn an den Ohren und zog seinen Kopf zu sich heran. Er schlug seine Zähne in Hoares Nase und biss fest zu. Hoare ließ ihn beißen. Er gab den Mestizen frei, zog mit einer Hand das Messer an der Leine heran, ergriff es mit der anderen und stach zu. Er spürte, wie es irgendwo in Moreaus Weichteilen versank.

Der Kanadier öffnete keuchend den Mund, gab Hoares Nase frei und schluckte Wasser. Hoare schüttelte den Kopf, drehte das Messer in Moreaus Körper hin und her, zog es zurück und stach zu, wieder und wieder und wieder. Moreau rollte auf den Rücken. Die Augen weit aufgerissen, starrte er Hoare an und stieß einen gurgelnden Schrei aus, das Gesicht schmerzverzerrt. Er spie blutig rotes Wasser in Hoares Gesicht. Hoare ließ das Messer los, griff in den dicken, schwarzen, zu einem Knoten hochgebundenen Zopf seines Feindes, drückte den Kopf unter Wasser und warf sich über den Mann. Moreau versank unter ihm, stieß noch ein paar Blasen aus und starb – ob er ertrunken oder den Messerstichen erlegen war, wusste Hoare nicht, aber es war ihm auch gleichgültig.

Hoare sah die Schaluppe, wie sie sich träge und verlockend nahe auf den Wellen wiegte, gerade noch außer Reichweite, wie ein lebendes Wesen, das ihn grausam neckte. Er fasste fester in Moreaus Haar, legte sich auf den Rücken und begann, den Toten durch die Brandung an Land zu ziehen.

Jenseits der Brecher holte die restliche Besatzung der *Marie Claire* ihre Kameraden wieder an Bord. Noch bevor Hoare mit der Leiche des Kanadiers mühsam den Strand erreicht hatte, nahm der Schoner unter einfach gerefften Fock- und Großmastsegeln bereits Kurs auf Frankreichs Küste.

Eleanor Graves stieg von ihrem Pony und kletterte auf einem Pfad den Hang der Klippe hinunter. Sie schaute auf Hoare, der keuchend über seinem Opfer lag und aus seiner zerbissenen Nase blutete.

»Gut gemacht«, bemerkte sie. »Ich hätte ihn für mein Leben gern kampfunfähig geschossen und der Gnade oder Ungnade der Königlichen Marine überliefert, aber ich hätte nicht gern den Tod eines weiteren Mannes auf dem Gewissen gehabt. Der eine – Dugas, der Anführer meiner Angreifer – hat mir gereicht.«

»Sie haben Dugas nicht getötet«, flüsterte Hoare. »Jemand hat ihn erstickt.«

Ihre Miene hellte sich auf. »Dann hätte ich Morrow ja doch töten können«, sagte sie. »Vorhin ist er im strömenden Regen zu meinem Haus gekommen. Er schlug den armen Tom mit einer Keule bewusstlos, drang gewaltsam in mein Haus ein und drohte, er würde Agnes wie auch Tom umbringen, wenn ich ihm nicht Simons Unterlagen aushändigte. Also gab ich sie ihm. Er hat sie durchgeblättert, aber nichts gefunden. Hatte er denn gedacht, ich hätte sie ihm komplett überlassen, und das kampflos? Doch ich musste nicht kämpfen, denn einer seiner Männer stürmte herein, um ihn vor Ih-

nen zu warnen, und er nahm Reißaus, ohne uns weiter zuzu-
setzen. Ich bin ihm auf Rosie hierher gefolgt. Und jetzt bringen Sie ihn weg – meine Empfehlungen an die Marine.«

Sie drehte sich um und erklomm langsam den Klippen-
pfad, der sie zu ihrer wartenden Rosie zurückführte, während Hoare mit der Hilfe eines Mannes von der berittenen
Marineinfanterie den Leichnam auf ein Ersatzpferd lud.

Kapitel XV

Hoare fand die Rückreise von Weymouth nach Portsmouth mit den berittenen Seesoldaten fast unerträglich. Er war müde bis auf die Knochen und restlos erschöpft – von seinen verzweifelten Bemühungen, Jaggerys Leben zu retten; von dem Gewaltritt nach Weymouth, um Moreau zu verhaften; vom anstrengenden Schwimmen und tödlichen Ringen in der Brandung vor Portsmouth Bill und von der Notwendigkeit, fast einhundert Meilen in der Gesellschaft von Sir Thomas Frobisher zurückzulegen. Er hatte wirklich genug.

Kaum hatte nämlich Sir Thomas von Moreaus Tod Wind bekommen, da marschierte er mit seiner zusammengewürfelten Truppe auch schon zu Moreaus Büro im Steinbruch und erwirkte die Kapitulation der zwölf führerlosen Kanadier, die nicht auf der *Marie Claire* nach Frankreich hatten fliehen können. Er rühmte sich dieses Sieges und schob Hauptmann Jinks völlig beiseite, indem er behauptete, dass die Franzosen seine Gefangenen seien, weil er sie auf Land der Frobishers verhaftet habe. Der Ritt nach Portsmouth wurde zu einer einzigen Siegesparade des Baronets, mit seinen Leuten an der Spitze, der berittenen Marineinfanterie als Nachhut am Ende des Zuges – und Bartholomew Hoare irgendwo mittendrin.

Delancey, der Flaggleutnant, holte Hoare aus der Schwadron heraus und brachte ihn so, wie er war, müde und staubig von der Reise, zu seinem Herrn und Gebieter.

Sir George befahl Hoare, eine Zusammenfassung seiner Aktion in Weymouth zu geben, tadelte ihn wegen erheblicher Überschreitung seiner Befehlsgewalt, weil er Hauptmann Jinks und seine Männer eigenmächtig abgezogen hatte, und zeigte sich erst gnädig, als Hoares Flüsterstimme vollends versagte – dann entließ er ihn, wies ihn allerdings an, binnen vierundzwanzig Stunden einen schriftlichen Bericht zu verfassen und ihm zukommen zu lassen.

Im Vorzimmer des Admirals traf Hoare auf einen triumphierenden, glotzäugigen und vor Aufregung purpurroten Sir Thomas Frobisher. Der Baronet funkelte ihn wütend an und rauschte an ihm vorbei auf dem Weg in das Allerheiligste, um von Sir George die Peerswürde zu verlangen, die ihm gebührte, weil er die neuesten perfiden Intrigen der Froschfresser vereitelt hatte.

Bevor Hoare zum *Swallowed Anchor* ging, presste er noch einiges Material aus Mr. Patterson heraus: reichlich Schreibpapier, frisch geschnittene Federkiele und so viel von Pattersons bester indischer Tinte, dass er auch diese letzte Herkulesaufgabe bewältigen konnte. Es brauchte Drohungen, flehende Bitten und schließlich das Versprechen einer Flasche kostbaren Madeiras, bis Patterson alles herausrückte. Zudem gelang es Hoare, Patterson die Zusage abzuringen, dass dieser, sobald Hoare fertig war, einen seiner Schreiber anweisen würde, den Bericht für Sir George ins Reine abzuschreiben.

Durch die Tür zum Allerheiligsten des Admirals drangen erste leise Töne einer Auseinandersetzung. Als Hoare dann, beladen mit seiner Beute, das Vorzimmer verließ, war sie zu einem erbitterten, lautstarken Streit angeschwollen. Und als er aus der Tür auf die Straße trat, steigerte sich der Streit der beiden wutentbrannten Ritter zu einem Gebrüll, das in einem donnernden, krächzenden Quaken Frobishers gipfelte:

»Zum Teufel mit der Königlichen Marine, und zum Teufel mit Ihnen!«

Bei diesen Worten flüchtete Hoare nach Hause, zu Bad und Speis und Trank.

Am Morgen darauf war Hoares Körper frisch und ausgeruht, sein Geist jedoch nicht. Die Aussicht, seine Aktionen zu Papier bringen zu müssen, beflügelte ihn nicht gerade. Das Niederschreiben hatte etwas Endgültiges an sich. Dennoch fühlte er sich nun, da alles zur Hand war, bereit zu beginnen.

Zuerst musste er jedoch seinen Wohnzimmertisch in die hellste Ecke des Raumes tragen. Er legte seinen Uniformrock ab, hängte ihn ordentlich über die Stuhllehne und krempelte seinen rechten Hemdsärmel hoch.

Nun, da er es sich richtig gemütlich gemacht hatte, war er bereit zu beginnen.

Zuerst musste er jedoch dafür sorgen, dass sein armer Hals nicht mitten auf der Reise trocken wurde. Er lief die Treppe hinunter und bat die rotbäckige Susan, ihm einen Krug ihres milden, lindernden Zitronentranks zu bereiten. Er plauderte ein bisschen mit der kleinen Jenny Jaggery, während er auf Susan wartete, seufzte tief auf und ging mit dem Krug nach oben. Dort stellte er ihn so, dass er in greifbarer Nähe, jedoch nicht im Weg war, wenn ihm plötzlich ein zündender Einfall kommen sollte.

Nun, da Hoare alle Vorbereitungen getroffen hatte, war er bereit zu beginnen. Er wählte eine frische Feder, tauchte sie in Pattersons Tinte und begann mit dem unvermeidlichen Vorspann.

Portsmouth, den 19. August 1805
An den Oberkommandierenden
Admiral Sir George Hardcastle, KB
in Portsmouth

Sir:

So weit, so gut. Er hielt inne, überlegte, las die Zeilen noch einmal durch und setzte die Feder wieder an, um die nächsten Worte zu schreiben. Das dämliche Ding war trocken geworden; er musste den Kiel erneut in Pattersons kostbare Tinte tauchen, ehe er fortfahren konnte.

Sie waren so freundlich, mich anzuweisen, einen Bericht zu verfassen, den Sie an Ihre Lordschaften von der Admiralität weiterzuleiten gedenken. Dieser Bericht sollte gemäß Ihren Vorgaben auch jene Vorgänge im Umfeld der jüngst erfolgten Verbringung von Höllenmaschinen auf Schiffe Seiner Majestät abdecken, für die sich Beweise nicht beibringen lassen und die deswegen vor Gericht wertlos wären. Mit anderen Worten, ich sollte nicht nur erzählen, was tatsächlich passiert ist, sondern auch, was meiner Meinung nach passiert sein könnte.

Nun war Hoare richtig in Fahrt; alle Segel zogen prächtig. Er ging dazu über, die Sachlage des Falles in allen Einzelheiten zu schildern: Morrows frankokanadische Herkunft, seinen Hass auf die Engländer und seine Anwerbung als Agent Bonapartes.

Er beschrieb, wie Morrow an Dr. Graves herangetreten war, wie dieser Uhrwerke für ihn hergestellt hatte in dem

Glauben, sie seien für den Einsatz auf Schiffen Seiner Majestät bestimmt – was sie natürlich auch waren –, und wie der Doktor immer misstrauischer wurde, was Morrows Motive anging.

Er setzte den Admiral in Kenntnis davon, dass Morrow zweien seiner Männer, darunter einem gewissen Dugas, den Auftrag erteilt hatte, Mrs. Graves zu entführen und als Gewähr für den Gehorsam ihres Gatten gefangen zu halten.

Er berichtete weiter, wie Morrow mit Jaggerys Hilfe die Uhrwerke in Fässern verborgen hatte, die bis zum Rand mit Pulver gefüllt waren, und sich anderer Männer wie des Verräters Kingsley bedient hatte, um sie an Bord der Marineschiffe zu deponieren. Weiter berichtete er, dass Kingsley nicht weniger als drei noch immer nicht entschlüsselte Botschaften von einer Person besessen hatte, die Jaggery nur als »er« gekannt hatte. Und er schrieb, dass in seinen Augen diese Person kein anderer als der Mann sei, den Morrows Gefolgsmann Fortier als »lui« bezeichnet hatte, denn beide Worte bedeuteten dasselbe.

Hoare legte zehn Minuten Pause ein, reckte und streckte sich und marschierte in seinem Wohnzimmer auf und ab. Dann zählte er für seinen Admiral die einzelnen Todesfälle auf, die Morrow – oder Moreau – zur Last gelegt werden mussten: die Morde an Kingsley und Dr. Graves sowie vielleicht auch an Jaggery. Morrows Gefolgsmann Dugas musste allerdings von jemand anderem erstickt worden sein. Er wies darauf hin, dass einige Aspekte der Marine Anlass zu größter Sorge geben sollten. Mit am dringlichsten, schrieb er, war die Beseitigung möglicher weiterer Ankerfässer, die mit scharfen Zündern versehen, aber noch nicht explodiert waren.

In Hoares Augen sollte jedoch das zweite Hauptaugenmerk der Enttarnung jenes »er« gelten, der anonymen Person, die Morrow, Kingsley und Jaggery geführt hatte. Es war durchaus möglich, dass noch eine unbekannte Zahl weiterer Agenten unter ihrem Befehl standen. Hoare meinte, der Unbekannte sei wahrscheinlich »Jehu«, der Verfasser der erbeuteten Botschaften. *Solange ein Mann von seinem Kaliber auf freiem Fuß ist, schwebt die Marine Seiner Majestät nach wie vor in höchster Gefahr.*

Damit war der Bericht an Admiral Hardcastle abgeschlossen, bis auf die geziemenden Höflichkeitsformeln am Schluss. Als auch diese geschrieben waren, legte Hoare eine längere Ruhepause ein.

Am nächsten Morgen brachte Hoare sein tintenbeflecktes Meisterwerk zum Stabsgebäude, wo er das Kaninchen des Admirals überredete, eine Reinschrift anzufertigen. Kaum war sie fertig, unterschrieb er, versiegelte das Schreiben und wies das Karnickel an, es so schnell wie möglich ihrer beider Herrn und Gebieter vorzulegen. Dann kehrte er in den *Swallowed Anchor* zurück und harrte der Dinge, die da kommen würden. Die Zeit vertrieb er sich damit, *Inconceivable* wieder vollständig seeklar zu machen. Er hatte sich nämlich die Freiheit genommen, Bold und Stone noch ein oder zwei Tage länger zu behalten, als er eigentlich durfte.

»Gehen Sie, Delancey, und suchen Sie sich anderswo etwas zu tun«, sagte Admiral Hardcastle hinter seinem Berg von Papieren. »Und schließen Sie die Tür hinter sich. – Nehmen Sie Platz, Mr. Hoare. Trinken Sie ein Glas Madeira mit mir. Seien Sie so freundlich, schenken Sie mir ein und nehmen Sie sich auch ein Glas. Ich glaube, Sie werden den Wein ausgezeichnet finden. Auf Ihre Gesundheit, Sir, und auf Ihr Wohlergehen.« Er hob sein Glas. »Und die Admiralität dankt dafür, dass Sie diesem Franzmann das Handwerk gelegt haben.«

Hoare hätte genauso gut Wein aus seinem eigenen Vorrat trinken können. Beim zweiten Schluck verstärkte sich sein Verdacht. »Verzeihen Sie die Frage, Sir George«, bemerkte er, »aber ... woher haben Sie diesen Nektar?«

»Von Greenleaf, dem Wirt vom *Bunch of Grapes*«, erwiderte der Admiral. Er klang recht selbstzufrieden. »Ich bin sicher, so tief wie diese Absteige sind *Sie* noch nie gesunken. Gestern erst habe ich da vorbeigeschaut. Hat sich noch gar nicht richtig gesetzt, das Zeug.«

Und dieser Hundesohn von Greenleaf hat geschworen, er habe mir die letzten Flaschen verkauft, erzürnte sich Hoare stumm. Den werd ich zum Frühstück fressen.

»Nun aber zu der Nationalität dieses Burschen, Moreau ...« Der Admiral segelte weiter, nicht ahnend, dass Hoare innerlich vor Wut kochte. »Er war Kanadier, wenn auch französischer Abstammung, und damit Untertan der Krone. Man hätte ihn wegen Hochverrats gehängt.«

»Ja, Sir«, sagte Hoare. »Aber wäre er nicht in jedem Fall am Galgen geendet? Entweder als Verräter oder als Spion?«

»Selbstverständlich, Sir. Dennoch sieht die Sache damit ein bisschen anders aus. Wir können nicht zulassen, dass die Nation misstrauisch wird und Verräter in ihrer Mitte wittert, die nun aus Kanada oder von den Kanalinseln kommen. Nein, die Menschen in unserem Reich – und zwar *alle*, Engländer wie Schotten, Iren wie Kanadier – müssen als treue Untertanen unserer armen, wahnsinnigen Majestät erscheinen. Nein: Der Mann war Franzose, einer von Boneys fehlgeleiteten Narren. Ich lasse Delancey das so verbreiten. Delancey!«, bellte Sir George. Wie durch Zauberei tauchte der Flaggleutnant vor ihnen auf.

»Gut«, kommentierte Sir George. »Ich schätze promptes Erscheinen bei meinen Offizieren.«

Er diktierte ein Memorandum für die Lords der Admiralität in Whitehall – wenige Absätze nur, in denen er schilderte, wie Angehörige der Königlichen Marine die französischen Agenten aufgespürt hatten, die für die Explosionen in Portsmouth verantwortlich waren –, erwähnte aber keine Namen, weder von Schiffen noch von Personen, auch nicht den Namen von Sir Thomas Frobisher, seines Zeichens Ritter und Baronet. Dann ließ er Delancey wegtreten.

»Bestens«, sagte Sir George. »Das wird die verfluchten Tintenkleckser zufrieden stellen. Und Frobisher, dieses wichtigtuerische Großmaul, wird trotzdem keine Freude daran haben.« Er warf einen sardonischen Blick auf Hoares unordentlichen Aufzug. »Sie brauchen eine Frau«, stellte er fest. »Suchen Sie sich eine.«

Hoare konnte nur nicken. Sir George fuhr fort:

»Ihre Erzählung, Mr. Hoare, bemüht die Kriegsgeschichte des Altertums in fast unglaublichem Maße. Armbrüste, Schleudern, jetzt das Rammen mit einer Galeere ... Ich muss schon sagen, was ist bloß aus der Welt geworden? Schenken Sie uns nach, Sir. – Ähem. Da Sie nun hartnäckig darauf bestehen, den antiken Helden zu spielen: Sie haben ihre Arbeiten für ›Eurystheus‹ erledigt, mein junger Herakles; selbst Talthybios, der Mann des Unrats – mein Sekretär Patterson also –, war so unverschämt, sich in diesem Sinne zu äußern. Überdies haben Sie anscheinend Abercrombies Mann stark beeindruckt.«

»Abercrombies Mann, Sir?«

»Ja.« Der Admiral klang allmählich ungeduldig. »Sir Hugh Abercrombie. Offenbar hat er jemanden geschickt, der sie bei ihrem Triumph nach der Sache mit der *Vantage* beobachtet hat. Sie sollten sich an den Mann erinnern; ich kann's gewiss nicht, denn ich war nicht dabei. Außerdem, je weniger ich von Abercrombies Leuten weiß, desto besser für mich. Ich lege keinen Wert darauf, einer von diesen gelben Admirälen zu werden, nur weil ich Geheimnisse verrate, in die man mich nie hätte einweihen sollen. Aber das gehört nicht hierher. Ich darf Ihnen sagen, dass Ihre Lordschaften von der Admiralität in ihrer unermesslichen Weisheit mich angewiesen haben, Sie zum Kapitänleutnant zu befördern und als Kommandant auf die *Royal Duke* zu versetzen, sobald sie nach ihrem Törn von Chatham in Portsmouth einläuft. Natürlich ist es mir ein Vergnügen, dem Befehl Ihrer Lordschaften nachzukommen. Hier sind Ihre vorläufigen Befehle und Anweisungen. Wie ich höre, ist sie am Dienstag mit Kurs auf Spithead in See gegangen, unter dem Kommando ihres gegenwärtigen Leutnants. Oder vielleicht sollte ich sagen, *Ihres* Leutnants. Ich war so frei, ihn auf seinem Posten zu belassen. Ich denke, Sie werden mir diese Entscheidung nicht verübeln. Er ist ein Mann, dessen kräftige Stimme mehr als ausgleicht, was sein … Na, das werden Sie selber sehen. Jedenfalls wird er Ihre Befehle übermitteln können. Es überrascht mich, dass zuvor niemand an diese Möglichkeit gedacht hat. Schade – in meinen Augen wurde dadurch eine viel versprechende Marinekarriere unnötig lange blockiert.«

»Darf ich fragen, Sir, wer dieser …?«, flüsterte Hoare.

»Sie dürfen fragen, Sir, aber Sie bekommen keine Antwort. Ich mache von meinem Recht Gebrauch, meine Untergebenen zu ärgern, und zwar wann es mir beliebt. Lüften Sie selbst den Schleier dieses Mannes, wenn Sie Ihr Kommando antreten. Ich trinke auf Ihre Gesundheit und Ihr weiteres Wohlergehen, Kapitän Hoare.«

»*Kapitän* Hoare« – Bartholomew Hoare hatte niemals ernsthaft gehofft, diesen ruhmreichen Titel vor seinem Namen zu hören. Er glühte innerlich.

Nach diesen Worten war Sir George so rücksichtsvoll zu schweigen, bis das erwartete Gewitter aus Erschrecken und Freude über Hoares Gesicht hinweggezogen war. Erst dann fuhr er fort.

»Natürlich wird Ihre Ernennung noch nicht veröffentlicht – nicht bis Sie vor versammelter Mannschaft ihre Ernennungsurkunde verlesen haben oder Mr. Wieheißternochgleich das für Sie erledigt hat. Aber Ihren Schwabber können Sie hissen, wann immer Sie wollen. Und da ich wette, dass Sie sowieso nach Weymouth eilen werden, können Sie genauso gut gleich diese Ausgabe des *Naval Chronicle* mitnehmen. Lesen Sie der Witwe, die Sie so interessiert, daraus vor: Sie finden ein paar Zeilen über ihren seligen Gatten darin. Aber halten Sie sich von Frobisher fern, verstanden? Sie beide dürfen nicht einmal im selben Zimmer sein. Er ist zu wichtig in seiner Grafschaft und auch im Unterhaus, als dass Sie sich mit ihm anlegen dürfen. Verstanden?«

Hoare nickte zustimmend, flüsterte seinen herzlichsten Dank, verbeugte sich und machte sich auf die Suche nach dem besten Schneider im Hafen. Später würde er seine Freunde einladen, die neue Epaulette zünftig zu begießen. Und morgen früh würde er ein friedfertiges Reitpferd mieten und sich nach Weymouth begeben. Jede Minute zählte.

Mrs. Graves las schweigend den Zeitungsartikel, den Hoare ihr gegeben hatte. Dann sah sie auf zu ihm. »Das ist wirklich höchst erfreulich, Mr. Hoare«, sagte sie. »Ich muss mich vielmals entschuldigen, wenn ich Ihre Absichten missverstanden habe, was meinen verstorbenen Mann betrifft, und ich danke Ihnen von ganzem Herzen, dass Sie seinen guten Namen verteidigt haben. Nennen Sie mir Ihren Lohn – ich werde ihn gewähren, falls es in meinen Kräften steht.«

Hoare hatte das schon einmal getan, in Halifax, zu Füßen seiner lieblichen Kanadierin. Dennoch zitterte er am ganzen Leibe, als er nun niederkniete.

»Mrs. Graves ... Eleanor«, begann er stockend. »Ich habe jetzt eine Stellung in der Marine erreicht, die meine Zukunft sicherer erscheinen lässt als zuvor. Außerdem verfüge ich bereits über ein kleines, aber ausreichendes Vermögen. Ich möchte Sie fragen, ob ... ob Sie sich vorstellen könnten, diese Zukunft mit mir zu teilen?'«

»Mr. Hoare«, erwiderte sie und bedachte ihn von oben mit einem durchdringenden Blick ihrer braunen Augen. »Oder vielleicht sollte ich sagen ›Kapitän Hoare‹, wenn ich mir die Seefahreretikette ins Gedächtnis rufe. Bartholomew: Ich bin vierunddreißig Jahre alt und, verzeihen Sie meine groben Worte, immer noch Jungfrau, obwohl verwitwet. Sind Sie so närrisch zu glauben, dass ich in meinem Alter noch die Aufmerksamkeiten eines Mannes angemessen erwidern könnte? Dass ich eine geeignete Gattin für einen aktiven Mann in den besten Jahren sein oder werden könnte? Dass ich ihm – Ihnen, genauer gesagt – Kinder gebären könnte?

Ich bitte Sie, Sir! Ich bin keine Schönheit, und ich weiß das. Verschonen Sie mich mit Ihren Scherzen. – Nein«, fuhr sie fort, »ich muss Ihnen danken, nicht nur für Ihr Angebot, sondern auch für die Güte, die Sie dazu bewogen haben muss: Gewiss, der Grundbesitz meines verstorbenen Mannes wird an seine Kinder fallen. Aber Sie sollten wissen, dass der arme Simon ...« Etwas schnürte ihr die Kehle zu, doch sie fuhr fort. »Als wir heirateten, hat Simon die Juwelen, die er mir gegeben hatte, sein Haus und die gesamte Einrichtung auf mich übertragen. Auch seine Praxis gehört mir; ich kann damit nach Belieben verfahren. Ich werde nicht der städtischen Armenfürsorge anheim fallen. Eigene Kinder, für die ich verantwortlich wäre, habe ich nicht. Ja, ich werde sogar einigermaßen wohlhabend sein.«

»Ich habe Ihnen meinen Antrag nicht aus Mitleid gemacht, Eleanor«, entgegnete Hoare, »sondern aus Bewunderung, hoher Wertschätzung und tiefster Zuneigung. Ich … ich liebe Sie.«

»Bartholomew«, sagte sie sanft, »erinnern Sie sich noch an den Abend, den Sie mit Simon, Miss Austen, Mr. Morrow – ich sollte ihn wohl Moreau nennen – und mir verbracht haben?«

»Ja. Lebhaft.«

»Dann werden Sie sicher noch wissen, dass ich sinngemäß etwa Folgendes sagte: ›Ich gestatte niemandem außer meinem Mann, der Musik *meines* Herzens zu lauschen. Es gehört nur ihm allein.‹ Ich habe diese Worte damals ernst gemeint, Bartholomew, und ich tue es noch. Vielleicht ist es zu früh nach Simons Tod – mein Herz ist noch vergeben, ich kann es nicht verschenken.«

»Dann werde ich meinen Antrag nicht zurückziehen«, flüsterte Hoare. »Mag sein, dass Sie Ihr Herz jetzt noch keinem lebenden Manne schenken können, weil es vergeben ist, aber vielleicht findet es ja mit der Zeit zu Ihnen zurück. Bis dahin können Sie über meines verfügen; es gehört Ihnen.«

Mehr konnte er nicht sagen. Er beugte sich hinab zu Eleanor Graves’ Hand, drehte sich um und verließ ihr Haus. Es regnete wieder.

GLOSSAR
der seemännischen Fachausdrücke

Achterdeck: der hintere Teil des Oberdecks eines Schiffes, traditionell dem Kommandanten und der Schiffsführung vorbehalten; analog »achtern«: »hinten«.

Admiral: der höchste Offiziersdienstrang in der Kriegsmarine, vergleichbar dem General im Heer. In der britischen Marine wurden diese so genannten Flaggoffiziere unterteilt nach blauer, weißer und roter Schwadron (von unten nach oben) sowie weiter in Konteradmirale, Vizeadmirale und Admirale. Daneben gab es so genannte »Yellow Admirals«, Offiziere, die wegen Inkompetenz oder Fehlern im Dienst von einem aktiven Kommando an Land oder zur See ausgeschlossen waren und somit direkt in den Ruhestand versetzt wurden.

anluven: den Bug des Schiffes dichter an den Wind bringen.

Backbord: absolute Richtungsangabe an Bord; die mit Blick zum Bug linke Seite eines Bootes oder Schiffes.

Barkasse: der größte Segelbootstyp, den Schiffe als Beiboot mit sich führen.

Bilge: Kiel- oder Lenzraum eines Seefahrzeugs, in dem in der Regel immer etwas Wasser stand, weil ein Schiff nie ganz trocken war.

Block: Rolle in einer Winde (einem Flaschenzug auf Schiffen).

Bram: in Zusammensetzungen wie »Bramsegel« oder

»Bramrah« Bezeichnung der dritten »Etage« von Masten oder Segeln, von unten gezählt.

Brassen: Taue an den Rahnocken zum waagerechten Verstellen der Rahen; auch als Verb »brassen«.

Brigantine: auch Schonerbrigg genannt; ein schnell segelnder Zweimaster mit rahgetakeltem Fockmast und einem Großmast als Schonermast, der besonders zur Küstensicherung und Aufklärung verwendet wurde, aber auch bei Seeräubern beliebt war.

Brigg: Zweimaster mit Rahtakelung an beiden Masten (Fock- und Großmast).

Davit: drehbarer Bordkran.

Dolle: gabelförmige Halterung, die als Auflage- und Drehpunkt für einen Riemen dient.

Drehbasse: kleines, auf ein drehbares Gestell montiertes Bordgeschütz.

dwars: seemännisch für »quer«.

Faden: nautisches Längenmaß; 6 Fuß oder rund 1,80 Meter.

Fall: Tau, Leine oder Talje, womit Flaggen, Rahen oder Segel gehisst werden.

Fock- oder **Vormast:** der vom Bug aus erste Mast eines Segelfahrzeugs. »Fock« allein ist ein vorderes, dreieckiges Segel auf Booten und Schiffen.

Fregatte: schneller Dreimaster mit 20 bis 50 Kanonen auf einem Batteriedeck; vor allem für den Einzeleinsatz bestimmt.

Fuß: altes englisches, ursprünglich auch deutsches Längenmaß; 12 Zoll oder 30,48 Zentimeter.

Gaffelsegel: schräg zulaufendes, trapezförmiges Segel, das an der Gaffel gesetzt wird, einem um den Mast drehbaren Rundholz.

Gallone: englisches Hohlmaß; 4,54 Liter.

Gast, Plural **Gasten:** eine seemännisch sehr häufig gebrauchte Bezeichnung für einfache Seeleute, in der Regel verbunden mit ihrer Station oder Funktion an Bord (»Fallreepsgasten«).

Geitau: aufholbare Leine zum Reffen eines Rahsegels.

Gig: leichtes, kleines Beiboot, vor allem für den Kommandanten eines Kriegsschiffes bestimmt.

gissen: den Standort und Kurs eines Schiffes aus der zurückgelegten Strecke, der Geschwindigkeit, der Abtrift und anderen Faktoren schätzen (Koppelkurs), ohne ihn durch die Mittagspeilung des Sonnenstandes exakt zu berechnen. Vgl. engl. »to guess«.

Glas, Plural **Glasen:** alte nautische Zeiteinteilung. Sie basiert auf einer halbstündigen Grundeinheit – markiert von einer Sanduhr, die immer wieder umgedreht wurde –, an deren Ende die Schiffsglocke geschlagen wurde (das sogenannte Glasen). Jede Wache zerfiel so in acht Abschnitte. Zusammen mit der Angabe der jeweiligen Wache ergibt die Zahl der Glasen die ungefähre Zeit an Bord.

Glorreicher Erster Juni: Am Glorious First of June des Jahres 1794 schlug eine englische Flotte im Atlantik etwa 500 Kilometer westlich der bretonischen Küste eine französische Flotte und erbeutete oder versenkte sieben feindliche Linienschiffe.

Hafenadmiral: Der Kommandeur eines größeren Marinestützpunkts im Range eines Admirals. In Portsmouth schloss der Posten den Befehl über das dort kasernierte große Kontingent Marineinfanterie ein.

Hals oder **Halse:** untere, vordere Ecke eines Schratsegels; bei Rahsegeln die untere Luvecke eines Untersegels.

Heckgalerie oder **Achtergalerie:** Ausbau am Heck, bei größeren Schiffen oft als begehbarer »Balkon« mit Geländer.

Helling: schräge Holzbahn zum Bau, Stapellauf oder zur Landverholung von Seefahrzeugen.

Kabel: nautisches Längenmaß; 100 Faden oder 185,2 Meter.

Kapitänleutnant: relativ spät entstandener Offiziersrang in der Kriegsmarine zwischen Leutnant und Kapitän.

Klampen: kleinere Hölzer verschiedener Form zum Befestigen und Belegen von Tauwerk.

Klüver: vorderstes, dreieckiges Segel, das am Klüverbaum gefahren wird, der Verlängerung des Bugspriets nach vorne.

koppeln: siehe »gissen«.

Krebs, einen Krebs fangen: Fehlschlag beim Rudern, der den Ruderer aus dem Rhythmus bringt.

Kuhl: der mittlere, in der Regel abgesenkte Teil des Oberdecks.

Lee: die dem Wind abgekehrte Seite eines Schiffes.

Leichter: jedes kleinere Seefahrzeug, das zum Be- oder Entladen größerer Schiffe dient.

Liek: Kante eines Segels, die mit einem Tau gesäumt ist.

Linienschiff: Kriegsschiff, das genug Feuerkraft besitzt, um in der Kiellinie einer in Schlachtformation aufgereihten Flotte zu segeln. In der Regel waren das Zwei- und Dreidecker, d. h. Schiffe mit zwei oder drei Batteriedecks und 60 bis zu 120 Kanonen. Fregatten waren keine Linienschiffe.

Luv: die dem Wind zugewandte Seite.

Maat: Gehilfe eines höherrangigen, erfahrenen Unteroffiziers, Schiffshandwerkers oder anderen Funktionsträgers an Bord, z. B. des Bootsmanns oder des Schiffszimmermanns; später eigener Unteroffiziersdienstgrad.

Marineinfanterie: auch Seesoldaten genannt, salopp als Rotröcke bezeichnet. Ein Kontingent von Infanterie an Bord eines Kriegsschiffes, das bei Landeunternehmen Verwendung fand, gelegentlich auch als Schiffspolizei diente und allgemein Meutereien verhindern sollte. Die Soldaten übernahmen manchmal auch einfache seemännische Arbeiten oder bedienten die Schiffsgeschütze. Wegen ihrer roten Uniformen wurden sie »Hummer« genannt, sonst auch »Jollies« oder später auch »Ledernacken«. Ihre Beziehungen zu den Seeleuten waren nicht immer spannungsfrei.

Mars: Mastkorb; im weiteren Sinne Bezeichnung der zweiten »Etage« der Masten und Segel von unten, so in Zusammensetzungen wie »Marssegel« oder »Marsrah«.

Meile und **Seemeile:** altes, ursprünglich auch deutsches Längenmaß. Zu unterscheiden ist zwischen der Seemeile oder nautischen Meile von 1852 Metern sowie der englischen Landmeile von 1,6093 Kilometern.

Nagelbank: Brett mit Belegnägeln, d. h. Holzstiften verschiedener Länge, zur Befestigung von Tauen.

Nock: Ende einer Rah oder eines Segels.

The Nore: bedeutende Reede der Königlichen Marine in der Themsemündung nordöstlich von Sheerness; Schauplatz einer großen Meuterei der Kanalflotte im Jahre 1797 (s. a. »Spithead«).

Pinasse: Bootstyp, zum Teil als reines Ruderboot, zum Teil als kleines, schonergetakeltes Segelboot.

Pint: englisches Hohlmaß; 0,568 Liter oder $1/8$ Gallone.

Poller: vorstehender Pfahl an Deck eines Seefahrzeugs zum Belegen von Tauen und Trossen.

Portsmouth: der damals größte Marinestützpunkt der Königlichen Marine mit bedeutender Werft, heute immer noch die wichtigste britische Marinebasis. Gelegen an der englischen Kanalküste, verfügt der Hafen mit der Reede von Spithead im Solent, dem Meeresarm zwischen der

Küste und der Isle of Wight, über einen gut geschützten Ankergrund.

Pressen: die Zwangsverpflichtung zum Kriegsdienst auf See – wenn möglich von erfahrenen Seeleuten, wenn nötig auch von Landratten ohne jede seemännische Erfahrung – durch Trupps von unterbemannten Kriegsschiffen oder durch den Pressdienst der Königlichen Marine. Bestimmte Seeleute wie zum Beispiel Fischer und Ostindienfahrer waren vor dem P. geschützt, sofern sie die entsprechenden Schutzbriefe vorweisen konnten.

Prise: feindliches Schiff, das von einem regulären Kriegsschiff oder einem Kaperfahrer (Freibeuter) aufgebracht wurde.

Rah: waagerecht an den Masten aufgehängte Rundhölzer zur Befestigung der Rahsegel.

raumer Wind: der zum Segeln günstigste Wind, der schräg von achtern einkommt. Auch als Backstagsbrise bezeichnet.

Reede: geschützter Ankergrund.

Rigg: die Takelung oder Takelage eines Segelfahrzeugs, d. h. sein gesamtes »stehendes und laufendes Gut« (Leinen, Schoten, Stagen und Taue aller Art).

Saling: leichtes, quer zum Kiel stehendes Gebälk am Topp von Masten und Stengen, das zum Spreizen der Wanten dient.

Schafschenkelsegel: ein Schratsegeltyp.

Schaluppe: Bezeichnung verschiedener Schiffstypen, hier: kleineres Boot, oft als Beiboot verwendet, das zum Rudern oder zum Segeln eingerichtet ist.

Schmadding: seemännische Bezeichnung für den Bootsmann, einen höheren Unteroffizier auf Kriegsschiffen, der für Masten, Segel sowie Tau- und Takelwerk zuständig ist.

Schoner: in der Regel zweimastiger, schnittig gebauter

Schnellsegler mit besonderer Takelung und Masten ohne Stengen.

Schot: Leine zum Einstellen der Segel.

Schothorn: die unterste Ecke eines Segels, an dem die Schot belegt wird.

Schratsegel: alle in Längsrichtung zum Schiff geführten Segel (also z. B. Klüver oder Gaffelsegel).

Schwabber: saloppe seemännische Bezeichnung für die Epaulette eines höheren Offiziers; eigentlich: Quast aus aufgedrehtem Tauwerk zum Deckschrubben.

Segelmeister: dem Kommandanten direkt unterstellter hoher Unteroffizier (Decksoffizier), zuständig für Navigation und Segelführung.

Sillabub: Erfrischungsgetränk aus Milch, Wein oder Apfelwein, Zucker, Zitronensaft, Eischnee und Gewürzen.

Skiff: kleines Ruderboot für ein oder zwei Paar Riemen.

Slip oder **Schlipp:** geneigte Ebene zur Schiffsausbesserung auf Werften; daher »slippen« oder »schlippen«.

Speigatt: Loch im Schanzkleid auf Deckshöhe, durch das See- und Schmutzwasser abfließen kann.

Spithead: einer der bedeutendsten Ankergründe der englischen Kriegsflotte, südöstlich von Portsmouth zwischen der Kanalküste und der Isle of Wight gelegen. 1797 Schauplatz einer großen Meuterei der Kanalflotte.

Stag: starkes Tau zur Sicherung von Masten und Stengen.

Stenge: Rundholz zur Mastverlängerung.

steuerbord: absolute Richtungsangabe an Bord; die mit Blick zum Bug rechte Seite eines Bootes oder Schiffes.

Steven: die den Kiel vorn und achtern nach oben verlängernden Hölzer.

Stropp: Ring oder Schlinge aus Tau zu verschiedenen Zwecken, gefertigt durch Zusammenspleißen der Enden.

Stück: seemännische Bezeichnung für ein Schiffsgeschütz.

Stückmeister: für die Schiffsartillerie zuständiger Unteroffizier.

Takel: Substantiv mit verschiedenen seemännischen Bedeutungen, so »Tauwerk« oder »Winde zum Heben schwerer Lasten«.

takeln: Verb mit verschiedenen seemännischen Bedeutungen, so »ein Seefahrzeug seeklar machen«, »das Tauwerk in Ordnung bringen« oder »eine bestimmte Takelung anbringen«.

Teerjacke: scherzhafte, umgangssprachliche, seemännische Bezeichnung für einen Seemann.

Törn: Begriff mit verschiedenen seemännischen Bedeutungen, so »Reihenfolge bei einer seemännischen Verrichtung« (z. B. »Rudertörn«), »ein auf See zugebrachter Zeitabschnitt« oder »Umwicklung eines Gegenstandes mit einem Tau«.

Topp: Spitze eines Masts oder einer Stenge.

Vorpiek: Stauraum unter Deck ganz vorn im Bug eines Seefahrzeugs, dicht am Vordersteven.

Wachen an Bord: Der Tag an Bord eines Schiffes war in sechs Wachen zu je vier Stunden eingeteilt (von Mitternacht an: Mittelwache, Morgenwache, Vormittagswache, Nachmittagswache, 1. und 2. Hundewache, Abendwache), die wiederum durch das Glasen (s. dort) weiter unterteilt wurden. Die Hundewache war geteilt, um einen wechselnden Wachrhythmus sicherzustellen.

wahrschauen: altes, aus dem Niederländischen entlehntes Seemannswort mit der Bedeutung: »warnen, benachrichtigen«. Auch in dem Ausruf »Wahrschau!«: »Achtung!«

Wanten: seitliche Stütztaue der Masten und Stengen.

warpen: ein Seefahrzeug mit Hilfe eines Warpankers oder einer Warptrosse fortbewegen, die dann als Widerlager oder Haltepunkt dienen.

wriggen oder **wricken:** ein kleines Seefahrzeug mit Hilfe eines einzigen Riemens fortbewegen, der am Heck ausgebracht wird.

Wuhling oder **Wuling:** umgangssprachlich für »Durcheinander«; eigentlich Bezeichnung für ein Tau, das zum Umwickeln oder Zusammenschnüren verwendet wird.

Yard: englisches Längenmaß; drei Fuß oder 91,44 Zentimeter.

Zoll: altes Längenmaß; 2,54 Zentimeter.

BJÖRN LARSSON

Der schwedische Angestellte Ulf führt ein geruhsames Leben,
bis ihn eines Tages auf ungewöhnlichem Weg ein
Manuskript erreicht, das von einer mysteriösen Vereinigung
namens »Keltischer Ring« erzählt. Kurz entschlossen macht sich
Ulf mit seinem Freund Torben in einem Segelboot
nach Schottland auf, um dem geheimnisvollen Ring auf die
Spur zu kommen.
»Eine actionreiche, komplex gebaute Geschichte, randvoll
mit packenden seglerischen Gefahrenszenen.«
Der Standard

Björn
Larsson
Der
Keltische
Ring
Roman

GOLDMANN

44692

GOLDMANN

JEFFERY DEAVER

»Der beste Autor psychologischer Thriller weit und breit!«
The Times

»Jeffery Deaver ist brillant!«
Minette Walters

43715

GOLDMANN

DONNA TARTT

Fünf College-Studenten begehen einen Mord. Ihre Tat bleibt unentdeckt, doch das wahre Grauen steht ihnen erst noch bevor ...
»Hervorragend geschrieben, meisterhaft komponiert, nervenzerreißend spannend!
Stern

42943

GOLDMANN

GOLDMANN

Das Gesamtverzeichnis aller lieferbaren Titel erhalten Sie
im Buchhandel oder direkt beim Verlag.
Nähere Informationen über unser Programm erhalten Sie auch im Internet unter:
www.goldmann-verlag.de

★

Taschenbuch-Bestseller zu Taschenbuchpreisen
– Monat für Monat interessante und fesselnde Titel –

★

Literatur deutschsprachiger und internationaler Autoren

★

Unterhaltung, Kriminalromane, Thriller
und Historische Romane

★

Aktuelle Sachbücher, Ratgeber, Handbücher und
Nachschlagewerke

★

Bücher zu Politik, Gesellschaft, Naturwissenschaft und Umwelt

★

Das Neueste aus den Bereichen
Esoterik, Persönliches Wachstum und Ganzheitliches Heilen

★

Klassiker mit Anmerkungen, Anthologien und Lesebücher

★

Kalender und Popbiographien

★

Die ganze Welt des Taschenbuchs

★

Goldmann Verlag • Neumarkter Str. 18 • 81673 München

Bitte senden Sie mir das neue kostenlose Gesamtverzeichnis

Name: _____

Straße: _____

PLZ / Ort: _____